二見文庫

愛という名の罪

ジョージア・ケイツ／風早柊佐＝訳

A Necessary Sin
by
Georgia Cates

夢を実現させてくれた
J、F、Mへ。

愛という名の罪

登　場　人　物　紹　介

ブルー・マカリスター	写真家。本名ステラ・ブルー・ローレンス
シンクレア（シン）・ブレッケンリッジ	弁護士の卵
アマンダ・ローレンス	ブルーの母親
ハロルド（ハリー）・マカリスター	ブルーの養父。元FBI特別捜査官
ジュリア・マカリスター	ブルーの養母。故人
エリソン（エリー）・マカリスター	ブルーの義姉。看護師
セイン・ブレッケンリッジ	シンの父親。 ザ・フェローシップのリーダー
イソベル・ブレッケンリッジ	シンの母親。セインの妻
カーラ・ブレッケンリッジ	シンの妹。故人
エイブラム・ブレッケンリッジ	シンのおじ

プロローグ

ステラ・ブルー・ローレンス

七歳

世界でいちばん好きなこと。それは、ママとのチョコチップクッキー作り。ピンクのお姫さまエプロンをして、ピンクのコック帽をかぶったわたしは、光るビニールが巻かれた棒状のクッキー生地をじっと観察した。パッケージに描かれた白くてふわふわしたペストリー・ボーイの絵を目に焼きつけてから、それをママのほうに掲げる。「ママ見て。この子、わたしみたいなふわふわの帽子をかぶってる。わたしの帽子のほうがかわいいけど」なんでもピンクのほうがかわいい。

ママがこれからクッキーを並べる天板に油をスプレーした。「本当ね、ブルーバード。確かに、あなたの帽子のほうが断然かわいいわ。知ってた？　あなたみたいな帽子をかぶれるのは、世界最高のコックさんだけなのよ」

すごい。この帽子をかぶっているわたしが世界最高のコックさんなら、このクッキーは今までいちばん美味《おい》しくなるってことだ。

「ママの好きな曲だ」《アマンダ》が流れると、わたしは大声をあげた。ロックバンドのボストンはこの曲を自分のためだけに歌ってくれている、とママは言う。きっとそのとおりだ。だって、アマンダはママの名前だもの。

ママとわたしは、いつも音楽を聴きながら料理をするから、この歌はもう何度も聴いている。歌詞を全部覚えているけれど、どういう意味かはわからない。大人の話ばかりだから、あなたもいずれわかるようになるわよ、とママには言われる。わかりたいとも思わないかも。大人のあれこれってママをたくさん泣かせるから。

わたしが全力で歌うと、ママはいつも大笑いしてくれる。わたしは、ママが笑っているのを見るのが大好き。だって、そのときのママは泣いていないってことだもの。ママは本当にすてきな人だから、泣いているのは似合わない。

ママは棒状のクッキー生地を口の近くに持っていって、マイクで歌うふりをする。ママって歌がとても上手なの。ママの何もかもがすてき。大人になったらママみたいになりたい。

曲が歌詞のないギターだけのパートになると、ママは偽物のマイクをカウンターに置いて、鋭いナイフで生地を薄く切っていく。あなたは小さいからナイフを使うのは

まだ危ないと言って、ここはいつもママがやる。わたしの仕事は、生地を小さなボー

ル状に丸めること。だけど、いつもうまくできるわけじゃない。大きすぎたり、小さ

すぎたり。自分でも失敗しちゃったと思うときも、ママは必ずよくできましたって褒

めてくれる。

「生地をちょっと食べてもいい？」そう尋ねると、ママが〝だめ〟という顔をした。

「お願い……上にたくさん砂糖をかけて」

　オーブンから出したあとならいいけれど、入れる前は食べてはいけないとママが

言った理由を思いだせない。「ヘイリーのママはクッキー生地を食べさせてくれるん

だって」

「ひと口ならいいけれど、これが癖になったら困るわ、お嬢さん」ママが小さなかた

まりをつまみあげると、わたしはあまりにもうれしくて飛び跳ねそうになった。ヘイ

リーがすごく美味しいって言うから、ずっと味見してみたかったんだもん。

　ママと料理ができないと寂しい。ママが新しい仕事を始める前まではいつもしてい

たのに。ママは夜に仕事をしているから、わたしは近所に預けられてしまう。アメリ

アはいい人だけれど、おばあちゃんで、変なにおいがして、ちっとも遊んでくれない。

ただ、足をあげて椅子に座って、同じ話題ばかり何度も繰り返すニュース番組を見て

るだけ。すーっごく、つまらない。

生地の小さなかたまりを食べ終えると、すぐにもっとほしくなる。「もうひと口いい？　お願い。上に砂糖をかけて」一回目はこれでうまくいった。

「だめよ、ステラ。ひと口って言ったでしょ。ほらこうなるじゃない。もうおねだりするんじゃありません」だめって言われるのはわかっていたけれど、それだけ美味しかったから。

わたしが天板に丸めた生地を並べて、ママが予熱したオーブンに入れた。「十分経《た》ったら様子を見ましょう」ママがコンロの上のタイマーをセットする。ママもわたしも焦げたのじゃなくて、しっとりしたクッキーが大好きだから。「待っているあいだ、何したい？」

わたしは残っている生地に目をやった。「うーんと……クッキー生地を食べるのはどう？」にんまり笑ってぱちぱちまばたきする。そうすればママが態度を変えて、ほしいものをくれるかのように。結局はママを笑わせただけだったけれど、だめって言われたあとのおねだりだから、怒らせなかっただけよかったのかもしれない。

キッチンのテーブルにつくと、焼けていくクッキーのにおいに我慢ができなくなる。

「とーってもいいにおい。あと何分？」

どうして訊《き》いたりしたんだろう。タイマーのカウントダウンはしっかり見えているのに。「あと五分よ」

わたしはぷーっと息を吹いて顔にかかった髪の毛を飛ばし、両手の上に顎をのせた。

「しっとりクッキー、もっと早くできないかな。もう食べる準備はオーケーだよ」

「いいことは、待っている人のところにやってくるものよ」ママはいつもそう言うけれど、どうしていいことがすぐにやってこないのか、わからない。待つのなんて大嫌い。「クッキーと一緒にミルクを飲む？」

「うん！」わたしは冷蔵庫の前に走っていって、小さいほうの扉を開けた。冷凍庫にミルクマグが入っていますように。コップにできるミルク氷が大好きだから。

玄関のベルが鳴り、飼っているものすごく大きなジャーマンシェパードのマックスが吠《ほ》えながらドアへ走った。わたしもキッチンの椅子から飛びおりて追いかける。

「きっとヘイリーが遊びに来たんだ」

ママが手を伸ばしてわたしのシャツの後ろをつかんだ。「ヘイリーじゃないわ。あの子のお母さんがこんな遅くに寄越《よこ》すわけないもの」ママは爪先立ちになって、のぞき穴から偵察する。それから、いきなりさっと身を引いて、わたしのほうに体を向けて唇に人さし指を当てた。「しーっ」ママが忍び足で近づいてきて、わたしの手を取った。マックスの首輪もつかんで、わたしたちを廊下へ連れていく。

わたしの寝室に入ると、ママはひざまずいて目の高さを合わせ、わたしの両肩をつかんだ。

「よく聞いて。ちょっとしたゲームをしましょう。ベッドの下に隠れて、すごくすごく静かにしててちょうだい。ママが戻ってきて、出てきていいわよって言うまでそこにいるの。わかった、ステラ？」

わたしはうなずいた。怖くてわけがわからないけれど、言われたとおりにベッドの下に潜りこむ。

「マックス、待て」ママが命令した。マックスは言うことを聞いて絨毯《じゅうたん》の上でお座りをする。でも、静かにしなきゃならないことはわからない。マックスは従いたくないときにお決まりのクーンという鳴き声をあげた。「何を聞いても出てきちゃだめよ」ママが念を押す。

ママの足が部屋から出ていくのをじっと見つめていると、ドアが閉まった。わたしはベッドの下に黙って寝転がり、ママが戻ってきて出られるのを待つ。このゲームは楽しくない。

音楽がとてつもなく大音量になった。あまりにうるさいから、きっと近所の人たちが大家のジョンソンさんに電話で苦情を言うだろう。

ボストンの別の曲がかかっていた。《宇宙の彼方《かなた》へ》だ。ギターが金切り声をあげる。大家さんと揉《も》めることになりそう。近所のベンソンさんが、少しでも何かあればわたしたちのことを告げ口しようとする。わたしたちのことがあまり好きではないようだけれど、その理由はわからない。

絨毯で頰がかゆくなったので、顔をあげてかいた。その拍子に、後頭部をベッドのフレーム部分にぶつける。「うっ」頭に手をやって、ひりひりするところをさすった。

マックスが起きあがり、部屋を出ようと絨毯を引っかいた。さっきより大きくクーンと鳴いて、それからドアを引っかきながらいよいよ吠え始める。

「やめて、マックス。ペンキを剝《は》がしたらママに怒られるよ」

バンッと、今まで聞いたことのないような大きな音がした。心臓がこれまででいちばんの速さで鼓動する。

「ママ?」とつぶやいた。でも、じっと動かない。いいわよって言われるまで出ていかないってママと約束したから。

さっきの大きな音は何?

クッキーの焦げるにおいがした。ママがクッキーを焦がしたりするはずないのに。

何か悪いことが起こっているのだ。

マックスが遠吠えをし、外に出ようとドアを爪で引っかいている。わたしは床とベッドスカートの隙間をのぞこうと、顔を絨毯に押しつけた。ママのところに行けるように、マックスを外に出してやろうかと考える。

そうする間もなく、寝室のドアがゆっくりと開いた。マックスは後ろにさがり、それから寝室に入ってこようとする人の脚に向かって突進する。

また同じ、バンッという音がした。今度はもっと大きい。すると、マックスが床に倒れるのが目に入った。

ベージュの絨毯の上に赤いものが飛び散った。それが何かは、わたしにもわかる。大声で叫びたいけれど、できない。まるで見えない誰かの手で口をふさがれているみたいで、呼吸をするのも難しい。

目をつぶってしまいたいのに、ベッドに向かってくる大きな黒光りする靴から目を離せなかった。男だ。ズボンの、マックスが噛《か》みついた部分が破れていた。血が出ている。

男の足がわたしの頭の横に忍び寄った。男に気づかれないように、わたしは息を止める。でも、長くは止めていられない。水のなかに長くいすぎたときのような感じ。

体が呼吸を求める。そして、思ったより大きな音を立てて息をしてしまった。自分にも聞こえるくらいだから、あの男にも聞こえたんじゃないかと不安になる。

男の足は動かず、頭のそばのベッドスカートが持ちあがった。「そこにいるのはわかってるぞ」男が言った。この声を知っている。おかしな話し方をするあの人だ。

ママは絶対に会わせてくれなかったけれど、わたしにはわかる。夜、わたしが寝たあとにママに会いに来る人だ。ママはセインって呼んでいる。

「出ておいで、おちびちゃん」

わたしは体を引っこめた。「ママが戻ってくるまでここにいなさいって言われてるの」

男がベッドの横にしゃがみこんだ。顔はまだわからないけれど、ズボンのマックスに嚙まれた部分の血のしみが大きくなっているのが見える。「ママがもういいよって。ママから部屋に行ってきみを連れてきてと頼まれたんだ」

この人のことは信じられない。悪い人だ。わたしの犬を殺したから。「いや」

「お嬢ちゃん、いくつかな？　六歳？　七歳？」男が尋ねる。

わたしは壁に体が当たるまで後ろにさがった。

男はしばらく黙っていたが、やがて声を荒らげた。「くそっ！　あの女、なんだって家にガキなんかいやがるんだ？」ベッドを蹴りながらうなり声をあげる。わたしは怖くて震えていた。怒鳴り声を聞きたくなくて、耳をきつくふさぐ。

男がベッドの下に手を伸ばして足首をつかみ、わたしを安全な場所から引きずりだした。逃げることができずに、わたしは丸まって両腕で頭を覆う。次にどうなるかはわかっている。悪い人のやることを見たことがあるから。わたしは撃たれるのだ。

「いやあ、お嬢ちゃん。本当はこんなことをしたくはないが、しかたがないんだ」

わたしはぎゅっと目をつぶり、痛みを待ち構えた。でも、撃たれない。男がわたしを振り向かせ、柔らかい羽毛のようなものを押し当てた。息ができない。

わたしは足をばたつかせ、息をしようともがいた。でも、男はもっと強く押し当ててくる。力の限り抵抗するけれど、どうにもならない。向こうは大人で、こちらは小さな女の子にすぎない。この男を止める力なんてない。怖い。わたし、死ぬんだ。

そして何もかもが真っ暗になった。

1

テネシー州メンフィス

ブルー・マカリスター

薔薇《ばら》が色を変えられないように、わたしたちは過去を変えられない。そう気づいたとき、あなたは初めて自由になれる。こう聞くと本当に美しく、本からの引用かと思うのではないだろうか。けれど、人生を一変させるほどの悲惨な出来事にがんじがらめになり、その鎖を断ち切ることができない場合はどうなるか？　誰もこうした醜い部分の話はしたがらない。

人生におけるさまざまな出来事が人を形づくる。大まかには、いい出来事と悪い出来事のふたつに分類される。だからこそ人生はすばらしいなどと言うつもりはない。人にやる気を起こさせるための演説をしたいわけではないから。むしろ、人生の醜さについて言わせてほしい。

この世は完璧ではない。善人の身に悪いことが起こる。本物の悪というものが存在し、高価な靴を履き、仕立てのいいスーツを着た男の姿で世間を闊歩《かっぽ》している。その男は魅力的なスコットランド訛《なま》りで話し、酒と甘い煙草《たばこ》の香りを漂わせている。それが母を殺した犯人だ。

子どもはたいてい無知なので、自分たちのその後の人生がめちゃくちゃにされている瞬間というのを理解できない。わたしの場合は、そんな幸運に恵まれなかった。あの恐ろしい日のことはすべて覚えているし、その記憶が頭のなかで何度も再生される。クッキーの焦げる香り、空中に漂う火薬のにおい、マックスの脳が絨毯に飛び散る光景まで。本当に記憶喪失にでもなって、こうした陰惨な記憶が奪われればよかったのに。そうすれば、犯人を追いつめて殺してやりたいと渇望してやまない悪魔が、わたしのなかに宿ることなんてなかったのに。

あの日、ステラ・ブルー・ローレンスは死に、ブルー・マカリスターが生まれた。これまでずっと、わたしたちを襲った人物を見つけだしてやるという考えに囚《とら》われてきたと思う。何年ものあいだ、わたしからこめかみに銃を押し当てられて情けを請うあの男の姿を——いくつものパターンで——思い描いてきた。大統領の名前や州都を暗記しようとするときも、心はこの強い願望へと向かってしまった。子どもっぽい無垢《むく》な考えを抱いたことは一度もない。わたしの夢は、医者になって癌《がん》の治療法を見つけることでも、史上初の女性大統領になることでもなかった。そういう夢は邪悪な復讐心《ふくしゅうしん》にのみこまれてしまった。

十八年間、わたしの人生のあらゆることが復讐を軸に回ってきた。写真とバイオリン、このふたつの趣味以外は。

ほかの子どもたちは、楽しみのために空手のレッスンを受けた。わたしは強靭《きょうじん》さと防御力を身につけるためにムエタイを習った。同い年の女の子たちは、友だちがみんなやっているから、体操クラブに入った。わたしは平衡感覚と機敏性を学ぶために体操選手になった。バレエ仲間がチュチュを着たがる一方、わたしは優美な物腰を習得した。そもそも決して出来のいいほうではなかったから、誰よりも努力することで、クラスのトップにのしあがった。なぜか？　そこにいる人のなかでいちばん優秀になれば、いつかそれが自分の最大の武器になる日が来ると常々思っていたから。賢い人間であれば、考える前に銃を撃ってくるような相手を出し抜ける。

正気を失わずに、どうしてこんなふうに生きられるのか？　確かに簡単なことではなかった。でも、わたしには相談相手がいた――そう、わたしの父親だ。

わたしは十二歳のとき、養父のハリーに大事な話があると言った。いいえ、性に関することではない。そのほうがはるかによかっただろう。そうではなく、あの忌まわしい日の記憶について語ったのだ。母を殺され、枕で息を止められたあげく、死んだと思われて取り残されたあの日のことを。

　それまでの五年間、わたしはあの恐ろしい出来事についていっさい覚えていないと言ってきた。ハリーは真実を知ってショックを受けた……という表現は控えめすぎるかもしれない。けれど、そのあとに比べれば大したことはなかった。わたしがセイン・ブレッケンリッジを探しだして殺すつもりだと伝えると、ハリーはもう耐えられなかった。

　自分が救った幼い少女が殺人を計画しているなんて、ハリーは知りたくもなかった。父親なら誰しも、自分の娘の願いが人殺しになることだという事実は受け入れられない。法の遵守を誓った連邦捜査局《FBI》特別捜査官のハリーにとってはなおさらだ。だからこそ、わたしは究極の選択を迫るしかなかった。ハリーには拒否できない二択だと言う人もいるかもしれない——殺し方を教えるか、訓練も受けずに自力でなんとかしようとするわたしを見届けるか、どちらかを選ぶしかなかったのだから。

　とんでもない爆弾の投下だった。こんな宣言を聞かされているあいだのハリーの絶望なんて、わたしには想像もつかない。それについてはいつも申し訳なく思っている。とはいえハリーは納得してくれたから、説得力はあったはずだ。初めのうちは、わたしをなだめるために協力したのだろう。十二歳の少女だから、そのうち気が変わるか、興味をなくすと思ったに違いない。けれど、どちらにもならなかった。

わたしの決意を見て取ったハリーは、モンスターのようなやつらの懐に安全に溶けこむ方法を慎重に教えてくれた。これこそがわたしの計画だった――セイン・ブレッケンリッジの犯罪組織に潜入すること。

幼い頃からうまく身を偽る方法を教わっていたものの、ハリーから習うだけでは準備万端とはいかなかった。ふたりで話しあい、少しのあいだ警察官をして、それからFBIアカデミーに志願しようということになった。ハリーはクワンティコにあるFBIアカデミーで教官をしていたことがあったので、わたしが二十三歳になり入学に必要な資格を得るやいなや首尾よく採用される戦略を伝授してくれた。これがとてもいい判断で、わたしはさらなる経験を積むことができた。短いあいだながらもいちばん役に立ったのは、おとり捜査の実地訓練ができたことだった。もっと多くの経験を積めなかったのは残念だけれど。

捜査官になって、誰に対しても、公になっているプロフィール以上に知ろうとしてはいけないことを学んだ。わたしの場合もそうだ。わたしはステラ・ブルー・ローレンス・マカリスター、FBIメンフィス支局元特別捜査官。二十五歳、白人女性、髪は栗色《くりいろ》、目はライトブルー。身長百七十センチ、体重五十二キロ。たいていの男性の基準からすると美人の部類に入る。仕事でも私生活でも人間関係は希薄。冷淡かつ冷静な性格で、ときどき自己中心的な面を見せる。無神経なのはよく自覚しているけれど、悪いとはまったく思っていない。ハリー、ジュリア、エリソンの三人以外と友情を結ぶ気はまったくない。

ハリーから訓練されたおかげで、わたしはカメレオンになった。どんな状況にも難なく順応できる。ただ、今の状況だけはそうはいかなかった。養母のジュリアは亡くなっている。二年前に癌で命を落とした。今度はハリーが癌になり、治療ももう効果がなくなっている。

ジュリアを失った傷も癒えていないのに、今はわたしの知るたったひとりの父親の予後と向きあっている。わずか二年のあいだに癌で親をふたりも失うなんて不公平だ。つらいし頭にくるが、これは実母の死とは違う。ハリーとジュリアの死に対して復讐することはできない。わたしから両親を奪っていくのは、どうしようもできない病だから。

ハリーとわたしは《バイオリン協奏曲ニ長調》の優しい音色の流れる居間に座り、長年の調査記録にくまなく目を通した。今やっている最終準備は、ハリーの死に向けてではない。セイン・ブレッケンリッジの死に向けてだ。目の前に散らばったファイルは、セインと彼が率いるザ・フェローシップという名の犯罪組織に関するものだ。

この危険な巣穴に直接足を踏み入れるのは、FBIのおとり捜査を数年行ってからにしようとわたしたちは考えていた。だが今、ハリーの病気で予定を繰りあげざるを得ない。本当は四年間の実践を積むつもりだった。なのに、実際に捜査できたのは十七カ月だけだ。もう計画を詰めなければならない。というのも、自分が生きて意識のまだはっきりしているうちに、けりをつけてほしいというのがハリーの願いだから。彼は、わたしがこの件について何もかも吹っきれたところを見るまでは安らかに眠れないと言う。

わたしたちは組織の連中に長年目を光らせてきた。ブレッケンリッジ家の面々や、組織のメンバーについて書かれたこれらのファイルのことなら、ひとつ残らず記憶している。すべては心の金庫にしまわれ、しっかりとわたしの心に刻まれていた。

ソファにもたれ、両足をコーヒーテーブルの上にのせた状態で、わたしは鉛筆を噛みながらすり切れたファイルを眺め、可能性を検討した。自分がどうしたいかはすでに決まっているが、この作戦にハリーは猛反対している。

セインの息子、シンクレア・ブレッケンリッジは、もうすぐヘンドリー＝アーヴァイン法律事務所での見習い期間を終える。そうしたら、組織の現在の顧問弁護士ロドリック・レスターのあとを継ぐことになるはずだ。ブレッケンリッジ家の長男は、二十六歳の白人男性で、髪はダークブラウン、目は茶色。身長百九十センチ、体重約八十五キロ。かなりの美男で、知能が非常に高いうえに勤勉。よって、シンクレアを組織の次期顧問弁護士にさせる、というのがセインの決定事項だ。

この息子を通じて組織に潜入するというわたしの考えを、ハリーは気に入らない。シンクレアの男性的魅力が強すぎるのを心配しているのだ。つまり、シンクレアがうっとりするほどハンサムなので、わたしが心を奪われて復讐どころではなくなってしまうのではないかと考えている。

ブレッケンリッジと名のつく人間に対して、わたしの心に憎悪以外のものが芽生える可能性など万にひとつもない。

次男のミッチではだめだ。二十二歳、まだまだ未熟で、ザ・フェローシップ内の影響力のある地位につけていない。「いろんな角度から考えたけど、潜入するにはやっぱりこの長男に接触するのがいちばんだと思うの」

ハリーが手のなかのファイルに目を通しながら首を横に振る。「それに、もっとも危険でもある」こちらにまったく目を向けずに反対する。「ザ・フェローシップは、よそ者を喜んで受け入れたりしない。組織の末端に入りこんで、疑われないよう徐々に上の人間を手なずけていかなきゃだめだ。いきなり最重要人物に接触するなんて危険すぎる」

そんな悠長なことをやっている余裕はない。悪性腫瘍がすでにハリーの体をむしばみ始めている。「シンクレア・ブレッケンリッジ本人に接触すれば数週間、もしかしたら数カ月は時間を節約できるわ」

「ザ・フェローシップに潜入するには時間をかけて慎重に事を進めるほど安全だということを、忘れたわけじゃないだろう。向こうがおまえを知れば知るほど、信頼されるようになる。近道は命取りだ」

ハリーの主治医からは、余命はあと六カ月、もって八カ月だと言われている。ジュリアのときを考えれば、三カ月くらいと見ておいたほうがいいかもしれない。

一分たりとも無駄にできないが、言い争って、時間に余裕がない理由をハリーに思いださせたくはない。とりあえず今は折れて、そのときが来たらすべきことをしよう。

「そうね」わたしは資料を見つめ、シンクレアの友人、リース・ダンカンのプロフィールに目をとめる。「シンクレアの友人のバーのオーナーに接触するのはどう？」

「どんなやつだったかな？」

「シンクレアの親友のひとりで、ザ・フェローシップの連中が飲みに行くバーのオーナー。金の取りたてをやってるような取るに足りない下っ端の息子よ」

「やっぱりセインの息子を介して標的に近づくつもりなんだな」ハリーは本でも読むように、わたしの魂胆を読む。わたしがまずはリース・ダンカンに接触したとしても、すぐにシンクレアに渡りをつけさせるだろうと、ハリーは見抜いていた。「あいつの甘いマスクとは関係ないだろうな？」

わたしが美男子に夢中になったことなどないのは、ハリーもわかっている。「病人にツッコミを入れさせないでよ、お父さん」

ハリーが笑いながらプロフィールに手を伸ばした。「このリースって男を長いこともてあそぶ気はないだろうが、もう一度検討させてくれ」

ハリーがファイルにふたたび目を通すのを少しのあいだ待ってから、わたしの考えを伝える。「このバーに、セインとエイブラム以外の組織のメンバーが定期的に通ってるの。いずれは全員と接触できるわ。そうすれば選択肢が広がるでしょ。スコットランド伝統の短いキルトをはいた、かわいい女の子がドリンクを給仕するのがあいつらみんな大好きなのよ」バーを隠し撮りした写真を手に取る。「ダンカンズ・ウィスキー・バーのこの制服、きっとわたしに似合うわ」

気が進まないいな」

「こんな短いスカートをはいたおまえを、非道な男たちがいやらしい目で見るなんて
「キルトよ」

「こんな格子縞《こうしじま》の切れ端、何もはいていないも同然じゃないか。ザ・フェローシップのメンバー全員と接触するために、こんな格好で歩き回ってほしくはないが」ハリーがため息をつく。「決意は固いようだな」老眼鏡越しにわたしをじっと見つめた。「お互いわかっていることだが、おまえが何をするつもりかはお見通しだ」わたしが組織の末端からではなく、いきなりシンクレアに接触するつもりなのだろうとハリーは示唆しているのだ。

「わたしが慎重なのは知ってるでしょ」おとり捜査は天職だった。相当うまくこなしてきた。でも、それは当然だ。そのために十二歳の頃から訓練してきたのだから。

「決意をひるがえすのは無理らしい。おまえはわたしの娘だ。おまえを守るのがわたしの役目だ」

ハリーが甘やかしていいのは姉のエリソンであって、わたしではない。お姫さまである姉なら、ハリーが今口にしたような嘘《うそ》を鵜呑《うの》みにしてもいい。

ハリーとわたしは血がつながっておらず、親子になることを選んだ。ハリーこそが、

あの日わたしを救ってくれた人だ。非番だった彼は、わたしと同じアパートに住む家族を訪ねてきて銃声を聞いた。ハリーが駆けつけたとき、わたしからは心臓の鼓動だけでなく、生きている兆しがまったく感じられなかった。医師が言うには、わたしが生きられたのは、ひとえにハリーが心臓マッサージをして、臓器に酸素を送り続けてくれたおかげらしい。そのあと到着した救急隊員が電気ショックを与え、わたしの心臓はふたたび動きだした。

ハリーとわたしは秘密を共有し、そのために絆《きずな》で結ばれている。そういう事情を姉は決して理解できないだろうし、知ることさえない。わたしのほうがハリーと一緒にいる時間が多いから、わたしのほうが父親に愛されているとエリソンは誤解している。姉はいつも疎外感を覚えているけれど、もちろんハリーはエリソンのことも同じくらい愛している。それがエリソンにはわからないので、わたしは心から申し訳なく思う。姉に親から愛されていないと感じさせてしまうなんて残念だ。

わたしたち姉妹を、ハリーはそれぞれ違った目で見ているし、そうすべきだ。エリソンとわたしはまったく違うのだから。わたしは強くて立ち直りが早いけれど、姉は優しくて繊細だ。エリソンは絵に描いたような父親のかわいいお姫さまなのだ。

彼らの家族関係はいたって普通だ。姉はハリーとジュリアの実の子で、ジュリアは彼にとって唯一愛する人だった。だから当然、エリソンのことも心の底から愛している。そんな彼らの関係がときどきうらやましくなるものの、こうなったのも自業自得だ。ハリーに人殺しの方法を教えてと頼み、普通の父と娘になるチャンスを台無しにしたのだから。

「オーケー」

「オーケーって、何が？」

「好きなようにやればいい。ダンカンズ・ウィスキー・バーに潜りこむんだ」やった！「だが、目的を果たしたところで、おまえが期待しているような心の平穏は得られないんじゃないかな。これから味わうのは平穏とはほど遠いものだ。気づいたら、新たな地獄にいるなんてことにならなければいいが」

ハリーはいまだにわたしを思いとどまらせようとする。「前に人を殺したときも、そのあとぐっすり眠れたわ」

「勤務中に、ほかにどうすることもできなかったから殺したんだろう。犯人を逮捕するつもりだったが、殺さなければ殺されるという状況に陥った。これからやろうとするのはそうじゃない。殺されるとは夢にも思っていない人間の息の根を止めようとしているんだ」

セイン・ブレッケンリッジは人間ではない。「あいつはモンスターよ。死んで当然だわ」

「いつか、無防備な人間を殺すことに抵抗を感じるようになるだろう。最終的に殺せなかったとしても驚くなよ」

「殺せるわよ」今までにないくらい確信している。

「偽名を使わないことに、まだこだわっているのか？」

「うん」

この件に関してＦＢＩに協力してもらうわけではないから、回りくどいことをしないのがいちばんだろう。わたしがザ・フェローシップに接触した真の目的に気づかれるはずがない――セインがわたしのことを墓からよみがえった幽霊だと信じこんだりしない限り。

2

スコットランド、エジンバラ

シンクレア・ブレッケンリッジ

「来てくれて恩に着るぜ、シン。まじで感謝するよ」

ヒューイのことは子どもの頃から知っているが、慰めるために裁判所まで来たわけではない。おれはロドリックの助手として同席したまでだ。そうすれば、彼が組織の都合に合わせていかに法律をねじ曲げるかを観察できる。ロドリックは非道なやり口でその名を知られた大御所だ。ザ・フェローシップの事務弁護士として彼のあとを継いだら、おれもいずれそうなる。つまり、将来的にはおれが被告人ヒューイの弁護をすることになるが、今日のところは違う。

「ばか野郎、どじを踏みやがって。お互いのためにも、おれがロドリックの立場になったら、もう少し賢く立ち回ってくれないか?」おれがリーダーとして父のあとを継いだらなおさら。

「二度とやらないよ」

「よし。そうしてくれ」エイブラムと父から縁を切られれば、もちろん二度目はない。

「償いは明日だ」

ヒューイは知らず知らずのうちにおとり捜査官をザ・フェローシップに引き入れてしまった。だが、おれたちは運がよかった。ヒューイが起訴されたのは、ヘロインの売買についてだけだ。もし捜査官がさらに調べを進めていたら、もっと大惨事になっていたかもしれない。とはいえ、その捜査官は臆病な新人で、いつしくじってもおかしくなかった。

「セインとエイブラムからどんな罰を受けようと、あの牢屋《ろうや》でもうひと晩過ごすよりはましだ。まわりの壁が迫ってくるみたいに感じるんだ」

ヒューイの閉所恐怖症は誰もが知っている。となれば、容赦なく殴打されたあと、狭く暗い部屋で夜を過ごすことになるだろう。「明日の朝七時に迎えに来る。女房に仕事で数日家を空けると伝えておけ」おれたちは妻が失踪届を書くような事態を避けなければならない。

スターリングがヒューイのアパートの前で車を停《と》める。「すぐ出かけられるようにしておくよ」

どうしようもないばか野郎だ。罰を受けたことがないから、これから何が待ち受けているのかちっともわかっていない。そのほうがいいのかもしれないが。

スターリングの運転でダンカンズ・ウィスキー・バーへ向かった。親友のリースとジェイミーに会って酒を酌み交わすために。おれたち三人は、どの三人組より親しい間柄だ。子どもの頃からのつきあいで、ザ・フェローシップの仲間という以上に一緒に過ごしている。この三人で組織の未来を背負っているのだ。といっても、対等な立場ではない。おれはリーダーになる人間だ。


リースが指を鳴らし、ウェイトレス主任のローナを呼んだ。「シンにいつものを」

「ヒューイはどうなった？」ジェイミーが尋ねた。

「いつもと同じく、こちらの思いどおりに進んだ。警察のずさんな仕事のおかげで、検察は大した証拠は握っていなかった。上級裁判所に持ちこまれたのはまずかったが、あいつらのやり方ならお見通しだ」どんなに些細《ささい》な罪でも、少しずつ暴いていけばザ・フェローシップを解体できると検察は信じている。「不起訴になったから、ヒューイは法律上の問題からは解放された。だが、明日の朝に償いが待っている」

「執行人は誰だ？」リースが尋ねた。

「サングスターだ」組織一卑劣なくそ野郎だ。罰の執行にこのうえない喜びを見いだす。間違いなくサディストだ。

「あいつなら、やばい傷を負わせかねない。なんでセインやうちの親父《おやじ》は、サングスターに執行人をやらせ続けるんだ？　組織の者に罰以上の怪我《けが》をさせるほうが、よっぽど痛手だと思うが」ジェイミーが言った。

エイブラムや父がサングスターを手放さない理由はわかる。「重傷を負うかもしれないと怯《おび》えさせれば、組織の誰もがもっと慎重に行動してミスを犯さなくなると、あのふたりは踏んでいるのさ」

「先月、サングスターは罰の執行中にポティンガーの脚を使えなくしやがった」ジェイミーは執行人が負わせた怪我を実際に目にしている。最初にポティンガーの手当てをしたのはジェイミーだった。「セラピストのところに行かせたが、今のところ効果はない。神経障害が一生残るだろうな」

「くそっ、あんまりだ。二度とちゃんと歩けないようであれば、ポティンガーは使いものになんねえぞ」リースがすばやく振り向いておれを見る。「そういう意味で言ったんじゃないんだ」

「わかってるさ」おれは軽く受け流した。会話が自分の怪我のことになるのがいやで、ヒューイに話題を戻す。「今回はサングスターも手加減するんじゃないか。上層部が見に来るのを知っているからな」

「ヒューイのためにも、そう願うよ」ジェイミーが言った。

「昨夜、ジェニーンがマクレーンを連れてきてたぞ」リースが報告する。「どうする？」

おれがジェニーンのことなど気にしていないと、ふたりともわかっているが、彼女がほかのメンバーとこのバーに来るのは礼儀に反すると思ったわけだ。ここ二週間くらい、おれはジェニーンと何度か寝た。マクレーンはおれの残りものを喜んでいただいたのだ。「おれが嫉妬したりしないとわかれば、ジェニーンもそんな駆け引きに飽きるだろう」

ウェイトレスたちが飲み物を取りに行くバーの奥に向かって、リースが手を振った。

「ローナは今夜遅くまで働いている。ジェニーンが来たら、ローナを連れて貯蔵室に行ったらいい。そうすりゃ、ジェニーンにはもう関心がないって示せる」

もう何年も前にローナの蜜を味わうのはやめた。そのあとにここへ来ているほとんどのメンバーと代わる代わる寝ている彼女と、もう一度セックスする気にはならない。まだ店内のどのイチモツも入れさせていない女がいい。

認める。おれは身勝手なくそ野郎だ。情事目的で近づいてくる女になびいたりしないものの、その女にメンバーの誰かがすでに手をつけているのは許せない。おれが手をつけたあとなら、女が何をしようと関係ない。「もう少し新鮮なのがいい」

「リースが新鮮なのを仕入れたぜ、アメリカ女だ」ジェイミーが笑う。「間違いなく、ほかのメンバーはまだ手を出していない」

リースがテーブルをバシッと叩《たた》いた。「誰も彼女に指一本でも触れるんじゃねえ。誰かがあのセクシーな尻をちょうだいするとしたら、それはおれだ」

「おいおい、リース！　アメリカ女だって？」それはまずい。父とエイブラムが快く思わないだろう。「おまえってやつは、たまにとんでもない裏切りをしでかす」

雇っていいのはザ・フェローシップとつながりのある地元の女だけということは、リースも承知している。組織のメンバーがこのバーに足繁《あししげ》く通っているのに、素性のわからない人間を入れるなど愚かな行為だ。「よそ者を雇い入れるなんて信じられない。上層部が認めないぞ」

「心配すんな。その女は一時的にエジンバラにいるだけだから。彼女が働くのは、そう長い期間じゃないさ」リースのせいで、彼女の命も長くはないだろう。

「そいつをやめさせるんだ」おれは言った。

「彼女に頼まれたら、どうにも断れなくて」

「断れなくて、セックスもしたわけか？」

「まだやってない」

「その女はおまえとセックスするって約束したのか？」

「いや」

とんでもないばかだ。「彼女を雇ったとき、おまえは酔っていたんだろ」

「彼女は手っ取り早く稼ぐ必要があったんだ。おれがこっそり余分に金を握らせてやれば、数週間でいなくなるさ。心配ない」

心配ないだと？　ふざけるな。「ザ・フェローシップとつながりのある女しか雇えないのには、理由があるんだ。これは組織にとって問題になるかもしれない。そうなれば、彼女は海にでも沈められて魚と一緒に寝ることになるぞ。おまえが雇うことは、その女のためにならない。何もわからないまま危険な状況に置かれているんだからな」

「あの女のかわいい尻を見れば、リースが彼女を雇った理由もわかるさ」ジェイミーがなだめた。

「そのアメリカ女がどれだけセクシーかなんて興味はない」リースは下半身でものを

考えるような愚かな真似《まね》をやめるべきだ。

「ほら、彼女だ」リースが言った。そのウェイトレスの持ち場に目をやると、彼女の後ろ姿が見えた。栗色の髪を頭の高い位置で緩く結んでいる。ダンカンズ・ウィスキー・バーの特徴的な制服——格子縞の短いキルトとウエストの上で結んだ白いブラウス——に身を包んでいる。

女がウィスキーがのったトレイを肩の上に掲げてくるりと回り、リースに微笑《ほほえ》んだ。こちらには一瞥《いちべつ》もくれずに通り過ぎて、おれたちの背後の席に飲み物を運ぶ。「美人だろ、な？」

確かにきれいだ。それは反論できない。「どんなにセクシーな女だろうと、おまえが親父とエイブラムのブラックリストに入ることに変わりはないぞ」

アメリカ女が身をかがめてトレイから落ちたナプキンを拾おうとするのを、リースがじっくり観察する。「それについてはわからんが、あの尻は最高だ」

おれが眺めていると、彼女のスカートがほぼ尻まであがり、立ちあがると同時にもとの位置におりた。「彼女はいい女だ。そこは否定しない。だが、間違いなくおまえは上層部とのあいだに面倒を起こしている」

「あの両脚のあいだに身を沈められるなら、セインやエイブラムに見放されたってかまわない」

「勝手にしろ」リースがザ・フェローシップのためにもっとも賢明な判断をくだすかどうかは定かではない。彼が大きな決定をする組織の中枢にいるのではなく、このバーをまかされる程度の下っ端であるのはせめてもの救いだ。父とエイブラムは、リースのたわごとに我慢ならないだろう。

アメリカ女がおれたちのテーブルを通り過ぎて飲み物を作る場所に戻る途中、リースが彼女のウエストに手を回した。「こっちに来い。もうひとりの親友を紹介させてくれ」腕を這《は》わせて彼女の腰をつかみ、近くに引き寄せる。リースはとんでもないいろくでなしになっている。「あの悪名高いシンクレア・ブレッケンリッジだ」

「悪名高いですって?」女が微笑み、手を差しだす。「どうも。ブルー・マカリスターよ」

ブルー・マカリスター。彼女の顔を見つめながら、その名前を頭のなかで五回繰り返し、記憶に刻みこもうとした。そんな必要はないのだろう。彼女の変わった名前も、美しい顔も、まず忘れることはないはずだ。「会えてうれしいよ、ミス・マカリスター。なぜエジンバラにいるのか、訊いてもいいかな?」

「祖母の大親友だったおばのエディが病気で倒れたの。癌よ。彼女のことが大好きだった。家族みたいなものだったから、最後の数日間のお世話をしに来たの」

「それでおばさんはもうお亡くなりに?」おれは尋ねた。

「三週間前にね」

「なのに、まだここにいるのか?」さらに追求した。

「こっちに滞在してエディの遺産を整理できるのは、家族のなかで融通の利くわたしだけなの」

「無職で暇があるってことを、上品な表現で言っているのかな?」わざと失礼に聞こえるように尋ねた。

「反対尋問はやめてくれ」リースが釘《くぎ》を刺す。「悪いな、ブルー。こいつ、もうすぐ正式に弁護士になるもんだから、たまにものすごく弁護士ぶるんだ」

リースにおれのふるまいを謝ってもらう必要はない。「弁護士ぶっているわけじゃない。いい大人の女性が、どうして仕事もせずに、外国でぶらぶらしているのかと訊いているだけだ」

「仕事をしていないとは言ってないわ」ブルーが腰に手を置いた。

「じゃあ、仕事はしていると?」

「カメラマンなの。主に赤ちゃんや花嫁のね。個人スタジオを経営してるから、父や姉よりも時間の融通が利くの」

「なのに、バーでウェイトレスとして働いているのか？」

「わたしは旅行者なのよ。弁護士なら、わたしが就労ビザを持ってないのは気づいてると思うけど。法律上は働けないから、リースが雇ってくれてありがたいわ。エジンバラの物価は高いもの」

確かに、ミス・マカリスターはとびきりの美女だ。「おばさんはきみに遺産を遺《のこ》さなかったのか？」

「遺してくれたわ。だからここに残って彼女のものを整理してるの。これって時間がかかるのよ。法律関係のお仕事なんだからわかってくれるでしょう」ブルーがおれから視線を外し、リースのほうを向く。「あなたのお友だちって、いつもこんなに感じが悪いの？」

リースがブルーの腰から尻に手を滑らせた。「ああ、間違いない」

ブルーがリースの手を尻から離した。「この特典をあげるには、お給料が少ないわ」

「昇給してやるよ」リースが笑い声をあげた。

「お願いしますよ、ボス」ブルーが歩み去りながら肩越しに返事をした。

「あの女、なかなかだろ？」

ブルーは美しく魅力的だ。そのせいでリースの身に思わぬ災難が降りかからなければいいが。「おれの直感が彼女は問題ないと告げているが、なんかその、確信が持てない」

「おまえはいつも疑《うたぐ》り深いな」

リースの言うとおりだ。おれはすべての人間を疑っている。だが、この病的なまでの猜疑心《さいぎしん》のおかげで生きていられるのだから、それでまったく問題ない。

そのあとの一時間はいつもと変わらなかった。あのアメリカ女が通り過ぎるたびにちょっかいを出すリースが、げす野郎に見える。彼のそういう態度をブルーは受け入れているようだが、そんなことでいいのだろうか。

ブルーはあとどれくらいここにいるのだろう。やるべきことを終えたら、一分たりともここにはいないほうがいい。リースはあまりに愚かなので、大惨事が待ち受けていることに気づいていない。ブルーに法律面での手伝いを申しでて、早く帰国するように仕向けたほうがいいだろうか。遺産関連の私法は専門外だが、相談に乗れるくらいの知識はある。

「あの女が来たぞ」ジェイミーが誰のことを言っているか、振り向かなくてもわかった。ジェニーンだ。「またマクレーンを連れてやがる」

おれが振り返ると、ジェニーンは気取った笑みを浮かべた。ほかの男といるところをおれに見せつけて、誇らしげにしている。おれを嫉妬させることができたと思っているなんて笑止千万だ。

「あそこに行ってあの男が漏らすまでぶん殴んなきゃ、おまえ、とんだ間抜け野郎だぞ」

マクレーンを連れてここに来るなんて見さげ果てた女だ。とはいえ、ジェイミーの言うことは正しい。ジェニーンはおれにマクレーンを殴らせようとしている。何もしなければ、おれはここにいる組織のメンバーから弱虫と見なされるだろう。それはだめだ。「そうするさ。だがその前にジェニーンに償いの奉仕をさせてやる」そのほうが、マクレーンの顔に拳をぶちこむよりはるかに満足できそうだ。

席を立ち、ジェニーンのほうへ向かった。彼女は新しい男のとなりのスツールに腰かけている。おれはジェニーンの腕をつかみ、力強く握った。「裏へ来い、今すぐだ」マクレーンを見る。「おまえは口出しするな」

ジェニーンがにっこり笑った。おそらく、裏で何が行われるか自分には察しがついているとでも思っているのだろう。残念だが、期待外れだ。

こういう類の女なら知っている。激しいセックスでおれの心を勝ち取れると思っているのだ。だが、そんななかでもジェニーンの勘違いは甚だしい。利用するだけ利用して捨ててやる。彼女とセックスするときにつけるコンドームみたいに。

ジェニーンを貯蔵室に入れ、ワンピースの下に手を伸ばした。パンティを荒々しく足まで引きおろし、彼女の背中を棚にぐっと押しつける。楽な姿勢でないのはわかっているが、他人を満足させるためにやっているわけではない。おれ自身が満足できればそれでいい。

そう考えたとたん、このままジェニーンとセックスするのはやめることにした。そんなことをすれば、まさに彼女の望みをかなえることになる。ならば代わりに、フェラチオをさせてやろう。

おれはジェニーンから離れた。「気が変わった。ひざまずけ」ジェニーンが前へ進みでてキスしようとした。だが、おれは突き放す。彼女の唇がおれの唇に届くことは絶対にない。「ひざまずけと言ったんだ」

ジェニーンは身をかがめ、おれのズボンのファスナーをおろした。彼女がズボンのなかに手を入れかけたそのとき、ドアが開く。リースが新しく雇ったアメリカ人ウェイトレスが部屋に入ってきて、腰に両手を当てた。「ちょっとどいてくれる？　あなたたちのせいで取りたいものが取れないんだけど」

この女は正気か？「だめだ。今は取りこみ中だ。あとで出直してくれ」

「ケンリックの指示でバランタインのボトルを取りに来たのに、あなたたちに邪魔されるなんて」

もしこの女が地元出身で、おれが何者か知っていたら、こんな口の利き方はしないだろう。敬意を払うはずだ。「おれたちがやっていることが見えないのか？」

「残念ながら、目に焼きついちゃってるわよ」ブルーがおれの左側を指す。「こっちに五十センチ移動しても、彼女は最高のフェラをしてくれるわよ」

おれたちがどちらも動かないので、ブルーの機嫌が悪くなった。「あのね、寛大な気持ちはもうすっかり使い果たしてしまったの。大変な一日だったから。この六時間、知らない男たちからつかまれたり撫《な》でられたり。変な年寄りがスカートに滑りこませた手を、笑顔で優しくどけなきゃなんなかったのよ……げんこつで彼の顔をぶん殴るんじゃなくてね。疲れたわ。わたしは仕事を終わらせたいだけ。そうすれば、家に帰ってワインを一杯だか十杯だか飲んで気を失って眠れるから。それほど大変なことは頼んでないわ」

この女の態度はどうかしている。だが、ものすごくおもしろい。おれは下腹部をパンツにしまい、ブルーのために脇にどいた。「ミス・マカリスターの話を聞いただろ。

おれたちは邪魔だ」

ジェニーンは笑っているが、このブルーというアメリカ人がおもしろいからではない。「ちょっと。いやよ。わたしはどかないわ」腕を組んで膝立ちになったまま言った。

「じゃあ、きっとこのあとは最悪なことになるわね」ブルーが返した。

「そう?」

おれは完全に不意をつかれた。ブルーがジェニーンの顔のど真ん中にまっすぐパンチを叩きこんで彼女を床に沈め、さらに腹を蹴ったのだ。ブルーはふたたび相手に視線を向けることもなく、倒れたジェニーンの上に手を伸ばした。ウィスキーのボトルを手に取って調べるブルーを、おれは目で追う。「これがいいわ」ブルーはドアに向かって颯爽《さっそう》と歩いていき、振り向きざまに言った。「続きをどうぞ」

床のジェニーンに手を貸してやりながら、おれは思わず吹きだした。「あの女、まったくどうかしているな。だが、ああ、最高におもしろかった……今までいちばんだ」

「冗談でしょ?」ジェニーンが自分の顔を触る。「あの性悪女、わたしの鼻を折ったんじゃないかしら」

おれはジェニーンを観察した。確かに、彼女の鼻はもはや顔の中央にはない。「気の毒だが、そのとおりだ。折れているようだな」

「あいつの尻を蹴っ飛ばしてやるわ」ジェニーンはうなるように言い、ドアへ向かった。

おれはジェニーンの腕をつかんだ。といっても、ブルーの身の安全を心配したからではない。彼女なら自分でちゃんと身を守れるだろう。「悪いが、それはだめだ」

ブルーがおれの気分をよくしてくれたので、償いの奉仕や喧嘩《けんか》などといった了見の狭いことをする気にならなかった。「ここから出ていけ。マクレーンを連れていって、二度と戻ってくるな」

3

ブルー・マカリスター

ザ・フェローシップのメンバー四人にエールを給仕していると、シンクレアが貯蔵室から戻ってきた。わたしはシンクレアのほうには背中を向けているものの、カウンターの後ろの鏡を通して、彼がリースとジェイミーのいる席に戻って座る姿を目で追った。観察しているとは気づかれないよう慎重にシンクレアを見張りつつ、その唇の動きを読む。「ジェニーンの件は処理した。ここには二度と来ないだろう」

ジェイミーとリースが言葉を返しているが、彼らの口元は見えなかった。

わたしは持ち場へ戻り、遠くからシンクレアの口元をうかがった。「おまえが雇ったあのアメリカ女、仕事熱心だな」シンクレアが貯蔵室での出来事を語り、三人の笑い声が店じゅうにこだました。よかった。彼らにおもしろいと思ってもらえたようで何よりだ。

常連客がみんな帰り、従業員だけになるまで三人は飲み続けた。ローナから閉店作業の仕上げ部分を教わっていると、リースが今夜家まで送ろうとやってくる。「そろそろ終わるかい、お嬢さんたち？」

「だいたい」ローナが言う。「残りは明日教えるわ」

わたしたちは休憩室と呼ばれる人目につかない小さなスペースへ行って、荷物を取ってきた。

「家まで乗せてくれない、リース？」ローナが尋ねる。「車を修理に出してて」ローナが送ってもらう以上のことをしてほしいのは、ありありと伝わってきた。

「ブルーを送っていこうかと思ってたんだ。今夜が初出勤だからな」

リース・ダンカンと車に乗るなんてあり得ない。わたしのお尻に六回以上は手を置いてきた。今度やったら思い知らせてやるけれど、初日から上司をぶちのめすのはよくない。それに、今築こうとしているシンクレアとのつながりを台無しにしかねない。

「そう言ってもらってありがたいけれど、大丈夫。歩いてすぐなの。十分もかからないわ」

「送りたいんだよ」リースが食いさがった。それで家にあがって寝る前にセックスなんてごめんだ。

「また今度、ボス」肩にバッグをかけ、出口へ向かった。話しあいは終わりだと知らせる合図だ。「また明日」

ドアを出て、偽の亡くなったおばの家がある方向へ歩いた。そこが最近亡くなった女性が住んでいた家具付きのアパートなのは本当だ。これからの二、三カ月はここを家と呼ぶことになる。

このアパートについては運に恵まれた。稀《まれ》に、月と星が一直線に並ぶような奇跡が起きる。わたしにとって、このアパートがまさにそうだ。所有者は末期の病を患った高齢の女性で、親類はすでに全員亡くなっている。彼女は以前、テネシー州のわたしの祖父母の家から二都市離れた場所に住んでいたことがあった。ザ・フェローシップがこの女性の生活を調べあげたところで、彼らはわたしが真実を言っていると納得するだけだろう。

歩いて二分もしないうちに、黒の高級セダンがわたしの横をゆっくり並走してきた。窓が闇夜よりも真っ暗に染められていて、なかが見えない。リースがわたしを送ろうと最後のあがきでもしているのだろうか。

後部座席の窓がさがり、こちらに運が向いてくる。シンクレアだ。「乗れ」

この男にとって自分のほしいものはすべて手に入るのが当たり前だから、期待を裏切って興味を引こう。「たいそうご親切なお招きをありがとう。でも結構よ。歩くわ」

シンクレア・ブレッケンリッジは、わたしが家まで無事に帰れるか心配しているのだろうか？　違う。わたしの住居を突き止めて、留守中に捜索する？　もちろんそうだ。そして、全力でわたしの話に矛盾がないかどうか見つけようとする。でも、そんなものは見つけられやしない。

わたしは立ち去ろうとくるりと向きを変えた。けれど、その後ろからシンクレアが叫んだ。「乗ってくれ、頼むから」この言葉を発するのは痛みがともなうかのような言い方だ。いいことだ。この男は多少の謙虚さを学ぶべきだ。彼のためになる。

わたしは一瞬ためらいを見せた。車に乗る前にあたかもじっくりと考えているかのように。「〝頼むから〟なんて言われたら、断るわけにはいかないわ」

「今後のために覚えておくよ」

車だとすぐに着いてしまう。あまり話す時間はない。「ここから遠くないところに住んでいるの。たった六ブロック先の右側よ」

「謝らせてほしい」

「どのことについて？　わたしをまるで非協力的な目撃証人かのように質問攻めにしたこと？　それとも、こちらが丁寧にどいてくれってお願いしたあとに断ったこ

シンクレアが笑った。「どっちもだ。ただ、きみのお願いの仕方が丁寧だったかど

うかはわからない。ちょっとばかり偉そうに聞こえた気もする」

「それなら、無礼な態度でフェラの邪魔をしたことを謝るわ」シンクレアがジェニー

ンに償いの奉仕をさせるとリースとジェイミーに話していたとき、わたしはその唇の

動きを読んでいた。彼の性生活を妨害して申し訳ないけれど、ほかの女性がいるのは、

わたしに惚《ほ》れさせるという計画にとって不都合なので、事あるごとに妨害するつもり

だ。

「ジェニーンの鼻を折っただろ」よかった。これでしばらくは彼女に邪魔をされない。

わたしは肩をすくめた。「そんなことをすべきじゃなかったかもしれないけど、偉

そうな口を利かれたあとだったから、むしろスカッとしたわ」

「もしおれがきみにお願いされたとおりにしていなかったら、おれの鼻も折ったの

か？」

わたしは肩をすくめて笑った。「きっとね」

「そうか……これも今後のために覚えておかなきゃな。あんなパンチ、誰に教わった

んだ？」

わたしは手を持ちあげ、まるで痛みがあるかのように動かしてみせた。でも、痛みなんてない。自分がダメージを負わずに相手を殴る正しいやり方を心得ている。「父よ。わたしに自分で身を守れるようになってほしかったの」すべて本当のことだ。わたしから真実を聞きだせるのはこれっきりだろう。

「目的は達成されたわけか。見事な教えだ」

「こんなもんじゃないわ。父の教えで、男のタマを握ってひざまずかせるなんて離れ業もできるわよ」

シンクレアはまたおもしろがっている。「それなら、きみよりバーに来る男たちの下半身を心配したほうがよさそうだな」

「そういうこと」わたしはアパートの建物を指す。「右がわたしの住まいよ」

運転手が車を脇に寄せ、エンジンを切った。主人が戻ってくるのを待つというサインだ。「乗せてくれてありがとう」

「いつでもどうぞ」

シンクレアが後ろからついてきてなかに入ろうとしたので、わたしは彼の胸に手を押し当てて止めた。「おやすみなさい、ミスター・ブレッケンリッジ」女性たちはこの男の足元にひれ伏す。彼に言われれば、いつだって文字どおりひざまずく。だから、彼を魅了するには違ったやり方で攻めなければならない。新鮮でなじみのない方法で、彼の心を奪わないと。落としにくい女に、彼が射止めたいと必死になるような女になるのだ。

「ミスター・ブレッケンリッジはおれの親父だ。シンと呼んでくれ」

「それじゃあ、おやすみなさい、シン」

シンクレアがわたしの手を取り、甲にキスした。「おやすみ、美しい《ボニー》・ブルー」

まったくもう、彼はハンサムで魅力的な悪党だ。

のぞき穴から、シンクレアが車に戻る様子を偵察した。乗りこむ前に立ち止まる。

わたしの住所をメモしているのだ。明日の夕方までには、ランズバリー・ウェイ一
四番地は監視下に置かれるはず。探りを入れられるだろうと想定していてよかった。

とはいえ、ハリーに電話しよう。最後にもう一度だけ計画を確認しても損はない。

ダンカンズ・ウィスキー・バーで、シンクレアの気配もなく八時間のシフトをこな
した。彼が毎晩来るわけではないのはすでに知っていたけれど、昨日の出来事に興味
をかきたてられてやってくるかもしれないと思ったのに。違ったようだ。もっとうま
くやらなくてはだめだということだ。

リースがまたもしつこく送ると誘ってくるのを断り、アパートへ歩いた。リースはさらに強引になっている。近いうちにシンクレアにわたしは自分のものだと言ってもらわないと、ややこしいことになる。といっても、シンクレアと接触できなければ無理な話だけれど。

これは勝負だ。短距離競走ではない。シンクレアが一日目でわたしの足元にひざまずくわけがない。だから、長期の駆け引きに打って出なければ。

アパートに着き、通りに黒のベンツが停まっているのを見て笑みがこぼれた。ナンバープレートを記憶していたから、シンクレアのものであるのは間違いない。だが、気づいているように見えてはだめだ。そこに車が停まっていないかのようにふるまった。

アパートのなかに入り、カーテン越しに通りをのぞく。わたしが通り過ぎたとき、どうしてシンクレアは出てこなかったのだろう？　わたしが見えなかったのか？

「ああ、あれはおれの車だ」

嘘でしょ。彼はもう家のなかにいたのだ。

「やだ！」わたしは振り返り、驚いているふりをした。普通の人なら、招かざる客が家のなかにいるのに気づいたときにはそうするものだから。「死ぬほど驚いたわ」胸に手を当てる。「ここで何をしてるの?」

「家まで送ったあと、なかに入ってと言われなかったから、今夜は勝手にあがらせてもらおうと思ってね」

シンクレアは、許可なんかなくてもいつでも家に入れるのだと、わたしに思い知らせようとしている。脅し作戦だ。彼にうまくいったと思わせなければ。「こんなふうに無断で侵入したらだめよ。もしわたしが銃で撃つとか……そういうことをしたらどうするの?」

「お望みなら出ていくさ。撃たれるとか……そういうのはごめんなんでね」シンクレアが笑ってみせた。

彼にはここにいてもらわないと。一緒に過ごすことが、接点を持てる唯一の方法だから。「もう怖がらせないと約束するなら、いてもいいけど」

「約束はできないね」ハスキーな声だ。わたしを不安にさせるつもりらしい。なかなかやる。

「一杯飲もうかしら」わたしはお酒のしまってあるキャビネットへ向かった。シンクレアの大好きなジョニー・ウォーカーもある。「あなたもいる?」

「ああ。濃いめのやつをストレートで。なみなみと注いでくれ。ひどい一日だったんだ」

シンクレアにグラスを手渡し、ソファの反対側の端に腰をおろした。「どうしたの？」

「今やっている訴訟のことだから話せない」

「顧客情報の守秘義務ね？」

「そんなところだ」

シンクレアは水のようにぐいぐい飲んだ。「んんー……うまい」

「ジョニー・ウォーカーに勝るものなんてないわ」

彼がサイドテーブルにグラスを置き、ほんの少し体をひねってわたしのほうを向いた。「新しい仕事の二日目はどうだった？　今日は誰の鼻も折っていないとは思うが」

まったく、折ってやりたかった。「ええ。でも、いやらしい手を何本か折ってやろうとは思ってるわ」

「それは利口なやり方じゃないな、ブルー」

「じゃあ、どうしたらいいの？　あの男たちにわたしのスカートをめくらせておけって？　そういうことをするやつらがいるのよ。それに、自分たちにはその権利があって、わたしが許すのは当然みたいな態度なの」

「あいつらはそうすることに慣れているのさ。ほかの女たちはさせてやるからな」シンクレアがふたたびからかうように笑ったので、わたしは腹が立った。どんな女性であれ、仕事中にあんなことを我慢するべきではない。

「わたしはほかの女の子たちとは違うわ。その辺の男たちに触られるのは許せない。こういうことが起きるとわかっていたら、リースに相談していたのに」うんざりだとばかりに額に手を当てる。「この仕事でどうしてもお金を稼ぐ必要があるけれど、身を落とすことまではしたくないわ」

シンクレアがまたウィスキーをぐいっと飲んだ。「おれが明日なんとかしよう。これで間違いなく、連中は二度ときみに触れてこないさ」

予想外の展開だ。「あなたを窮地に立たせたくないわ」

「それはない。もう心配しなくていい。今後やつらは、ドリンクのおかわり以外にきみを煩わせることはないよ」

「ありがとう」シンクレアがウィスキーの残りを飲み干した。わたしは数口しか飲んでいないのに。もっと一緒にいる時間が必要だ。

わたしは立ちあがり、彼のグラスを引き取った。「おかわりがいるわね」

「いや、いい。行かないと。明日の朝早くに裁判があるんだ」

わたしは一流の女主人がやるように、シンクレアをドアまで案内した。「明日会える？」気のあるそぶりを見せて、恥ずかしそうに微笑む。まさに狙いどおりだ。パンチを繰りだせるような強い女以外の一面も、彼には見てもらわないと。「たぶん」きみの運がよければ。そんな言葉が、シンクレアの満面の笑みからうかがえた。

わたしは戸口に立ち、彼が車へ向かうのを見守った。「訴訟がんばって」大声で言う。

シンクレアはわたしに微笑み、こくりとうなずいた。そして去っていく。

ひとりになって真っ先に、部屋を調べた。シンクレアがここにいたあいだに嗅ぎ回ったのはわかっているが、確認しておきたい。その必要がある。

たったひとつの違いに気づくのに数分もかからなかった。本箱から、わたしの写真が入ったフォトフレームがなくなっている。予想外だ。

妙だ。顔の認識分析をするにしても、あの写真は必要ない。部下の誰かに命じれば、わたしの写真なんて撮れただろう。随時ＦＢＩが本物のブルー・マカリスターの痕跡をネット上から消去しているから、シンクレアが見つけられるのはハリーとわたしが作りだした偽の人物だけなのに。

ほかになくなっているものはない。でも、確かにシンクレアはわたしの持ち物を詮索した。それでいい——それを想定して準備をしたのだから。作戦はすべて正しく動きだしている。この入念に創りあげられた生活に不審なところはひとつもないので、シンクレアとのあいだに意外と早く信頼関係を築けるかもしれない。

今日は連絡する日ではないが、ハリーと話がしたい。この作戦は想像していたよりはるかに大変だ。心安らぐ声を聞かずにはいられない。

アパートは昨夜から盗聴されているかもしれないので、出かけてプリペイド式の携帯電話で父に連絡した。すべて順調だとハリーを安心させてから、今夜の出来事を報告する。「今日の夜、家に帰ったら、シンクレアがアパートにいたの」

「驚くようなことか?」ハリーの声に不安の色はなく、落ち着いている。まさしくわたしが聞きたかった声だ。

「ちっとも」

「よし。驚くようなら心配したところだ。おまえならうまくふるまえたと思うが」

「いつもどおり、抜かりないわ」

「お見事。それはよかった。つまり、シンクレアはおまえを調査していたわけだな。これはわれわれの想定内だ。いつだって早めに疑いを取り除いておくのがいちばんだ。これで信頼を得られる。室内のすべてのものが所定の場所にあったんだな？」

「もちろんよ」

「娘よ、よくやった」ハリーの褒め言葉を聞くのがいまだに大好きだ。

「アパートにいたことを、シンクレアはどう言い訳したんだ？」

まずい。きたわ。「昨晩わたしに招待されなかったから、自分で自分を招待したんですって」

「昨晩シンクレアはおまえの家でいったい何をしていたんだ？」

「落ち着いて。仕事が終わったあと車で家まで送ってもらったけれど、ドアの前で追い返したの」

「やつはおまえをベッドに連れこもうとしている」ハリーの声はもはや冷静ではなかった。「わかってるんだろ？」

「彼がそのつもりなのは、ちゃんとわかってる」シンクレアに写真を盗まれたことは絶対に言わないでおこう。ハリーがパニックを起こすだろうから。

「おまえがどれほど復讐に燃えているかはわかっているが、そのために自らを汚すようなことはするな。そんな価値はない。捜査現場で何度となくそういう状況を見てきた。わたしの言うことを信じなさい。あとで自己嫌悪に陥るぞ」ハリーはわたしを殺し屋に育てあげたのに、いまだに無垢な幼い少女だと思っている。

「心配しないで、お父さん。ブレッケンリッジ家に身を差しだすつもりはないわ。すでに多くを奪われているもの」ハリーに嘘はつきたくないが、本当のことは決して言えない。わたしの計画を知ったら、きっと怒り狂うだろう。

「強くあるには、ときには自分の心に従うことも必要だ。復讐を遂げられなくても、恥でもなんでもない。あきらめて家に帰りたくなったら、いつでもそうしてかまわないんだぞ。それで、ブレッケンリッジのことを二度と口にしないことにしても」

実際そうするつもりだ——ブレッケンリッジのことは二度と口にしない。でもそれは、やるべきことをやったあとの話だ。

4

シンクレア・ブレッケンリッジ

おれはデスクの椅子にもたれかかり、ブルーのアパートから取ってきた写真を眺めた。どうやら近影らしく、ブルーの外見は髪の長さ以外はだいたい同じだ。写真のほうが十センチほど短い。おそらく数カ月前に撮られたものだろう。

ブルーが仕事場の正面玄関に立っている。そのガラスには〝ブルー・マカリスター・フォトグラフィー〟と書かれていた。彼女の事業や会社情報をネットで検索すると、すぐにブルー自身のホームページや使っているソーシャルメディアが見つかった。これらすべてから、ブルーの事業は好調に見える。とすれば、彼女がこの暮らしから離れることに同意してスコットランドまで来て、おれたちの敵対組織のために偽の人物を装っているとは考えにくい。

可能性は低いが、あり得ないわけではない――もし連中がブルーに充分な報酬を払っていれば。

敵がうちの組織に潜入させるためにブルーを選んだのだとしたら、お粗末な選択だ。メンバーと喜んで寝るような女を選ぶべきだった。ブルーは梃子《てこ》でもそんなことはしない。自分の心と体を大切にしていて、まわりの人間にもそうすることを望む。

今のところ、ブルーの話に矛盾はない。素性を偽っている疑いが出てこない限り、引き続きウィスキー・バーで働かせておこう。個人的にブルーを監視して、問題ありと感じたらただちに追いだしてやる。

おれはシェイマスに電話をかけ、ブルーとの約束を実行に移した。「はい、ボス？」

「リースのところで新入りの女が働いている。アメリカ人だ」

「誰のことをおっしゃってるかわかりますよ」シェイマスが彼女の存在をすでに知っていても不思議はない。ミス・マカリスターほどのセクシーな女だ。部下たちのあいだで話題にのぼっているに決まっている。

「誰も彼女に触れさせるな。自分の手を失う覚悟のあるやつ以外はな」おれが本気でそうするつもりだからわざわざ警告していると、部下たちはわかっている。

「了解、ボス。ほかには？」

男に好きにさせればさせるほど、女たちがその晩の仕事終わりにもらえるチップは増える。どういう仕組みかはわかっている。その夜のチップをはずんでもらおうと、裏通りのビルに背中をつけて立ったままセックスしている女を見たことがないわけではない。「彼女に手出しは禁物だが、チップを減らしたりはしないように、メンバーたちにはよく言っておけ。その……気前よく頼むと」

「はい、ボス」

電話を切り、ブルーの写真をまじまじと見つめた。なぜこれを取ってきたのか自分でもわからない。このホームオフィスに飾る場所などないが、引き出しにしまっておくのもいやだ。見えるようにしておきたい。

デスクの隅に写真を置いた。見慣れないので、場違いな感じがする。これまで、オフィスのなかに女の写真を飾ったことなど一度もない。自分の母親の写真すらだ。だが認める。この写真は何よりも美しい。これでブルーのことを見慣れるだろう。

事務所を出るとき、家かリースのところ、どちらに行くか天秤《てんびん》にかけるまでもなかった。メンバーたちに手を出すなと命じてから、バーの新入り娘がどうなっているか確認しておきたい。

おれはテーブルについた。おれとリースとジェイミーの三人の席だと誰もが認めるテーブルだ。ローナが気づいてすぐにやってきて、飲み物の注文を取った。「今夜はどうする？」

「あのアメリカ人をおれの担当にしてもらいたい」

ローナがカウンターに目をやった。そこでは、ブルーがトレイに飲み物をのせている。「彼女、もうすでに手いっぱいよ」

「これはリクエストなんかじゃないぞ、ローナ。それにしても、おまえはおれの命令に口答えするほど愚かだったのか。ブルーがおれの給仕をしているあいだ、おまえが自分と彼女のテーブルを両方受け持てばいい」

おれはローナを見た。同意する以外のことができるならやってみろ。「お望みどおりに」

「そういうことだ。だが、ブルーのテーブルのチップは彼女のものだ。全額だぞ」

「もちろんよ、シン。言われたとおりにするわ」

ブルーが飲み物をのせたトレイを置いて、こちらのテーブルに来た。「わたしはあなた専任の給仕係になって、わたしのテーブルはローナがすべて引き受けるって彼女に言われたけど」

「そのとおりだ」

「どうして?」ブルーが困惑の表情を浮かべた。おれが望めば、なんだっていつだってここにいる人間にやらせることができる。そのことをブルーはまったくわかっていない。

「おれがそうしたいからさ」

ブルーが心配そうにまわりを見回した。「リースに相談しないで大丈夫? わたしはお客さんの給仕をするためにここにいるの——ひとりじゃなくて複数のね。リースを怒らせてクビになりたくはないわ。ここだといっぱい稼げるんだもの」

「チップをたっぷりはずんでもらえるだろ?」

「ええ、驚くほどよ」

よし。組織のメンバーは従ってくれた。期待したとおりだ。「よかった」

「何を飲む?」

「きみと同じものならなんでも」

おれのせいでブルーがさらに困惑しているのがわかった。それが楽しくてたまらない。「わたしは飲めないわ。勤務中だもの」

「一杯おごらせてくれ。だから好きなものを選んで、おれにも同じものを」

ブルーがにやりと笑った。「おっしゃるとおりに」

数分後、ブルーはふたつのかわいらしいグラスを手に戻ってきて、ひとつをおれに差しだした。「いったい、なんのつもりだ？」

ブルーが満面の笑みを浮かべている。「セックス・オン・ザ・ビーチよ」

「おれにパイナップルとこんなくだらない花がのった飲み物を持ってきたのか？」

「好きなものを選んで、同じものをあなたにって、そっちが言ったんじゃない。これがわたしの飲みたかったものよ」

「ウィスキーを飲むと思ったんだ」

「わたしはセックス・オン・ザ・ビーチが飲みたかったの。あなたも気に入ってくれると思ったのに」ブルーの笑みがさらに広がった。してやったりという気分なのだろう。

試しに飲んでみると、まさに予想したとおりの味がする——病的に甘い。明らかに女向けのカクテルだ。おれはグラスをブルーのほうに押し戻した。「セックス・オン・ザ・ビーチはお気に召さない？」

「砂浜での情事《セックス・オン・ザ・ビーチ》は大好物だが、このドリンクはだめだ」

「細長いボトルで、色が濃くて、ストレートなものがお好み？」

「ああ」

「もう一度わたしを信用してくれる?」ブルーが尋ねた。

「ひとつはっきりさせてくれ、ブルー」おれは彼女に近寄るよう合図し、ほとんど鼻を突きあわせるほど自分からも距離を詰める。「おれは誰のことも信用しない。相手が自らを信頼できるやつだと証明してみせるまでは」

「もはやウィスキーの銘柄選びの話をしてるんじゃないって、びんびん感じるんだけど」まさかとは思うが、おれは挑発されているのか?

ブルーは頭のいい女だ。頭脳戦には持ちこみたくない。「きみが給仕をする客はおれひとりだけだろ。そのおれの喉が渇いたままでいいのか」

ブルーが酒を取りに行った。すると、リースがおれの横の椅子にすばやく座る。

「ローナになんて指示したか聞いたぞ。あいつに二倍の仕事をやらせて、ブルーをおまえ専属にしろなんて、いったいどういうわけだよ?」

「誰かがあの女の狙いを検証しなきゃならないだろ。おまえが不用心にも怠ったから」

「おまえがブルーをひとり占めしてるのは、彼女がここにいる目的を調べるためだっていうのか?」

「通り過ぎるたびにブルーの尻を撫で回すよりは、一対一で話しあったほうがよっぽどうまいやり方じゃないか」

「心配するな、シン。もう誰もブルーに触ってないよ」

リースはお気に入りのおもちゃを取られた幼い子どものような態度を取っている。

「彼女は娼婦《しょうふ》みたいに扱われるのがいやだったそうだぞ」

「それをどうしておまえが知ってる？」

「本人から聞いたのさ」

「いつ？」リースが尋ねた。

「昨夜だ」

リースは腹を立てているようだ。つまり、状況をのみこみ始めている。「で、その会話はこのバーでしたと思っていいんだよな？」

「いいや」上司であるおれがリースに説明してやる義務はまったくない。「偵察する必要があったんだ。ブルーが素性を偽っていないかどうか確かめるために。おれがブルーの所持品を調べているときに本人が帰ってきて、なかにいるのがばれた。それで、会話するために来たふりをするしかなかったんだ」

「なんて都合のいい話だ」リースの言うとおりだ。調査なら部下にやらせてもよかったが、帰ってきたブルーにおれを見つけさせたかったのだ。

と思う」

「おまえの判決は？」リースが尋ねた。

おれの知る限りブルーは無罪《シロ》だ。今のところは。「彼女は本当のことを言っている

リースがテーブルを強く叩いた。「おれにはわかってたぜ」

「わかっていなかっただろ、リース。いつもどおり、汚れ仕事をやるのはおれだ」

「そうか。ブルーのアパートでふたりきりでいるのが汚れ仕事だと、ずっと自分に言い聞かせていればいい。そうしたら、いずれそう思いこめるようになるかもな」リースはまるで納得していない。そして、彼が正しいことは、ふたりともわかっている。

おれはブルーと一緒に過ごしたかった。

はるかにましな酒の入ったグラスを持ってブルーが戻ってきた。リースはそれ以上何も言わずに立ち去った。「彼、どうしたの？」

「やらなきゃならない仕事があるそうだ」

ブルーはおれの前にグラスを置いた。「ジョニー・ウォーカー。ブラックラベルよ」

「正しい選択はできるようだな」

「ね？　わたしって信用できるでしょ」それはまだわからないが、幸先《さいさき》はいい。

「今日はましになったか？」

「断然」ブルーが顔を輝かせる。「お触りがほとんどなくなったわ」

ほとんどだと？　「このバーに、まだ触ってくるやつがいるのか？」

「ええ。ちょっかいを出してくるのをやめない男がひとりいるの」

おれがブルーに触るなと命じたのに、従っていないメンバーがひとりいる。これは完全なる反逆だ。許してはおけない。「ローナが参っているみたいだ。きみは自分の客のところに戻ったほうがよさそうだな」

「そうね」

席から立ちあがろうとするブルーを、おれは引き止めた。「覚えてるか？　触ってくる手を折ってやりたいときみに言われて、それは利口なやり方じゃないとおれが答えたことを」

「ええ」ブルーが笑った。

「気が変わったよ。もしそいつがまた触ってきたら、気のすむようにやったらいい。なんならひざまずかせてやれ」

ブルーが業務に戻った。おれは座ったまま、セクハラ野郎の正体を現すメンバーはどいつかと様子をうかがう。そう待つこともなく、若いメンバーのダフが手を伸ばしてブルーの太腿の裏側を上に向かって撫でた。前腕がスカートに深く入りこんでいき、ブルーのパンティに触れているのは間違いない。ほかのところにも。

ブルーが前かがみになって近くのテーブルに飲み物を出すと、ダフの手が背後から襲ってきた。最低最悪のくず野郎が。

突然ブルーが振り向き、スカートに伸びたダフの手の上に自分の手を置いた。一瞬の躊躇《ちゅうちょ》もなく、彼の手首を思いきりねじりあげて関節技を決めた。とたんにダフが椅子から飛びだしてひざまずく。

「ああ……くそっ！　放せ、性悪女！」ダフが叫んだ。

ブルーがおれと目を合わせた。怒り心頭にもかかわらず、自制心は保ったままだ。自分も同じようにできるとは言いきれない。その点でブルーは大したものだが、彼女がこのくそ野郎に何をしたいかはわかっている。おれの承諾を期待するように、ブルーが表情で問いかけてくる。だが、同意するわけにはいかない。メンバーに自分たちよりもブルーを選んだと思われてしまう。ブルーに制裁を許したことで、すでにおれは危険な立場に置かれている。

おれは椅子から立ちあがり、ブルーのところへ行った。ダフが解放された瞬間に攻撃してやろうと考えているとまずい。「もう充分だ」

ブルーが言うことを聞いて身を引いたあと、おれは彼女の肩に手を置いた。「二度と誰も彼女に触れるな。誰ひとりだ」全員にはっきりと聞こえ、誤解されないように大声で告げた。

カウンターの向こうにいるリースを見た。その顔によぎった一瞬の怒りを見間違いようがない。だが、異論をとなえたり、逆らったりしてくることはないだろう。おれはリースの上司だ。

「不当な扱いを受けた者によって償いが実行された」おれは告げる。「そのまま続けてくれ」

飲み、語り、笑いが再開される。ダフの悪ふざけがもう注目を集めることはない。おれは身を傾けて、ブルーの耳にささやいた。「一緒に来てほしい」

ブルーをリースのオフィスに案内した。つい二日前に、ひざまずいたジェニーンと一緒にいるおれと出くわした部屋へ通すのは、さすがに悪趣味だから。

おれはドアを閉め、何も言わずにブルーを見つめた。彼女の気持ちをなんとか読み取ろうとする。「わたし、何か悪いことをしたかしら……あなたの指示を誤解したとか？」

「いや、完璧だったよ」おれは近寄り、両手でブルーの顔を包んだ。「教えてくれ。悪さをしてきた男を苦痛のあまりひざまずかせたときの気分はどんなだったか」

両手にブルーの震えを感じる。「自分の力強さを感じたわ」

「罪悪感はあるか？」

ブルーが首を振った。「あったほうがいい？」

「いや、まったく」

「あのときのわたしを見ていてどう感じた？」ブルーが尋ねた。

「気に入ったよ。大いにね」おれはさらに近づき、ブルーの顎から耳元へと唇を這わせていく。「すごく興奮したよ」彼女の顔から両手をおろし、ボディラインをなぞって見事な尻へと移動する。その尻を両手で包み、耳たぶを口に含みながらブルーの体を自分に密着させた。

「誰もわたしに触るなっていうのはどうなったの？」

おれにも触られたくないという意味か？

ブルーを放し、彼女の顔をまっすぐ見据えた。「おれにもそうしてほしいってことか？」

「誤解がないように、はっきりさせておきたいの。貯蔵室とかバーのオフィスのデスクで求めてくるような人に、自分の体を許すことはないわ。最高のセックスによる喜びを感じたいの。だから、わたしを喜ばせたいと思ってくれる男としか寝ない。あなたがひとりよがりの喜びに浸ることはないと信じられなければ、応じないわ。きっとわたしは、これまでのほかの女性より多くのことをあなたに求める。でも、それについてはいっさい悪いと思わないの」

「はっきりさせておく。おれは自分が喜びを感じることしかやらない。ボニー・ブルー、きみが信じていいのはこの点だけだ」

おれは相変わらず鼻先がぶつかるくらい近くに彼女を抱き寄せている。「どうやら行き詰まりね。これじゃ、ふたりとも喜びは得られない」

ドアをノックする大きな音がした。それでも、おれたちは互いから目を離さない。

「消え失《う》せろ」

「シン」ドアの向こうでリースが叫ぶ。「親父さんがおまえに会いに来てる」

最悪のタイミングだ。

「くそっ!」おれは大声で叫んだ。ブルーを放し、下腹部を押さえつける。「この件はあとでけりをつける」

ブルーはくるりと向きを変え、ドアへ向かった。「無理よ」

いや、そんなことはない。行き詰まってそれでいいなんて、ふたりとも絶対にそんなわけはない。

5

ブルー・マカリスター

母を殺した相手をほんのわずかしか拝めないうちに、セインとシンクレアはバーを出ていった。襲われたとき、その顔を見た記憶がない。たぶん、恐怖で目をつぶっていたのだろう。でも、隠し撮りされた写真なら数えきれないほど見てきた。セインの顔は、わたしの脳に刻みこまれて一生消えることはない。けれど、思い描いていたのと実物は違った。想像していたようなモンスターではなく……ちゃんと人間に見える。

閉店時間になっても、セインもシンクレアも帰ってこなかった。ふたりが戻ってきて、シンクレアから父親に紹介してもらえるかもしれないと期待していたのに。ブレッケンリッジ家の内側へ連れていってくれる策略という名の船を、わたしはなんとしても漕《こ》ぎだしたかった。

歩いていると、シンクレアの黒のベンツが、またわたしの横をゆっくりと並走してきた。「乗れ」

わたしに対して、ザ・フェローシップのメンバーの一員のように命令はできない。

「いや」

「乗れと言ったんだ」

「わたしはいやって言ったわ」初めのうちから、わたしの扱い方を教えておかないと。

「お願いだ、ブルー。きみをどうしても家まで送りたいんだ」シンクレアがあっけないほどあっさりと言った。

わたしは思案しているかのように、彼をしばらく見つめた。でも、心のなかでは乗ることはもう決まっている。「いいわ。でも、親切にお願いしてくれたからよ」

向こうから話しだすのを待ってみたが、アパートまでの二分のあいだ、シンクレアは何も言わなかった。だから、わたしも何も言わない。お互いに腹を立てている。といっても、実際に怒っているのは彼だけで、わたしのほうは怒ったふりをしているだけだ。

スターリングがいつもの場所に車を停めると、わたしは口火を切った。「乗せてくれてありがとう」シンクレアは返事をせず、ドアを開けて外に出る。「なんのつもり？」

わたしは子どもっぽく腕を組んで車のなかに居座った。シンクレアがこちらのドアを開け、わたしを外にエスコートしようと片手を差し入れる。「おれも一緒になかへ行く」

　わたしは彼の手を取り、エスコートしてもらって外に出る。「どうして?」

「さっきは邪魔が入ったが、中途半端になっていることにけりをつけたいんだ」ええ、そうでしょうとも。

　玄関先で、わたしはシンクレアを止めた。彼の胸に手を置き、ここからは立入禁止だとわからせる。「わたしたちはお互いに求めていることが違う。こっちはいっさい譲歩しないわ」

「もし、おれがそのことについて検討して気が変わったと言ったらどうする? きみの考え方を試してみるとしたら?」シンクレアは態度を改めつつあるが、まだ充分ではない。もう少しのあいだ自分の欲望を抑えつければ、わたしの考え方が理解できるようになるだろう。完璧に。

「そうね……だめよ」わたしは駄々《だだ》っ子のように言った。

「だめって、どういう意味だよ?」シンクレアも駄々っ子のようだ。思いどおりにならなくてかなりショックを受けているらしい。

「試してみるなんて……話にならないわ。そういうことじゃないの」

「じゃあ、どうすればいいんだ?」

「さっきあなたは、自分が喜びを感じることしかやらないって言ったわよね。だったら、わたしの気分をよくすることに喜びを感じるってことを信じさせてほしいの」

「きみの快感を第一に考えろってことか」シンクレアが笑った。

「えっと……ちょっと違うけど。だいたいそうね」

「まったく、きみって女は。魅了してくれるね。今じゃ、きみとのセックスがどんな感じか知りたくてたまらない」

完璧だ。「それなら、がんばってちょうだい。わたしにふさわしい男になるための努力が不足していると感じたら、あなたとは寝ないかもしれない」すごい。性悪女そのものだ。やりすぎただろうか。

「いいだろう。要求をのもうじゃないか」シンクレアがこんな条件を受け入れるなんて信じられない。

わたしはどこに突き進んでいるのだろう? 敵と寝るはめになるかもしれないということはわかっていたが、その可能性にこれほど興奮を覚えるとは思ってもみなかった。

自分が汚らわしく感じる。でも悪くない。そんなことはあってはならないのに。

シンクレアがバーに来てから二日経った。そのあいだ彼は、わたしを家まで送るために立ち寄ることもなかった。気のないそぶりは功を奏するどころか、裏目に出ている気がする。

シンクレアは、ザ・フェローシップの取り巻きである積極的な女性たちと手っ取り早くセックスをするのに慣れている。誰ひとり、自宅やホテルに連れていったりはしない。彼女たちとは違う新鮮な魅力で、彼の興味を引きつけたいと思っていた。だから、メンバーに汚されていない、よそ者の女であることが成功の鍵だと考えた。そうではなかったのだろう。別のアプローチの方法を考える必要があるかもしれない。

閉店時間になったので、荷物を取りに裏へ行った。ロッカーを開けると、バッグの上に折りたたまれたメモのついた一本の赤い薔薇が置かれている。わたしは薔薇の香りを嗅いでから、メッセージを読んだ。

〝明日の夜、きみをデートに連れていく。そのためにやっておかなければならないことがあるようだ。七時に迎えに行く。

S〟

ああ、なんてこと。シンクレアがバーに来ていたのに、気づきもしなかった。わたしの計画はまだ暗礁に乗りあげていないようだ。

問題がひとつ。明日の夜は仕事が入っていたはず。シンクレアはリースに話をつけてくれているのだろうか?

わたしは帰りがけにオフィスに寄った。ドアは開いていて、リースがデスクに向かってパソコンで作業をしている。「ボス、ちょっといいかしら?」

「ああ」

話しあってもいない自分の予定変更を確認するなんて奇妙な感じだ。「わたしって、まだ明日の夜の勤務に入ってる?」

「いいや。シンが代わりにグリーアを入れた」

「あらそう」少しも驚いていないが、そう見える表情を作る。「じゃあ、彼とデートすることも知ってるわね」

「あいつがきみのシフトをいじってるから、そんなことだろうとは思った」

「問題ないといいけど」

「大丈夫だ」リースはパソコンに数字を打ちこむ作業に戻った。「こっちは慣れてるよ。シンがほしいものをなんでも手に入れて、ほかのやつなんておかまいなしなのにはね」

あらら。辛辣だこと。何も言わないのがいちばんだろう。「えっと……それじゃあ、次は日曜ね」

「ブルー、シンは親友のひとりだが、くそ野郎なところもある。きみはいい子だから、あいつに傷つけられるところは見たくない」

そんなことはあり得ないけれど、リースには言えない。「ありがとう、リース。気をつけるわ」

黒のベンツが横についても、わたしは驚かなかった。「こんばんは、ミス・マカリスター。家までお送りさせていただけたら光栄だが、実のところ、そうされたらきみはうれしいかどうかを知りたい」

おもしろいゲームになりそうだ。「送ってもらえたら、とてもうれしいわ」

ほんの数分でアパートに到着した。「入ってもいいかな？」

このあいだの会話のあとで家へ招き入れたら、どんな意味に取られるだろう。「ブルー、きみをベッドに誘う栄誉を勝ち取らなければならないなら、きみの出す条件をクリアして認めてもらうチャンスをくれないと」

痛いところを突いてくる。あとには引けない。そんなことをすれば、せっかくの足がかりを失ってしまう。「ええ。どうぞ入って」

なかに入り、わたしは玄関で靴を脱ぎ捨てた。「ああ。このほうがずっと楽だわ」

まとめていたゴムを外し、髪が自然にほどけるまで頭を振る。一日じゅうアップにしていたから、頭皮がひりひりした。「もっと楽な格好に着替えてくるわ。好きに飲んでて。ウィスキーのある場所はわかるわね」

タイトな黒のヨガパンツにぴったりした白のTシャツを選んだ。これなら、わざとらしくない程度にセクシーだ。

居間に戻ると、シンクレアがふたり分のジョニー・ウォーカーを注いでいた。ストレートのウィスキーが入ったトールグラスが、サイドテーブルの上でわたしを待っている。

何か魂胆があるのだろうと思いながら指定された場所に座ったが、シンクレアがわたしの足元の床に移動した瞬間にはっとした。「今日は忙しかったかい、ボニー・ブルー？」

わたしにニックネームがついたようだ。すてき。シンクレアに一点。

「大変だったけど、いやらしい手でちょっかいを出されないようにしてくれたおかげで、だいぶ楽になったわ」

「誰も邪魔してこないか？」彼がわたしの右足に手を伸ばして、さすり始めた。

やだ、気持ちいい。感じそう。

わたしはかぶりを振った。「もうないわ」

「ローションかオイルがあればもっとうまくできるんだが。何か持ってないか？」

「うんと……ええ。洗面台にあると思う」

シンクレアが廊下へと消えていった。それから、わたしのお気に入りのボディローションを持って姿を現し、ふたたびわたしの足元に腰をおろす。手のひらにたっぷりの量を絞りだし、その手をわたしの両足に滑らせ、甘い誘惑を始める。「今日の話をしている途中だったな」

意識がほとんど朦朧《もうろう》として、まともな文章を作れない。「まああだったわ」

「それだけか？」彼の声に少し落胆がまじった。

「きれいな赤い薔薇と明日の夜のデートの招待状を見つけたときには、気分があがった。そうだったわ、ありがとう。すてきなサプライズだった」

「それはオーケーってことか？」

嘘でしょ？　わたしの仕事の予定を変更したうえで訊いてくるの？「メモではわたしの都合なんて確かめていなかった気がするんだけど。七時に迎えに行くっていう指示だけで」

「頼む、辛抱強くつきあってくれ、ブルー」シンクレアがマッサージをやめたので、わたしはつぶっていた目を開けた。「こういうのは初めてだから」

床に座っているシンクレアは……わたしに尽くす姿はすごく愛らしく見える。「それはわかってるし、がんばってくれてるのも知ってるわ。気づかないわけがないでしょう。努力してくれてありがとう」

「もう一度やらせてくれ。ちゃんとしたいんだ」シンクレアが咳払《せきばら》いをする。「明日の夜、おれとディナーに行ってくれませんか？　そのあとよければダンスも？」

こんな誘いにいったいどうやったらノーなんて言える？「はい。喜んで」

シンクレアが両手にさらにローションをつけて、わたしのふくらはぎを上に向かってマッサージした。

「この二日、バーに来なかったわね」

「すごく重要な訴訟を抱えているんだ」

「そう」来なかったのはシンクレアの意思ではなかった。それを知って、わたしはうれしくなった。

「きみに会う気がなくて来ないんだと思った？」

「かもね」

「がっかりした？」

ちょっとは優しくしてあげないと。「かもね」

「なんだよ、はっきりしないな」

シンクレアの言うとおりだ。もう少し、か弱さも出さないとだめだ。「セックスのことになると、たいていの男の人はノーって言葉を聞きたがらないでしょ。だから、もう避けられたと思ったの」肩をすくめる。「白状するけど、二日間あなたに会えなくて本当にがっかりしたわ。要求しすぎたかしらとか、興味をなくされたかしらとか考えてた」

「その逆さ。こんなに興味がわいたことはないね」

「信じられない」絶対に認めたくはないが、あのジェニーンだって驚くほどの美女だった——わたしに鼻をへし折られるまでは。「バーにいる女性を見たわ。なかには、とびきりの美人でたまらない体つきの人もいるじゃない。あなたを今まででいちばんその気にさせたのがわたしだなんて、あるわけないわ」

「ブルー。あの女たちはきれいさ。あいつらの中身を知らず、リースのところにいる理由がわからなければな。彼女たちは皆、宣言されることを狙っているのさ。そのためなら、なんだって喜んでするんだ」

宣言される。資料で読んだ覚えがあった。ザ・フェローシップには、未婚の女性を自分のものだと宣言して囲うという独特の慣習がある。「宣言されるって、どういう意味かわからないわ」

「きみはあいつらとは違うんだから、わからなくていい。おれはそこが気に入っているんだ」

「どういう意味か教えてほしいわ。スコットランド特有のこと？」

「また別のときにな、ボニー・ブルー」

6

シンクレア・ブレッケンリッジ

ブルーとおれは、エジンバラ随一のレストランでディナーをする予定だ。よく行く店だが、女性を連れていったことは一度もない。オーナーとマネージャーはよく知っているから、事前に電話して希望のテーブル席を確保しておいた。奥の隅にある静かな席で、照明が暗く客の往来がいちばん少ないところだ。ある思いから、そこを選んだ。なるべく邪魔されずに、ブルーと話がしたい。ブルー・マカリスターという人間を明らかにしたい。基本情報は知っているものの、おれの好奇心はそれだけでは満足できなかった。どういう理由からああいう性格になったのか知りたい。なんの——あるいは誰の——せいで、セックスに対する要求があそこまで厳しくなったのか？　何より、今おれが目指しているものが努力するに値するものなのかどうか確かめたかった。

食事を注文し、飲み物が運ばれるのを待ってから、深い話を始める。「どうしてカメラマンになりたいと思ったんだ?」

「ちょっと変わってるから、笑わないでね」

「笑わないさ」

ブルーはにっこり微笑んだ。「感情をとらえるのが好きなの」

芸術家的な返答だ。

「人って、言葉を発しなくても語ってしまっているものがあることに気づいてないのよね。口角があがるみたいな些細な仕草が、どんな声よりもいろんな思考や感情を露《あら》わにすることがある。仕草って、本能が巧妙にわたしたちにやらせていることなの。わたしたちが恋に落ちるのも、さらに強力な本能の仕業よ」

「ああ。あれはシャンだ」

「シャン?」

「アメリカ人はたぶん〝恥《シェイム》〟って言葉を使う」

「へえ。そういう経験があるって感じね」

経験なんて一度もない。おれはそんな無意味な行為をするには合理的すぎる。「人が恋に落ちるということは、無防備になるのを受け入れることだ。それは、おれがぜひとも選びたい道ではない。きみは？　ボニー・ブルーは恋をしたことはあるのか？」

「男性とつきあってはみたけれど、ちっともうまくいかないの。そこがわたしのだめなところ」ブルーが親指の指輪を不安そうにもてあそんでいる。「写真で他人の感情をとらえることはできるのに、自分の気持ちは理解できないのよね。わたし、人とのつながりを避けてるの。自分を孤立させて、ひとりぼっちでいる言い訳にしてるのよ」ため息をつき、恥ずかしそうにする。「やだ。これって心理プロファイリング……とかなんかそういうのみたいね」

　ブルーは個人的なことを細かく打ち明けてくれた。これは予想していなかった。

「兄弟や姉妹は？」

「姉がひとり。エリソンっていうの。緊急救命室《ER》の看護師よ。あなたは？　きょうだいはいるの？」

「ミッチっていう弟がいる。まだ大学に行ってる。それから悪友がふたり、リースとジェイミーだ。おれたちは兄弟同然なんだ」

「あのバーって、なんだかいろいろ複雑よね。全員が知りあいだし。一般のバーっていうより、会員制クラブみたい」ずいぶんと的確な表現だ。「ときどき、わたし以外のみんなが隠してる秘密があるような気がするの」

この女はすべてを兼ね備えている——頭脳も美しさも。聡明《そうめい》すぎて身を滅ぼさなければいいが。「あとどのくらい滞在するつもりなんだ?」

「わからないわ。できるだけ早く全部すませようとは思ってる。アメリカでの仕事があるし」

ブルーが泊まっているアパートを見た限り、おばは裕福ではなかっただろうから、あと二週間ほどで片づくだろう。「すぐにすむさ」

「ご両親のことを教えて」

この話はただちにまずい方向へ行く可能性がある。「おふくろと親父は一応まだ結婚はしている。親父は起業家と言っていいかな。いくつか事業をやっている。おふくろは働いていない。きみのところは?」

「母は二年前に亡くなったわ。父はデートをすることすらまったく考えようとしないの。母のことをものすごく愛していたから、ほかの女性とはつきあえないんですって」

認めあって互いに一途《いちず》な愛を捧《ささ》げる両親のいる家庭など、おれには想像もできない。まるで別世界だ。どうせおれは自分の親みたいになる運命だ。ほぼ間違いなく、誰かを愛することはないだろう。


おれとブルーが入店する前に、スターリングにバーのなかを見回らせた。安全なことを確認しておく必要がある。ブルーの前で敵と争いになるのだけは避けたい。「問題ありません、ボス」

「よし。ありがとう、スターリング。あとは大丈夫だ」

「なんだったの？」ブルーが尋ねた。

「きみは何も心配しなくていい」

今日は土曜の夜だから、ダンスフロアは大盛況だ。おれたちは席を取る。「何を飲む？　セックス・オン・ザ・ビーチか？」

「いいえ」ブルーが笑い声をあげる。「あれはね、女の子っぽいドリンクを持ったあなたを見れたらおもしろいだろうなって思ったの。あなたのリアクション、超貴重だったわ」

「代わりに、ジョニー・ウォーカーのブラックラベルにするか？」

「とことんジョニー・ウォーカーが好きなのね」

「ああ。質がいいからな」

「それでいいわ」

おれたちは飲み物を受け取り、階段をおりてとっておきのダンスフロアがある洞窟のなかへ入った。「変わったところね」

「悪くないだろ?」

「最高。地元にはこんなところないわ」

おれたちはダンスフロアへ向かった。「踊りたいか?」

「すてきなパートナーがいればね」

シーアの新曲がかかっている。「こいつをやっつけて、あっちに行こうか?」

「いいわ。一、二、三で」

ふたりでグラスをカチンと鳴らしてカウントする。「一、二、三」

おれたちは褐色の酒を一気に飲み干した。「こいつは絶対に裏切らない。この世に完璧なものがあるとすれば、それは極上のジョニー・ウォーカーだ」

「同意見ね」

グラスを置いてフロアへ出た。さほどスローな曲ではないが、ブルーが距離を詰めて、片方の手をおれの肩に回し、もう一方でおれの手を握る。「この曲がすごく好きなの」

おれはしばらく歌詞に耳を澄ました。「燃え盛る炎にガソリンを注ぐように？」

ブルーがひと節、ふた節歌い、肩をすくめた。「ごめんなさい。歌がすごくへたなのは自覚してるんだけど、この曲を聴くと、どうしても歌いたくなるの」

何組かのカップルが一気にダンスフロアにやってきて、ブルーはさらにおれとの距離を縮めざるを得なくなった。

これくらい、この店では普通だ。「混んできたわね」「ここは人気のあるバーだが、空いているほうだ。あと一時間もすればもみくちゃになるさ」

「棒でかきまぜられなくなるわ」

「なんだって？」

ブルーが笑った。「アメリカ南部で使う言い回しなの。すごく混んでるって意味よ」

彼女の出身がどこかは話してもらっていないが、おれはもう知っている。写真スタジオをネットで検索したときに出てきた。

シーアの曲が終わり、新しい曲が始まる。会話を続けるには互いに叫ばなければならなくなりそうだ。「もう一杯飲む？」

「そうね。ここは暑いわ」

ブルーを連れてバーカウンターへ向かった。「同じのにする？」

彼女が肩をすくめた。「そうするわ」

飲み物が出てくるのに思ったより時間がかかった。「あのちょっと奥まったところの席がちょうど空いたわ。あなたがドリンクを待ってるあいだ、わたしが席を取っておくわね」

もう一度列に並ぶはめにはなりたくないので、おれはダブルを注文した。どっちにしろ、ブルーに三杯目は多すぎるだろう。体のサイズからして、体重は軽そうだ。おれのほうが三十キロは重いだろうから、同じように飲むと期待するのはかわいそうだ。

おれは人混みを抜けてブルーの待つテーブルへ向かった。すると、彼女のとなりに最悪の敵が座っているのが目に入る。ザ・フェローシップを長年追っている警察官のロイド・ブキャナンが、彼女に近づいて耳打ちしていた。ブルーは体をそらしている。つまり、ブキャナンの言ってくることをいやがっているのだ。「彼女から離れろ」

「今夜はなんてかわいいアメリカ女を連れてるんだ、ブレッケンリッジさんよ」

これはいい。いやな野郎になりさがるつもりのようだ。「彼女に手を出すな」

「おまえさんは、いつから組織以外の女にも触手を伸ばすようになったんだ？」

このままブキャナンが話し続ければ、ブルーにとってかなり危険な状況になりそうだ。「黙りやがれ」

「ああ、彼女はおまえさんの正体を知らないんだな。エジンバラで、いや……スコットランドでも一、二を争うほど悪名高い一族のご出身だと、まだ彼女に話してないのか。おまえの父親が残虐極まりない犯罪組織のトップで、いずれはおまえがそのあとを継ぐことも、なーんにも知らないってわけか」

ブキャナンが指でブルーの剝《む》きだしの腕を撫でた。「お嬢さん、今きみが一緒にいる男は、とんでもない犯罪人なんだよ。詐欺、窃盗、殺し。こんなのはまだまだ序の口でね」

そんなことをブキャナンからブルーに話されるのはたまらなくいやだが、彼の手が彼女の手に置かれているのは、見ていてもっと我慢ならなかった。「彼女に触るな」

ブルーがブキャナンの手を、それから顔を見た。「まずは警告してあげる。それからまるまる一秒あげるから、わたしに折られる前にその手をどかして」

「今きみは組織犯罪対策課の副部長を脅したんだ」ブキャナンの手がブルーの腕から脚へおりる。「それだけでも連行できるんだぞ」

ブキャナンがブルーを脅しにかかった。彼女は怯えているだろうが、おれは違う。次の展開に備えて、おれはブキャナンのほうに移動した。「言ったはずだ。彼女から手を離せ」

おれが一歩踏みだす前に、ブルーがブキャナンの睾丸《こうがん》を攻撃した。彼女の手首が回転するのが見え、何をしているのかはっきりわかる。ブキャナンは痛みに悲鳴をあげて両膝をついた。「連行したければどうぞ。むしろ、バーに来てあなたのタマをひねりあげた若いアメリカ人女性観光客のことを、どんな話に仕立てあげるのか聞くのが楽しみだわ」

おれはそれ以上前に出なかった。助けなど必要なさそうだ。ブルーはすべて自分でなんとかできる。

「放せ！」ブキャナンが食いしばった歯のあいだから声を漏らした。

ブルーが放してやると、ブキャナンは床に倒れこみ、胎児のようにうずくまった。ブルーは両脚をひるがえしてブキャナンをまたぎ、ブース席から出た。「彼で長く楽しみすぎたかしら」

ふたりでバーを出るとき、ブルーがおれの腕に手を回してきた。驚きだ。彼女に逃げるつもりはなく、どうも犯罪者一族の出身というおれの経歴を、ずいぶんといいように受け止めているようだ。そんなのはでたらめだと思っているのだろう。

ブルーのアパートへと車で移動しながら、おれは彼女のほうからブキャナンの言ったことを話題にしてくれるのを待った。ブルーは期待を裏切らない。「さっきの話は本当？　あなたって犯罪者一族の一員なの？　それとも犯罪組織？　なんだかわからないけど、あのばかが言ってたやつの？」

おれは嘘をつくこともできただろう。ブルーはこのあたりに知りあいがいないのだから、真相が明らかになることはないはずだ。だが、彼女に真実を話したいと思っている自分に気づいた。ブルーにはありふれたところがひとつもないので、彼女がどんな反応を示すのか見てみたかった。ブルーを試してみたい。「一族の家長であるおれの親父は、ザ・フェローシップという組織の長だ。おれたちをギャングと呼ぶやつらもいる。暴力団とかマフィアとも言われてきた。どういう呼び名でもかまわない。イタリア人ではなくスコットランド人だから、氏族《クラン》や血族《キンシップ》のほうがふさわしいな」

「あの警官が非難してたようなことをするの？　詐欺とか？　窃盗とか？」最後の言葉を発する前に、ブルーはためらった。「殺しも？」

「おれは境界線ぎりぎりの仕事をしている。自分の仕事がなんたるかも、自分がどこまで成し遂げたいのかも、ちゃんと自覚している。そこには詐欺も含まれるし、窃盗をすることだってある」一瞬間を置いてからとどめを刺す。「ときには殺しもするだろう」

「そのとき、あなたは何を感じるの？」

「力強ささ」わざとこの言葉を選んだ。ブルーがダフをひざまずかせたときの気分を表現するのに使ったのが、まさにこの言葉だったから。おれたちは似たもの同士だということを、彼女にわかってもらいたい。

しばらく窓の外を眺めてから、ブルーがふたたび話しだす。「力強さを感じるのが好き？」

嘘はつけない。善良とは言えない行為は気分を高揚させる。「すごくな」

また時間が過ぎる。「オーケー」

なんだって？「オーケーって……それだけか？」

「恐怖におののいてほしい？」ブルーが尋ねる。「それであなたの気分がよくなるとか、わたしの評価があがるっていうなら、やってもいいわよ」

ブルーは極端な楽観主義者というわけではない。それに、彼女が態度を偽っていると考える理由もないはずだ。「いや。オーケーで充分だ」

ブルーが驚かないことに動揺するべきかどうかわからなかった。驚かれないことにショックを受けるなんて矛盾している気がする。

おいおい、自分を棚にあげて相手を責めてどうする？「きみの心のなかに入れたらと思うよ」

「やだ、だめよ。わたしの心は真っ暗な場所だもの」

おれは完璧な女性と巡り会ったのかもしれない。ブルーの目に映るおれは、ちっともモンスターなんかじゃない。

7

ブルー・マカリスター

ふたりで玄関まで来ると、わたしは立ち止まった。シンクレアの胸に置いた手は、ここで帰ってと彼にわからせる合図だ。「今夜はありがとう。すごく楽しかったわ」

「またかよ？」シンクレアがため息をつき、両手でわたしの腕をさする。「なかには招待してもらえないのか？」

わたしはにっこりして首を振った。「あなたにはまだ覚悟ができていないわ」

「できていないのはそっちじゃないのか。おれの覚悟ができているのは間違いない」

シンクレアはキスをしようとしている。そうしたいのが伝わってきた。「約束する。いい気分にさせるから」

彼はものすごく努力している。わたしをベッドに連れこむためではあるが、見方によってはロマンティックだ。「そうしてくれるのはわかってるけど、今夜はだめ」

「キスしたい」シンクレアが近寄り、適切な対人距離を越えてくる。「そんなこと、今まで一度もしたいと思ったことはなかった」

一度キスをさせるくらいならかまわないだろう。たとえ小さな骨でも、犬に投げてやるのは悪くないかもしれない。

わたしは指を一本立てた。「二度目のチャンスはなし。一回のキスだけよ」

シンクレアが口角をあげると、小さなえくぼができる。今まで気づかなかった。なんてセクシーなのだろう。

どうしよう、彼はハンサムな悪魔だ。

その瞳は美しく、溶けたダークチョコレートみたい。

シンクレアの両手がウエストに回され、しっかりと抱き寄せられた。互いの唇が今にも触れあいそうだ。まるで綱引きでもしているかのように、わたしたちは戯れあう。一方が身を乗りだすと、もう片方が身を引いた。それを交互に繰り返し、ついに彼の唇がわたしの唇をかすめると、もうゲームどころではなかった。彼を味わいたい。

両手をシンクレアの腕の上に移動させ、広く筋肉質な肩に回した。唇が重なった瞬間、わたしは口を開いて彼の舌を招き入れた。ふたりの舌はしっとり柔らかく、一緒になってなめらかに動く。彼はウィスキーの味がする。すてきだ。

シンクレアの片手がワンピースの裾に向かい、そこから太腿をゆっくりあがってきた。約束した一回のキスという範囲を超えている。わたしは彼の手首をつかんだ。

「とっても悪い人ね」

「悪いのは、きみに触れたくてたまらないところだけだ」

わたしはシンクレアの手を押しやった。「触れたいのはわかってるわ。でも、わたしが何を求め、必要としているかを完全に理解するまではだめよ」

「ボニー・ブルー、きみが受け入れてさえくれれば、絶対にいい気分にさせてやれる」シンクレアの手がまたワンピースの裾を徐々に押しあげている。「これこそが重要なんじゃないのか？　きみを喜ばせることが？」

彼の手がシルクのパンティにかすかに触れた。そこまで許してから、わたしはその手を引き離した。「間違いなくそのとおりよ。でも、わたしがしてほしいことを少しでも理解してくれるなら、ご近所みんなに見られるような玄関先で立ったたましたくはないってことは予想がつくわよね」

シンクレアが不満そうに低い声を出した。「だったら入れてくれよ」

「童話に出てくる大きな悪い狼《おおかみ》の台詞《せりふ》ね」

シンクレアが後ろへさがって頭の上で両手を組んだ。「きみのゲームはわけがわからない。ちゃんと抱かれたいってそぶりをするくせに、従うべきルールを次々に提示するんだからな」両手を顔までさげる。「まじでうんざりだ」とうめく。

シンクレアは苛立《いらだ》ってきている。彼を失ってしまう。この根比べゲームに飽きてきた彼を、もう一度引きつけないと。「ちゃんと抱かれるのって待つだけの価値があるの。だって、いいことは待ったほうがさらによくなるもの」

わたしは計画を推し進め、シンクレアに手の内を明かしてもらわなければならない。シンクレアは女性を自宅に連れていかない——絶対に。そうするのは彼にとってとてつもない譲歩だからだ。わたしをそこへ連れていきたいと思わせるには、しかるべき充分な理由が必要だ。「ばかみたいに聞こえるかもしれないけど、実はね、エディおばさんのアパートでセックスするって考えるとちょっと気味が悪いの。おばの亡くなった場所だから」

「貯蔵室もだめ。オフィスもだめ。死人が歩き回っているかもしれないアパートもだめ。ほかにもきみがセックスできない場所を知っていなきゃだめなのか？」シンクレアがふたたび笑った。よかった。苛立っているよりこっちのほうが好きだ。

「今度のデートのあとに、あなたのベッドへ連れていって愛を交わしてほしいってお願いしたら、どうする？」

「おれは女を家に連れていくことはない。あと、愛など交わさない」

「それでわたしが喜ぶとしたら、どう?」わたしを自分のベッドに連れこめば、戦いを半分制したも同然だと思わせたい。

シンクレアはすぐには答えなかったが、可能性を検討しているのはわかる。「一度くらい例外を作ってもいいかもな」

シンクレアがこんなに簡単に応じるなんて驚きだ。「よかった。わたしは木曜と金曜が休みよ」

「なんだと、だめだ! 五日も先じゃないか」

わたしは肩をすくめ、何が問題なのかわからないふりをした。「それが?」

シンクレアがかぶりを振った。「あり得ない。そんなに待てない」

そう? 五日なんてあっという間だ。「期待しながら待つのって最高級の前戯よ」

彼が納得していないのは、表情を見ればわかる。「ああ! うー……今すぐめちゃくちゃにキスしてやる。だめとは言わせない」

わたしは拒む機会を与えられなかった。シンクレアの腕のなかに引きこまれ、体が激しくぶつかる。彼の唇がわたしの唇をむさぼり、外から内までわたしを奪い尽くした。

シンクレアが両手でわたしのお尻を痛いほどにぎゅっとつかんだ。爪先が地面につかないくらい、わたしを持ちあげる。今にもわたしの両脚を自分の体に巻きつかせて、こちらを抱きかかえてしまいそうだ。でも、そこでシンクレアがわたしを放した。落胆に襲われる。このやり方、すてきだったのに。

「これだけのことをしてまで待つ価値がきみにあるといいがな」シンクレアはわたしの下唇を噛み、もう一度お尻を痛くなるくらい握ってから、車へと歩いていった。

期待――それは興奮と不安を生みだすもの。実際、脳とは性を感じる器官。男性もそれは同じ。これからの五日間、シンクレアは昼も夜も夢想し続けることになる。ついにわたしを自分の体の下に迎え入れるときのことを。待つなんて、彼は今までいっさいする必要がなかった。だからこれも、わたしがこれまでの女性とは違う特別な存在になるための策のうち。そうして、わたしは待つだけの価値があって、さらにセックスする以上にはるかに価値のある女性になる。

予想していたよりずいぶん早く計画が進行している。もうすぐ大詰めだ。それにたった五日間で備えるために、心の準備を整えなければいけない。

シンクレアは一緒にいる理由をセックスのためとしか考えていないだろうが、それはもっと重要な意味を持つようになる。彼に心のつながりを感じさせたい。男性とそういう絆を持ったことがないから、うまくできるかはわからないが。

自分自身を孤立させれば、人は心のつながりも肉体関係も持たずにいられる。わたしの場合は、男性と親密な関係になったことが一度もない。二十五歳にして処女だ。そんなわたしの最初の相手が母を殺した男の息子になる。

ぞっとするけれど、シンクレアを惚れさせるのも、すべては計画のうちだ。

これまで自分のことを世慣れた女のようにシンクレアに思わせてきた。なのに、わたしを抱く最初の男が自分だと知ったら、彼はどう感じるだろう。ふたつにひとつではないだろうか――期待していたような経験豊富な女ではないことに怒って飛びだしていってしまう、あるいは、唯一の男になれたことにものすごく感動して必死でそのまま唯一であり続けようとする。

どうか、後者でありますように。


日々はあっという間に過ぎていった。まもなく処女を失うことに対して、どんどん不安になっていく。どういうことを予期すべきか多少ならわかっている。でも、やっぱりわからない。セックスについて話せる相手は、この世でたったひとりしか思い浮かばなかった。そう、姉しか。

「ああ、よかった、ブルー。連絡をもらえて本当にうれしいわ。あなたが電話をかけられる状況かどうかわからなかったから」わたしが家に連絡を入れられない場合もあると、姉は理解している。

「姉さんの声が聞けてよかった。元気？」

「ええ」

「仕事はどう？」わたしは尋ねた。

「ひいきされてる子が日勤を取っちゃうもんだから、わたしはいまだに十二時間の夜勤のままよ。でも予想していたことだしね、そんなに落ちこんではいないわ」わたしがここへ来る直前も、エリソンは何日も連続で出勤していた。日勤になれなくて残念だ。

「でも、退屈はしないでしょう」前向きなことを言おうとする。

「そうなの。夜は変な人が来るからね。ERは特によ。昨晩、来た男はね、警察に止められたときにコカインの入った袋をお尻に突っこんじゃったの。その回収作業ったら、すごくおもしろかったわ。こんなことをしても、大したお給料はもらえないのよ」

姉には生来のユーモアと愛らしさが備わっている。みんなを笑わせ、誰からも好かれている。わたしも、もっとエリソンのようになれたらいいのに。

「そっちの任務については何も話せないだろうけど、とりあえず今いるところは満喫できてる？」

「ええ。ここはきれいなところよ」

「熱帯の島で、イケメンの犯罪者たちとよろしくやってるのね。古代ローマのトーガみたいな服を着て、日光の下でくつろいでるあなたにブドウを食べさせてくれるんでしょ」

わたしたちは毎回こんなやり取りを楽しむ。「そうよ。ハワイにいて、お金持ちのハンサムな男を捜査してるの。そいつの超高級なビーチフロントの家で一緒に暮らしてるわ。ここにはなんでもやってくれる使用人がたくさんいるから、わたしはほぼ一日じゅうビーチで寝っ転がってるの」

「へえ……。犯罪者たちにちやほやされるほうが、そいつらを調査するよりよっぽど楽しいものね。わたし、自分の仕事よりそっちがやりたいわ。転職するには遅すぎかしら？」

エリソン姫がわたしのように犯罪者たちとつきあうなんてあり得ない。「絶対に検討してみるべきよ」

「まじめな話、大丈夫？　普段となんか違うみたいだけど」姉はわたしのことを本当によくわかっている。

「そうなのよ、わかる？」

「何があったか教えてくれる？　それとも極秘？」

一部だけならエリソンにも教えられる。ほかの部分はフィクションにしないとまずい。「ある人と出会ったの」

「ブルー！　全部教えなさいよ！　イケメン？　お金持ち？　いつ出会ったの？　どうやって？」

「わかった、わかった。ちょっと前に。バーでよ」

「へえ……どきどきするわね。もっと教えて」

「スコットランド人でね」

「待って！　あなた、今スコットランドにいるの？」

「言ってなかったわね」この仕事はＦＢＩ関連ではない。だから、いつもより少しだけ情報を漏らしても大丈夫だろう。「でも、そうなの」

「あら……スコットランド人と恋ねえ」恋をしているとは言わなかったけれど。「その人が話すたびに興奮しちゃう？」

「まあね」

「彼はキルトの下に何かはいてるの？　生粋のスコットランド人ははかないって聞いたけど」エリソンはいつもこういうことを尋ねてくる。

「残念。キルトなんて身につけません」

「そう、がっかりだわ」

わかる。もしシンクレアがキルトをはいているところを見たら、興奮のあまり死んでしまうだろう。「スーツ姿しか見たことがないの。でも、ほんっとにすごくすごくかっこいいの」

「あら、ブルー……それは冗談抜きでかっこいいのね」姉には想像もつかないだろう。

「それで……電話したのには、ちょっとわけがあって」

「彼とするつもりなんでしょう？」エリソンがくすっと笑う。「それとも、今もうしてる最中？」

ちょっと、エリソンったらティーンエイジャーみたい。「するつもりよ」

耳から電話を離さなければならないほど、エリソンが大きな悲鳴をあげた。

「つまり、あなたがとうとう処女を捧げるってことは、その人に心底ぞっこんなのね」まあ、ちょっと違うけれど。

「怖いの」これは嘘ではない。

「彼、あなたに優しい?」

知りあってからまだ短いけれど、これまでシンクレアはずっと優しい。自分の快楽のためだけに女性を利用するのに慣れた男に、こんなことは誰も期待していなかったはずだ。「今のところは。我慢強いし、優しいし、すごく熱心にわたしを喜ばせようとしてくれる」喜ばせようと熱心なのは、そうしないと目的を遂げられないからだが。

「それなら、ベッドでもあなたの面倒をちゃんと見てくれるわ」エリソンの言うとおりだ。ここまでお膳立てしたのだから、きっと誰よりも最高の初体験になる。

「どういうことを覚悟しておけばいい?」自分がとても幼く感じる。

「だいぶ前のことだけど、最初は刺すみたいで、そのあとはほとんど痙攣《けいれん》するような感覚の痛みだったのを覚えてるわ。すごく気持ちいいというわけではなかったわね。でも、忘れちゃ困るけど、わたしの初体験の相手はクリスよ。彼はセックスのことなんてまるでわかってなかったから」

「シンクレアはわかってると思うわ」

「へえ……あなたはシンクレアという名前のスコットランド人とするのね。うらやましいわ」

「みんなにはシンと呼ばれてる」

「さらにいいわね」

わたしの出発前、エリソンの恋愛もかなりの盛りあがりを見せていた。「そっちの医師のお友だちのことを教えてよ」

「ああ……あれはだめそう」

「どうして？」

「彼の……その、パートナーには加わりたくなかったから」

どういう意味？「医療業務のパートナー？　それとも、彼にほかのガールフレンドがいたっていう意味？」

「どっちでもないわ」

「やだ」

「そうなの。わたし、3Pには絶対反対だったんだけど、彼にお願いされたときはあまり深く考えなかったのよね。同時にふたりの女性とセックスするのが、多くの男性にとっては夢なんだと思って、気にかけなかったの。彼が参加させたいのが女じゃないってわかってからは、この3Pは本当は2Pで、わたしは見物人なのかもしれないとうすうす感づいちゃって。それで、彼に消えろって言ってやったの」

あら。「お気の毒に」

「特に、仕事で彼に会わなきゃならないから情けなくて。気まずいの。こっちは、彼が誰かに話すんじゃないかって不安だし。向こうは、わたしがみんなに話すんじゃないかって怯えてる。もうERから異動しようかしら。そうしたら彼を見なくてすむもの」

「彼のせいで好きな仕事をやめる必要はないわよ」

「彼っていうよりわたしの問題なの。もう疲れきっちゃって」

「だったら、別の仕事を探さなきゃね」

「仕事のことだけじゃないわ。メンフィスにいること自体がもういやなの。お父さんの具合が悪くなければ、出ていってるでしょうね」

「二日ほど前にお父さんと話したわ。気分はよさそうだったわよ」でも、電話越しでは本当のところはわからない。

「経過は順調よ。見た感じはよさそう。ここ数週間より具合がいいって言ってたわ」

父と一緒にいられなくて、すごく後ろめたさを感じる。でも、とりあえずは大丈夫そうだ。「お父さんはプリペイド式の携帯電話を持ってるから。もし何かあったら、それで連絡して」

「そうする」

「嘘じゃないわよ。ためらわずに電話して。何かあったら、いちばん早い飛行機で帰るから」

「わかってるわ」

「行かなきゃ」一時間後に仕事に行かないといけない。「相談に乗ってくれてありがとう。ずっと気が楽になったわ」

「がんばって。虎みたいに獲物をしとめるのよ」エリソンが動物のようなうなり声をあげた。

エリソンは知らない。姉が思っている以上にわたしが虎なのを。わたしが捕食者で、シンクレアが獲物。まんまと彼をしとめてみせる。

8

シンクレア・ブレッケンリッジ

ブルーと会ってから二日が経ち、おれは彼女と一緒にいたくてたまらなくなった。ブルーのことばかり考えてしまい、仕事にならない。だから今夜は案件の調査をする代わりに、バーへ行こう。彼女に会いたいという欲望は、もはやコントロールできないほどの執着心になっている。

おれが店内のいつもの席に座っていると、反対側にいるブルーと目が合った。退屈していた彼女の表情が幸せそうに変わる。ブルーもおれと同じくらい会えるのを喜んでいる証拠のように思えた。

おれから目を離さずに、ブルーが近づいてきた。「こんばんは、ミスター・ブレッケンリッジ。何がご所望でしょうか?」

「いろいろと思い浮かんではいるが、どれもいやらしいものばかりだ。きみにやってもらえるまであと三日も待たなきゃならないから、自分の胸にしまっておくよ」おれは片足で向かいの椅子をテーブルから押しだした。「しばらく一緒に座ってくれ」

「満足遅延耐性ってやつよ、ブレック。今まで知りもしなかったことでしょうけど、これからのあなたは違うわ。待つことで得られる満足感を、すぐに忘れられなくなるわよ」

ブレック？　これは新鮮だ。

かつては女性をベッドに連れこむことに喜びを感じていた。だが数年前の出来事が、おれからその享楽を奪ってしまった。まわりにいる誰にも知られてはならない秘密を隠し通すために、手っ取り早くすませることで我慢している。とはいえ、ブルーはすべてにおいて例外だ。

ベッドに連れこめば、秘密にしていることをブルーに知られてしまう。彼女がどう反応するかは見当もつかない。ただ、どうなるか知りたかった。

「すぐに満足を味わえるものをお持ちしましょうか？　ジョニー・ウォーカーとか？」

おれはうなずいた。「それしかもらえないんなら、いただこう」

ブルーが笑いながら立ちあがり、ウィスキーを取りに行った。「子どもより我慢のない人ね」

左右に揺れるブルーの尻を目で追っていると、リースの声が聞こえてきた。「なんであの女とさっさとやって用ずみにしないんだ？」

おれはブルーの尻から無理やり目を離した。「やってないと誰から聞いた？」

「まだご執心じゃないか。それが動かぬ証拠だよ」

リースはおれのことをよくわかっている。「彼女に待たされているんだ」おれは笑った。

「どういう意味だ？」

リースは、おれとブルーとの取り決めについて話せるたったふたりの人間のうちのひとりだ。

「手っ取り早くやらせてくれないんだよ」

「なら、やらせてくれるやつを探せよ」

いつもならまさにそうするところだが、そうできない問題がある。「おれが次に行きたくないんだ。こっちはブルーを抱くことで頭がいっぱいで、彼女もさせてくれるつもりではいる……だが、彼女の条件を満たさなければだめなんだ」

「その条件ってのは？」

ふたりの今の状況を簡潔に説明した。「ばかはよせ。おまえは六年間も秘密を守り通してきたんだぞ。ブルーをベッドに連れこめば、もう秘密じゃなくなる。彼女が誰かにばらすかもしれない」

ブルーはおれやザ・フェローシップに対して何も企《たくら》んでいない。「彼女はスコットランドに知りあいがいない。話す相手が誰もいないんだ」

「少なくてもブルーは知ることになる。それだけで充分なんだよ」

ブルーがおれの酒を持って戻ってきたので、リースとの議論は中断された。

「この話はまた別のときに」

「勝手にしろ」リースはブルーが立ち去るまで待った。「伝えることがあって来たんだ。おまえに会いに来てる子がいる。オフィスで待ってるよ」

「誰だ?」

「デクラン・スチュアートの妹だ」

「兄貴の償いが明日の朝に予定されている。世話人はおれだ」

妹がここにいる理由はわかっている——愛する兄の処罰を免除してもらうために、わが身を差しだしに来たのだ。

おれはウィスキーを置いた。「頼みがある。おれがミス・スチュアートと一緒にいるあいだ、ブルーがオフィスに来ないようにしてくれ」

「わかった」

リースのオフィスに入ると、デクランの女版がレザーソファに座っていた——まさに彼女みたいな女たちとさんざんやってきた場所だ。「ミスター・ブレッケンリッジ。お邪魔じゃなければいいけど」

「いや、邪魔だね」

「わたしはクリスティ・スチュアート。デクランの妹よ。明日予定されてる兄の殴打の刑について話したくて来たの」

殴打の刑？　この女は事態をドラマティックにしようとしているらしい。「償いと言うんだ。過ちを犯した報いだよ。あいつはザ・フェローシップのものを盗んだんだ。許されることじゃないのは、きみもわかっているはずだ」

「兄のせいじゃないの。わたしにお金が必要だったから、兄はドラッグを盗んで売ったのよ。兄のおかげで、わたしはダンスアカデミーに入学できた。小さい頃からバレリーナになるのが夢だったの」

「あいつが盗みを働いた理由なんて知ったこっちゃない、踊り子さん」

「お金ならあるわ」クリスティはハンドバッグから札束を取りだし、デスクの上に置いた。「これを受け取って、償いを中止にしてもらえないかしら?」

「盗まれた分は喜んで返してもらうが、きみの兄貴が罰を受けることに変わりはない」今さら金を返すなんてばかげた行為だ。「組織に不義理を働いて、無傷で逃げられる者などひとりもいない」

「お願い、兄を傷つけないで。盗んだのはわたしのせいなの」

「関係ないね」

クリスティは自分のシャツの裾に手を伸ばし、頭の上に引っ張りあげて脱いだ。ウエストから上が露わになる。ブラジャーをつけていないが、その必要はない。乳房は完璧だ。「わたしたち、きっと別の方法で兄の罪を清算できるわ」

ほら来た。

男の姉妹やら恋人やら妻やらが、その罰の軽減や中止の見返りにセックスを提案してくるのは初めてのことではない。これまで数えきれないくらいやってきた——彼女たちの提案に応じて、そのあげく予定どおり処罰はされると伝える。

あともう少しで手に入るブルーとの待ちに待ったセックスを棒に振るつもりなら、今日も同じようにしているところだ。これまでブルーにあまりに多くの労力を注ぎ、待たされ続けた。それを今やっつけの行為で台無しにするわけにはいかない。「悪いな。交渉の余地はない」

「お願いよ」クリスティが懇願した。

「シャツを着て出ていけ」ブルーが万一入ってきたらまずい。

　クリスティがスカートのファスナーを開いて床に落とすと、こちらに向かってきた。

「好きなようにさせてあげるし、音も立てないわ」

　驚いたことに、この女に誘惑されても少しも興奮しなかった。ブルーの申し出がはるかに大きな満足感を約束してくれている今、なんの効果もない。「おれはやらない。服を着ろ」

　突然オフィスのドアが勢いよく開き、ブルーが荒れ狂った嵐のように入ってきた。

「本気、シンクレア？　またこれ？」

　ちくしょう、最悪だ！

「誤解だ」まあ、完全にはそうとも言いきれない。おれが違うと言っている以外は、まさに見てのとおりだ。

「わたしはばかじゃないわ。あなたはそう思ってるのかもしれないけど」飛びだしていくブルーが振り向きざまに叫ぶ。「今週後半の約束は忘れて。わたしの望みどおりにしてくれる別の人を探すわ。リースなら熱心にがんばってくれそうね」

だめだ。おれ以外の誰もブルーには触れさせない。

「今すぐ服を着ろ。着終わったら、向こうへ行ってこの事態を収拾してこい。さもないと、おまえの兄貴は明日死ぬことになるぞ」

「盗みでデクランを殺すなんてあり得ないわ」

どうもこの女はおれのことをわかっていない。「もっと軽い罪で殺したこともあった。おまえが引っかき回したこの状況をなんとかして、ブルーをオフィスに連れ戻すんだ」

「わかったわ」

五分が過ぎた。そして十分。ブルーがオフィスに戻ってこないので、おれはフロントに電話をかけた。「ブロンドの女はまだブルーと話してる途中か?」

「いいえ。その女性なら少し前に帰りましたが、ブルーはここにいます。あなたの席でミスター・ダンカンと一緒におられます」

もしブルーがそんなにたやすくおれからリースに乗り換えられると思っているのなら、大間違いだ。「おれが今すぐオフィスで会いたがっていると、彼女に伝えろ」

「わかりました」

しばらくすると、オフィスの入り口に腕組みをしたブルーが現れた。「わたしに会いたいって？」

「なかに入ってドアを閉めろ」ブルーは鋭い視線でおれをにらんで動かなかった。このボニー・ブルーという女は強情だ。「頼む」

少ししてから、ブルーが言われたとおりにした。「鍵をかけてくれ、頼む」

彼女が目を細めてこちらを見た。「その必要はないわ」

「今起こったことを話しあうのに、ふたりだけの時間がほしい」

ブルーがドアのボタン錠を押した。「いかがわしい状況で裸の女性と一緒にいるところを見られてしまったという話をしたいわけ？」

「いかがわしくなんてなかった。全部あの女が勝手にやったことだ。自分で服を脱いで、おれに体を差しだしたのは向こうだ」

「わたしはあなたのものになると決めた。簡単に決めたわけじゃない。だから悪いけど、あなたのすばらしいとは言えないふるまいに腹が立つのよ」

ブルーは額にしわを寄せ、視線を落とした。さらに、下唇をわずかに尖《とが》らせているようだ。

おいおい、彼女はすねている。女がこれをやるのは我慢ならない。だがブルーは別だ。美しい。これも全部おれのためにやっている。「誘惑されたということはわかっているよな？　未遂だったことも？」

「あなたを信じるけど、ひとつ、はっきりさせておきたいの。たとえ誤解でもこういうことはもういや。わたしがあなたにわが身を捧げるつもりでいるあいだは、誰とも体を重ねないで」

ああ……ブルーは独占欲の強い女狐《めぎつね》だ。興奮する。「きみを自分のものにするまで、あと三日も待てる気がしない」

「イメージし続けるの。念願がかなった暁にはどれだけ最高だろうって。キスの続きを堪能できると思ってがんばるのよ」


車でブルーを仕事場から家まで送り、おれたちは玄関先で狂ったようにキスをした。片手を彼女の制服のブラウスの下に滑りこませ、レースに覆われた乳房を包む。親指を前後させ、乳首が硬くなるまでさすった。

今夜のブルーはかなり自由にさせてくれている。これなら、木曜まで待たなくてもいいかもしれない。「おれの家へ連れていきたい」唇でブルーの顎のラインをなぞり、口を耳たぶへ近づけた。そのまま耳たぶを歯のあいだに入れてしゃぶりながら引き寄せると、彼女の体がこちらに傾く。「今夜お楽しみを始めたっていいのに、喜びを感じるためにあと三日も待つ必要なんてどこにもないじゃないか」

片手をブルーの太腿の隙間に持っていき、上下にさすった。「きみを大事にするって誓うよ。おれに必要なのは、その機会だけだ」彼女がおれの手首をつかむ。一瞬、追い払われるのではないかと思った。だが、彼女はもっと快感を得られる場所におれの手を導こうとしていることに気づく。「きみももう待つ気はなさそうだ」

ブルーの返答を待っていると、ポケットのなかで携帯電話が震えた。ちくしょう。おれは電話を無視する贅沢《ぜいたく》など許されない人間だ。こんな夜遅くにかかってくるということは、一大事だ。

両手をブルーから離し、電話を取りだした。父からだ。何か問題が起きている。

「すまない。出ないと」

「もしもし、親父か？」

「ウィリアム・カルフーンが逮捕された。すでにロドリックが向かっているが、おまえも一緒に行ってくれ」

おれはまもなく完全にこういう生活を送ることになる。夜の何時だろうが電話がかかってきて、メンバーが起こした法的なごたごたを片づけるのだ。「今すぐにか？」

「三十分前には警察に到着していてほしかったがな。カルフーンは信用できん。あの問題児は秘密を守れないだろう。あのろくでなしめ、後悔するようなことを警察に吐かされないといいが」

やれやれ、ブルーとのお楽しみはここまでだ――少なくとも今夜は。「今は旧市街にいるが、すぐに向かう。状況はあとで知らせる」

行く前にもう一度ブルーに触れたくて、彼女の尻に両手を滑らせて抱き寄せた。ブルーの下唇を吸い、それから放す。「心からきみを置いていきたくない」

「なら、行かないで」

これはつらい。「行かなきゃ」

「明日は会える？」

「どうかな」担当の案件にもすでに遅れが生じているし、今回の新たな問題にもかかわらないわけにはいかない。「たぶん無理だ。すでに仕事がかなり滞っている。今夜も来るべきじゃなかったが、来ずにはいられなかった。頭がおかしくなっていたから」

「そんな魔法にかけられたようなふりをしないでよ」ブルーが笑った。「セックスできると期待してたから来たんでしょ」

「男なら期待してもいいだろ」おれはにやりと笑い、肩をすくめた。「さっきイエスと言うつもりだった？」もう少しでセックスできたに違いない。

「今となってはどうでもいいじゃない。代わりにおやすみのキスをして」

それこそイエスだ。ちくしょう。彼女を抱けるまでもうあと一歩だったのに。ウィリアム・カルフーンを留置場から出してはやるが、それはぼこぼこにぶん殴るためだ。

「三日後だ」立ち去る前に、最後にもう一度ブルーの唇にキスをする。「覚悟しとけよ」

9

ブルー・マカリスター

ついにこの夜がやってきた。シンクレアを復讐に巻きこむと決めてから、ずっと準備をしてきた。セックスするだけではだめだ。それなら誰でもできる。彼に予想外の経験をさせて、もっと何度もやりたいと思うほど気に入ってもらわないといけない。そのために、手つかずの処女が彼のベッドに入る以上にいい手があるだろうか？

きっとない。

髪をおろし、毛先を緩くカールさせた。この髪型を、シンクレアはまだ見たことがない。今着ているタイトな黒のワンピースにぴったりだ。髪、服、靴……これで自分が大胆でセクシーに感じられる――聖人さえ誘惑できそうだ。でも、やりすぎだろうか。シンクレアはもちろん聖人ではないし、わたしがセクシーかどうかなんて関係なく、こちらの性的魅力に抵抗する気などないのに。

シンクレアが女好きのすけべ野郎でよかった。おかげでわたしの思うがままだ。

ドアをノックする音がした。最後にもう一度鏡を見て、ワンピースのなかの胸を押しあげる。「ステラ・ブルー、今夜は最高の嘘つきになるのよ」鏡に映った自分に言い聞かせる。

シンクレアが茎の長い一本の白薔薇を手に持ち、玄関に立っていた。わたしは驚いたふりをする。「ああ……シン。ありがとう」薔薇を受け取り、鼻に近づけて香りを嗅いだ。

「花屋から聞いたんだ。白薔薇の花言葉は〝わたしはあなたにふさわしい〟だそうだ」その意味を理解し、わたしを得ようと努力するシンクレアに胸を打たれた。今夜は確実に自分のものにできるとわかっているのに、それでもロマンティックに口説こうとしている。シンクレア・ブレッケンリッジがそんなことをするとは予想もしていなかったし、彼らしくもない。

「いつも女性に薔薇を贈るの？」

「きみが初めてだよ」わたしは驚かなかった。

「今夜は、おれたちふたりにとって初めてのことがたくさん起こりそうな気がする」

車でレストランまで送ってもらう途中、わたしは少し気持ちを引きしめようと、潜入捜査の個人ルールをおさらいした。

ルールその一。嘘とはブーメランのようなもの。いずれは必ず返ってくるから、精いっぱい遠くに投げておくこと。これについてはもう手は打った。わたしがここから去るまでは、何も返ってこないはず。偽名を使っていないので、わたしがいなくなったあとにいろいろとばれる可能性はあるけれど。

ルールその二。常に自分がやれる限界点を自覚し、その線引きを決して曖昧にしないこと。セイン・ブレッケンリッジに関しては、何を覚悟し、どこまで厭《いと》わずにやるか、わたしのなかでいっさいの限界はない。

ルールその三。潜入捜査では方向性を見失うことが多いため、綿密な計画を立てておくこと。セイン、シンクレア、それからザ・フェローシップについては徹底的に把握している。わたしは大丈夫。

ルールその四。自分で信じこめば嘘は嘘ではなくなる。わたしは自分が主張しているとおりの人間で、なんの企みもない。そうではないと証明するものは何もない。

ルールその五。シンクレアは特殊な人間だと理解しておくこと。彼は予想外の事態が起こっても物事がうまくいかなくても、まったく動じない。危険な男ではあるけれど、もしもの場合は彼を殺す覚悟はできている。

ルールその六。強情である一方で弱さも見せ、大胆でありながら控えめに。今夜、主導権を握るのはわたし。そうは言っても、このモンスターに身を委ねなければいけない。自信を持って挑むものの、彼がどう反応するかはわからない。必要ならやはり彼を殺す。

ルールその七。シンクレアとわたし、このふたつの世界に自分がまたがっていると理解しておくこと。実際にもうすぐ彼にまたがるのだから、笑える。

ルールその八。個人的な感情はいっさい隠すこと。シンクレアに抱かれるのがどれほどいやか、本人には絶対に悟られないようにする。

ルールその九。信じさせるために必要なことはなんでも言い、行動すること。シンクレアが聞きたそうな言葉はなんでも言う。彼の信頼を得て、セインの懐へと連れていかせるためには手段を選ばない。

ルールその十。ペースを考え、辛抱強く待つ——正しいタイミングで正しく行動すること。シンクレアの気持ちや仕草を読み取り、次にやるべきことを見定める。犯さなければならない罪。今夜それが実行される。

「静かだな。このあとが不安か？」

わたしは首を振った。「むしろ待ちきれない気持ちのほうが強いわね」これはかなり本当のことだ。不安ではあるが、そんなものは封じる覚悟だ。

「不安でいるよりずっといい」

エジンバラ城のふもとにあるザ・ウィッチャリーというレストランに入るとき、シンクレアがドアを押さえてくれた。わたしがそこを通る際、彼の手が腰に添えられる。背筋に震えが走った。その震えが全身に広がり、皮膚が冷たくなる。

わたしたちは暗く静かな隅の席に座った。驚くことではない。ほかの客から隔離された場所で、わたしをひとり占めしたいのだろう。「ふたりきりも同然ね」

「そうだ」

「プロポーズ用の席?」

「かもな」シンクレアが笑った。

「プロポーズする気じゃないでしょうね?」

「まさか」この質問をおもしろがって、シンクレアが満面の笑みを浮かべた。彼をからかうことができ、わたしも気分がいい。

「よかった。だってお断りしなきゃならないもの」

シンクレアが自分の胸から剣を抜き取るような仕草をした。「きみに断られたら、胸が痛いだろうね」

「そのときは慰めてあげるわ。体は好きにさせてあげるけど、心は渡さないわよ」

「渡すことができないのか？　それとも渡す気がないのか？」

「そういうのは精神科医が考えることよ」

「きみが心を渡すことができないのか、その気がないのか、他人の分析は必要ない。そう。おれにはわかる。きみは気づいていないかもしれないが、おれたちはものすごく似ているから」

シンクレアは間違っている。似ているところなどひとつもない。彼はモンスターの子なのだから。「どうかしら。もう少し時間をかけないとわからないかもね」

料理が運ばれてきたが、ひと口ですらなかなか喉を通らなかった。お腹が締めつけられるように痛い。わたしはデザートを注文した。チョコレート・ラズベリー・チーズケーキが食べたくてたまらないからではない。時間を引き延ばす作戦だ。

お腹の違和感が続く。今夜のことを何週間も考えてきたのに、思っていたほど心の準備ができなかった。「ひと口いる？」

「ああ」シンクレアが身を乗りだし、わたしが差しだすかけらを食べた。「んー……うまいが、この甘さは今の気分に合わないな」

シンクレアの気持ちが高まっている。わたしも同じ気持ちにならないと。「用意は

「いい？」

「ああ、そりゃもう。きみは？」

言葉にすると不安を悟られそうだったので、わたしはただうなずいた。「化粧室に行ってくるわ」

「わかった」

シンクレアが立ちあがった。わたしはテーブルを離れ、トイレのあるほうへ急ぎ足で向かう。それは出入り口の近くにあり、玄関を飛びだしてしまいたい衝動に襲われた。すべてを忘れて家に帰っても、きっとなんの恥にもならない。でも、わたしにはできない。前に進まないと。

女性用トイレに駆けこんで個室に入ると、パニック発作が起こりそうな予感を覚えた。いつもと同じ兆候だ。呼吸が浅くなる。鼓動が速まる。胸が痛む。何が起こっているかちゃんとわかっていなければ、自分は死ぬのかと思うところだ。

なんとか呼吸のペースを落とそうとした。「大丈夫よ、ブルー」

体がほてり始めたので、両手で必死にあおぐ。「落ち着いて。息を吸うのよ」

七分続いたあと、徐々におさまってくる。運がいい。いつもの発作だと、少なくても二十分は続いて疲れ果ててしまうから。

発作がおさまり、個室から出て、冷たく湿らせたハンカチで首を押さえた。すっかり回復した気がしたので、リップを塗り直してシンクレアのもとに戻った。「さあ、行くわよ」

シンクレアの家のことは、あらかじめ把握している。失敗したときの脱出プランも練ってある。車での移動中、自分がどこに向かうのかと確認する必要はなく、代わりに覚悟を決めるのに時間を費やした。

気づくと、指の関節を何度もぽきぽき鳴らしていた。そこに、シンクレアが自分の手を重ねてくる。「落ち着いて」

目の奥や声に潜む恐怖を彼に感づかれないように、わたしは笑みを作り、何も言わなかった。

スターリングが入り口のゲートを抜け、風雨にさらされた石造りの建物群の前に車を停めた。どの建物も三階まである。凝った装飾に囲まれた窓がとてもきれいだ。なのに、その美しさを楽しむ余裕がないほど、わたしは緊張していた。

「今日はもう帰っていいぞ、スターリング」

ふたりで建物のなかに入ってドアを閉めるやいなや、シンクレアがわたしを腕のなかに引き寄せた。黙ったまま、わたしの顔をまじまじと見つめる。

「何を見てるの？」

シンクレアが肩にかかったわたしの髪に触れた。「今まで会った女のなかでいちばんきれいだ」

またしてもロマンティックな台詞。予想外だ。「そういうことをいろんな女の子に言ってるんでしょ？」

「一度もない。家に女を連れてきたこともないし。それなのに、きみは今ここにいて、おれのベッドで抱かれるのを待っている。初めてのことがさらにもうふたつだ」

先延ばしはもう充分。さあ、ショーの始まりだ。

シンクレアのネクタイに指を滑らせた。「ベッドに連れてって。わたしたち、もう充分に待ったわ」

シンクレアがわたしの手を握り、指の関節にキスをしてから、家のなかへ導いた。

「いろいろと見て回るのは明日にしよう」

ああ。つまり、今夜は泊まることになるのだ。終わったら、自分のアパートに帰されると思っていた。むしろ、そうしてほしいと望んでいたのかもしれない。「泊まるための準備なんてしてこなかったわ」

「今夜はそんなもの必要ないだろ」

シンクレアがわたしを寝室へ連れていった。エジンバラの古く美しい建物のなかに入るたび、その現代的な室内装飾とのギャップに驚く。

シンクレアの部屋は男らしく、シャープなラインに囲まれている。柔らかさやロマンティックな要素はひとつもない。そういうのが好きなわけでもないし、彼に期待しているわけでもないけれど。

わたしたちは部屋の真ん中に立った。シンクレアはわたしにまわりを見渡す時間を与え、感想を言われるのを待っているみたいだった。だから、わたしはそうする。

「すてきね」

「すてき？」

わたしは肩をすくめた。なんと言ってほしいのだろう？「かわいいは違う気がするもの」

「すてきでいいよ」

シンクレアがわたしの首の後ろに手を回して引き寄せた。

「こういうやり方は初めてなんだ、ブルー。おれは自分が楽しむ目的以外で女と寝たことがない。だから、きみがリードしてくれないか。何が好きで、どうしてほしいか教えてくれ」

なんですって？　わたしは誰のこともリードできる立場にない。

同意するようにただただうなずく。

シンクレアの唇がゆっくりと優しくわたしの唇に触れた。これから愛を交わそうとするふたりのキス……だと思う。

すてき。彼のゆっくりとしたペースがわたしを落ち着かせる。

ワンピースの背中のファスナーがおろされると、全身にひやりとした感覚が走った。わたしが身をこわばらせているあいだに、シンクレアはワンピースの上のほうをつかんで肩から引っ張りおろす。彼の唇が首へとおりてきて、剝きだしになった肌にキスをした。「こういうのは好きか？」

そう質問されて、今まで考えてもみなかった思いがひらめいた。シンクレアは数えきれないほどの女性と交わってきたが、きちんとセックスするのは今回が初めてなのだ。わたしと同じように、シンクレアも手順がよくわからずに迷っている。

「ええ。すごく」

シンクレアがワンピースを押しさげて床に落とした。距離を取ってこちらを眺める。

わたしは恥ずかしくなった。ブラジャーとパンティだけの姿で男性の前に立つなんて初めてだ。ビキニを着ているのとはまるで違い、体をつい両手で覆ってしまう。「なんてきれいなんだ」

シンクレアに魅力的だと感じてもらえたのがこんなにもうれしいなんて、自分でも驚きだ。「そう思ってもらえてうれしいわ」

彼がブラジャーのストラップを指で挟み、それをするりとおろした。「今日はずっと、その黒のワンピースの下はきっと黒のレースだろうと想像していたんだ。だが、白い下着を身につけたきみの姿はたまらなくいいよ。無垢に見える」

処女には白が似合う。「驚くことならもっとあるわ」

シンクレアが満面の笑みを浮かべると、えくぼが現れた。これって幸せな証拠よね？

わたしはネクタイの結び目を引っ張ってほどき、床に落とした。シンクレアのシャツのボタンをすべて外して、彼の肩や胸に両手を滑らせながら脱がせる。

後ろにさがり、シンクレアの全身に見惚れた。その体はどこまでも美しい。完璧な位置で起伏するラインが、引きしまった見事なウエストにいたるまで続いている。

彼の二の腕にある複雑なケルト模様のタトゥーに目をとめた。入り組んだ迷路のような結び目からなるデザインが息をのむほど美しい。「なんてきれいなの」

「おれの体？　それともタトゥー？」シンクレアが笑った。

「どっちも」

わたしの反応は正真正銘の本物だ。なぜなら、これは想定外なので。資料には、タトゥーについて何も書かれていなかった。でも、スーツを着ていたら誰にも見えないのだから、当然かもしれない。「こんなタトゥーをしてるなんて知らなかったわ」

「だろうな」シンクレアがわたしの肩をつかんで反対を向かせたので、ベッドが目に入った。「ここに立ってて。先に進む前に、きみに見せておかなきゃならないものがある」

シンクレアの様子がおかしい。「わかっ……たわ」

彼がズボンのボタンを外してファスナーをおろし、膝まで脱いだ。そしてベッドの端に腰をおろす。「おれが女を自宅のベッドまで連れこまず、手っ取り早くすませるのには理由があるんだ」

わたしにはこういう経験はないが、この状況が普通ではないことはわかる。

「おれはこれを秘密にしておくと心に決めている。ライバル、それに組織の連中がこれを弱点だと考えるかもしれないからな。誰も知らないことなんだ。親父、おじのエイブラム、ジェイミー、リース、弟のミッチの五人以外は。このせいで生き方を変えられるのはごめんだから、何事もなかったふりをして生活している」

シンクレアはズボンを床まで押しさげ、わたしの顔を見つめた。「服を着ている限り見えない、もうひとつのものだ」

なんてこと。シンクレアの左脚は膝から下がなく、義足をつけている。なぜ調査段階でこれほど重要なことを見逃したのだろう？

「六年前に撃たれたせいで、おれは脚を失った。だから女をベッドに連れこまないんだ。隠す手立てがないからね」

でも、わたしには隠していない。自分の弱い部分をさらけだしている。

「誰にも言うな」

これはいい。シンクレアはわたしがこの秘密をばらさないと信じている。「わかったわ」

彼が自分のもとへ近づいてくるわたしを見つめた。「きみが今どう思っているか知りたい」

わたしは両手でシンクレアの顔を包みこんだ。「抱いて」視線を落とす。「まずは義足を取り外さないといけないかしら？」

彼に笑顔が、えくぼが戻ってくる。「そうだな」

シンクレアは義足を取り外してベッドの柵に立てかけてから、わたしのウエストをつかんで引き寄せた。腕を背後に回してブラジャーのホックを外し、乳房のあいだに顔をうずめる。さらに、乳房の下のほうを両手で包んで寄せる。「たまらない。言うことなしだ」彼は自分だけが楽しむ行為にしか慣れていない。だから、こういうこともあまり経験がないに違いない。

シンクレアがわたしの乳首にしゃぶりついた。そこが硬くなるまで舌で舐《な》め回してから、歯で優しく噛んで引っ張る。わたしの全身に震えが広がり、肌が冷たくなった。彼がしていることを直視できなくて、天井を見あげる。直視したら、その行為を好きになってしまいそうで怖い。

シンクレアがわたしの腰に置いた両手を、パンティのなかへおろした。わたしの腰を強くつかみ、股間を押し当てる。彼はまだボクサーパンツをはいたままだが、パンティの前面にすりつけられた硬いものの感触が伝わってきた。

まもなく、シンクレアがパンティを脚へと押しさげた。足首まで落ちると、わたしは床に積まれていく服の山にパンティを残し、一歩前へ進みでた。

彼がわたしの体の側面に沿って両方の手のひらを上下に滑らせながら、隅から隅までじっくり眺めた。「きみが完璧だってことはわかっていたよ」

わたしはまたも恥ずかしくなる。しかも、今や完全に裸なのだからなおさらだ。わたしは首を振った。「ちっとも完璧なんかじゃないわ」

シンクレアがわたしの首元をつかんで引き寄せ、首筋にキスをした。「おれにとっては完璧だ、ボニー・ブルー」

彼が両手をわたしの腰に持っていき、ぐっと引っ張りながらベッドのほうへ急ぎ足でさがった。「こっちに来て、一緒になろう」

わたしたちは向きあって横になった。シンクレアが自分の太腿にわたしの脚をかけさせ、ふたたび唇にキスをする。わたしは本能に乗っ取られたのだろう。頭では何も考えず、彼の腰に自分の脚を巻きつけて、体を前後に揺らし始めている。シンクレアは両手でわたしのお尻をつかみ、体を激しく引き寄せた。「最初に顔を合わせたとき、おれはいけ好かない野郎を演じていた。だが本当は、リースのところで初めて見た瞬間から、ずっときみがほしかった」

ルールその九。信じさせるためには必要なことはなんでも言い、行動すること。「あなたがわたしのアパートから写真を盗んだと気づいたときから、あなたがほしかったわ」

喉元にキスしていたシンクレアが動きを止め、わたしの目をのぞきこんだ。「いつから気づいていた？」

「あなたが初めてアパートのなかまで来た直後」

シンクレアが笑みを浮かべた。わたしの返答を気に入ったのだ。「なら、だいぶ長いことおれを求めていたんだな」

「あの写真、どうしたの？」わたしは尋ねた。

「ホームオフィスのデスクに置いてある」嘘つき。そんなことは一瞬たりとも信じない。けれど、責める気はなかった。物事があまりにもうまく進みすぎているからだ。

「ロマンティックね」シンクレアの髪に指を絡ませながら顔を近くに引き寄せると、互いの唇が軽く触れあった。

シンクレアがわたしの下唇を吸い、軽く引っ張ってから放した。「おれはキスをしない」

嘘だ。何度もキスされたのを思いだす。

指先で彼の唇に軽く触れた。「そんなことないと思うけど」

シンクレアがかぶりを振った。「ほかの女とはキスしないってことだ。ここまでするのは、きみのためだけだ」

「絶対に？」

「ああ、絶対だ」

ふうん……ずいぶんとキスが上手だけれど。「どうしてわたしは例外なの？」

「きみはちゃんとしたセックスをしてほしいと言った。それをキスなしでやるのは考えられないからね」いい答えだ。

「理由はどうあれ、うれしいわ」

「きみを喜ばせるのは、まだこれからさ」シンクレアが片手をあちこちへ動かしながらおろしていき、わたしの太腿のあいだに触れた。体が敏感になりすぎていて、無意識のうちにびくっと反応してしまう。「神経過敏になっているな」

「今ちょっと感じやすくなっちゃってるみたい」まずい、ばかみたいに聞こえただろうか？　ええ。きっと聞こえただろう。

「感じやすいのはいいが、きみの体は少し緊張しすぎている。リラックスして息を吸って。楽しんでもらいたいんだ」

わたしは言われたとおりにした。鼻から深く息を吸って、口からゆっくりと吐きだす。

「続けて深く息を吸って、ゆっくり吐いて。吸って、吐いて」そう言いながら、シンクレアはわたしのなかに指を入れた。またもわたしは緊張するものの、彼が繰り返し注意する。「リラックスして呼吸するのを忘れないで」ひどくゆっくりと指を出し入れした。

わたしはそれだけでは物足りなくて、シンクレアの手に自分をすりつけた。もっとほしい。わたしの心を読んだかのように、指の動きが速まった。だが、今度はさらに違う動きが加わる——親指がクリトリスをさする。

これまで男性と交わったことはないが、だからといって行為自体やオーガズムに達する方法を知らないわけではない。ただ、それをしてくれる人がいなかっただけだ。けれど、シンクレアがしようとしている。今まさに。

わたしはぎゅっと目を閉じ、口を開けてあえぎながらシンクレアの手に自分をすりつけた。「おれを見て。達するときのきみの目を見ていたい」

わたしは目を開けて彼を見た。「どうして?」

「きみが壊れていくのを見るのは、そうさせているおれへのご褒美だからな」シンクレアが微笑んだ。

わたしのあえぎ声が大きくなった。「だめ」そして達する。「ああ……」

下腹部が締めつけられ、リズミカルに収縮するような感じがした。あたたかな喜びが全身を駆けめぐり、手足から指先までを通って脈動する。

「燃え盛る炎にガソリンを注ぐ」彼がわたしにさっとキスをした。「きみの達したときの顔はきれいだ」

シンクレアが体を回転させてナイトテーブルの引き出しに手を伸ばし、コンドームを取りだした。それを破って開ける。彼が装着する様子を、わたしはまじまじと見つめた。今までに見たことがないから……少なくとも実生活ではなかったし、ましてや、シンクレアがわたしのためにコンドームを装着するところなんて、もちろん見たことがなかった。だから見入ってしまう。それに、思ってもみないほど興奮した。

シンクレアが覆いかぶさってきて、わたしの脚のあいだに体をすり寄せた。

七歳のときから現実にいるモンスターの存在に気づいていたから、わたしにふたたび怖いと思わせるだけの力を持つものなどこの世にはもう存在しないと思っていた。でも、それは明らかに間違いだった。今わたしは怯えきっているのだから。

わたしは自分の体を――わたしという人間を――この男に捧げる。わたしたちは結ばれ、ひとつになろうとしている。これは予想していた肉体的な営みをはるかに超えたものだ。わたしは……自分の魂の一部を手渡す。シンクレアとのセックスをこんなふうに感じることになるなんて思いもしなかった。

今までの人生で、これほどまでにほしいと思ったものをほかには思いだせない。けれど同時に、シンクレアを押しのけて逃げだしたいという衝動とも戦っている。

　未知のものを怖がっている時間はあまりなかった。シンクレアがなめらかにわたしのなかに入ってくる。彼がわたしの処女膜を通ると、裂けるような痛みが走った。わたしが未経験だなんて知りもしないので、彼は最初の挿入から手加減しない。味わったことのない鋭い痛みが、いきなり体を貫く。わたしは体の下のシーツをつかみ、荒々しくひねった。

　自分の反応を内に秘めておけると思っていたのに、できなかった。あえぐ声が大きくなる。顔を横にそむけて、シンクレアに痛みを悟られないように、握りしめたシーツで顔を覆った。

　シンクレアがぴたりと動かなくなった。「感じたか？」

　ううう……それはもう。処女膜がずたずたに引き裂かれる感じがした。「ええ」

「どうした？」

　来た――この先もわたしを自分だけのものにしたいと思わせられるか、それとも尻ごみさせてしまうか。「処女膜がね」

「処女膜？　いったいなんの話だ？」

　わたしはきょとんとした顔でシンクレアを見た。「今その話はいいじゃない」彼の首の後ろに手を回し、引き寄せてキスをする。「それより、あなたがやり始めたことを終わらせましょう」

シンクレアはわたしの顔が見えるように離れた。「バージンだったのか？」

「そうよ」

すべての意味を理解しようとしているかのように、シンクレアはかぶりを振った。

「自分を喜ばせろとお願いしてきたあのたわごとは、すべてなんだったんだ？」

「たわごとじゃないわ。すべてそのままの意味よ。そして今お願いするのは、ちゃんと抱いてってこと」

シンクレアが会話を続けようと必死になっているあいだに痛みがおさまってきたので、わたしは腰を揺らした。もう覚悟はできている。「こういうのは好きじゃないなんて言わせないわ。だって、わたしは好きだもの」

シンクレアが低くうなりながらわたしの両脚を押し、なかで前後に動いた。「ああ、ちくしょう。すごく狭くて、湿っている」

嘘はつけない。シンクレアのこうした言葉を聞くのが好きだ。彼が今まで抱いてきたなかでいちばんの女になりたい。そうなれば、もっと長くわたしを手元に置いておこうとするはずだ。「わたしって努力して待つだけの価値があった？」

「くそっ」シンクレアは言葉を発するあいだも突いてくる。「ああ」

「待ったほうがさらによくなるって言ったでしょ」

「まったく不思議だよ」彼がうめく。「今までで最高だ」

わたしは彼の首元に向かって微笑んだ。これこそ、まさに聞きたかったことだ。処女を捧げるくらいどうってことはない。すべては計画どおりに進んでいる。

10

シンクレア・ブレッケンリッジ

この六年間、おれはいろいろな女とやってきたが、ベッドをともにはしてこなかった。今ここで、汗ばんだ裸の体を押しつけられながらブルーのなかで体を動かし、彼女を抱いている。最高の気分だ。こうした贅沢の価値を認めてこなかった。恐ろしいほど気持ちよく、唯一ブルーとならこの贅沢がはらむ危険を冒してもかまわないと思える。彼女はザ・フェローシップや敵の組織《カルテル》の誰ともつながっていない。ブルーはこのことを口外しないだろう。したところで彼女に得るものは何もなく、口を開いたらすべてを失うのだから。

ブルーがこんなにも感じてくれるとは。おれは動きを緩めた。できるだけ長引かせたいが、ペースを落としたところでどうにもならない。彼女の体がおれにしっかりと巻きついて、もう限界だ。

絶頂が近づいたので、力を入れて歯を食いしばった。リズミカルな痙攣に襲われ、ブルーの奥深くにぐっと突き入れる。いつものように引き抜けばいいのだが、そうすることができない。おれは欲張りだ。二度目の喜びを放棄したくない。

完全に果てて、ブルーの上にくずおれた。ふたりの体は湿ってくっついている。今いるところ——彼女の上で体重をかけている——以外のどこかに行ってほしいと思われているだろうが、おれはどかなかった。ブルーの柔らかな肌に触れている感覚がすごく好きだ。

おれの下で、ブルーが手足をベッドに投げだしてぐったりしていた。彼女の喉におれの唇が当たり、首の脈動が伝わってくる。彼女の心臓は高鳴っていた。

ブルーがおれの背中に両手を回し、爪を立てて上下に動かした。おれの全身をひやりとした感覚が貫く。「よかったならいいけど」

よかっただと？　冗談のつもりか？

おれは頭を持ちあげ、ブルーの顔をのぞきこんだ。「まじで……今まででいちばんだった」

ブルーが顔を赤らめ、口元に大きな笑みを浮かべた。「本当？」

「間違いなく」おれはブルーにさっとキスをし、ごろんとあおむけになって彼女のとなりに横たわった。

「これって一度きり？」

これが一度きりなら、おれは耐えられそうにない。「尋ねるということは、二回目も歓迎ってことか？」それから三回目も。そのあとも……。

「そうね」

「よかった。おれもまたやりたい」おれにそうする勇気はあるのか？　たとえ体だけだとしても、関係を始めるのか？　今まで女とこうした約束をしたことがない。「きみに知っておいてもらいたいことがある。きみをどう扱ったらいいかわからないときもあると思うんだ。そういうのはまったく学んでこなかったから」ブルーには早いうちにおれのやり方をわかっておいてもらったほうがいい。そうすれば、あとで驚かなくてすむ。「おれは自分の望みどおりに人を動かすために、恐怖心と暴力を利用することしか知らないんだ」

「脅しではわたしをコントロールできないって、もうわかってるはずでしょ」

「なら、おれたちはおもしろいカップルになるな」おれは笑った。楽しくなりそうだ。

「わたしたちの関係はもろそうね。悪い結末を今から覚悟しておかないと」まさに彼女の言うとおりだ。

「おれたちの関係は最初から破綻している。たとえ短期間でも、ふたりがうまくいく可能性は低そうだ。おれにあまり期待しないでくれ」

「今すぐその心配を解消してあげる。あなたには何も期待しないわ」

それはよかった。ブルーにはずいぶんな心労以外に何も与えてやれる気がしない。

おれはコンドームを外そうと手を伸ばし、その先端が破れているのに気づいた。

「ああ……ちくしょう!」

「どうしたの?」

「きみの処女膜でコンドームがずたずたに切れちまった」ブルーは頭を持ちあげ、装着されたままの破れたコンドームをじっと見つめた。「頼む、避妊ピルは飲んでいるよな」

「破れたゴムをつけてわたしのなかに入る前に、話しあっておくべきだったわね」それは無理だ。

ブルーはつい五分前まで処女だった。つまり、避妊をしているわけがない。「次の生理はいつだ?」

「わたしの体はそういう感じじゃないの」

「どういう意味だ?」

「通常の女性みたいに生理がないの。あなたが気にすることは何もないから、詳しく説明する必要はないわね。ただ、赤ちゃんができる心配はまったくしなくて大丈夫」

ブルーは妊娠できない。彼女の特性リストが充実していく。どういうことだろうか。ブルーはこの件について話したくないとはっきり示したのだから、今はその意志を尊重しよう。

「妊娠の心配はないけれど、あなたから病気をもらわないか、そっちのほうはまだ心配だわ。最後に検査を受けたのはいつで、それから何人の女性と寝たの?」

三カ月ごとの検診を受けたばかりだ。「先週、検査を受けた。すべて問題なしだったよ。それからは誰とも寝ていない。きみ以外は」

「よかった。その調子でお願いね」

父から女のとなりでは絶対に眠るなと教えられたのは、十五歳のときだった。特に事が終わったあとはだめだと。寝ているあいだに殺されないとも限らないからしい。父の言う意味は理解できたので、そういう危ない橋はいっさい渡ってこなかった。昔はベッドに連れこんだこともあったが、誰にも一夜を過ごさせなかった――今日までは。

ブルーは今日が最高の一夜になると約束してくれた。確かにそうなっている。眠っているブルーをしばらく眺めてから、明かりを消した。眠っているあいだに殺されるかもしれないなどという不安や恐怖とはまるで無縁だ。ただ、自分のベッドのなかにいる彼女を見ていたかった。

ブルーは悪夢にさいなまれているようだった。落ち着きがなく、ときどき支離滅裂なことをつぶやく。途切れがちな浅い眠りのなかで、叫び声をあげるときもあった。おれが起こしたとき、彼女は怯えきった動物のように今にも逃げだしそうだった。どんな夢にうなされていたのか話してほしかったが、ブルーは打ち明けてくれなかった。その代わりに、おれたちはもう一度セックスした。

おれはベッドに片肘をつき、手に頭をのせて横向きに寝そべっている。すると、ブルーが目を覚まし、こちらを見た。微笑みを浮かべ、ごろんと横向きになっておれと向きあう。「おはよう」

おれはシーツをつかんで引っ張り、ブルーの乳房を見た。「おはよう、かわいい乳房ちゃんたち」

ブルーはふざけておれの肩を叩き、シーツを引っ張りあげて体を隠した。「ずいぶんと名前に恥じない生き方だこと」

「ああ、実際そうだ。罪《シン》にはずいぶん慣れている」

「昨夜もとっても慣れたものだったわね」ブルーはにんまりと笑い、頬を赤らめた。

おれは覆いかぶさり、さらに罪を重ねようとするが、ブルーの手が胸に押し当てられて止められた。「痛むのか？」

「ひどくはないけど」

「うまくやれなかったな」

「そんなことないわ」ブルーが鼻にしわを寄せる。「でも、バージンだったせいで、あなたの寝具をだめにしちゃったかも」

おれは彼女の手の甲にキスした。「汚してもらって大いに満足だ」

「起きたら洗濯機で洗ってみる。なんとか救えるかもしれないわ」

「その必要はない。アグネスがやってくれる」

「アグネスって誰？」

「近所の人だ。週に二回ほど来て、片づけと洗濯をしてくれる。彼女には障害があってね——転落事故で片方の膝を悪くしたんだ。働きには出られないから、これでちょっとした金を稼いでいる」

ブルーは〝あら、やだ〟とでも言いそうな顔つきをした。「それはすごく親切ね」

「そうでもないさ。アグネスは生活に必要な金をもらえて、こっちは清潔な家に住める。いい協力関係だよ」おれたちの関係もそうなるだろう。

ブルーが上体を起こして脚を組んだ。いまだに両腕の下にシーツを抱えこんでいるから、また引っ張ってやりたくなる。「仕事場に行くとき、ついでに家まで送ってくれない？」

言い忘れていた。「この二日ばかり夜遅くまで働いて、今日は休みにしたんだ。一緒に過ごしたいって言われるのを期待してね」

ブルーが満面の笑みを見せた。「ぜひそうしたいわ。だけど、着替えが必要ね」ふたたび鼻にしわを寄せる。「あと歯ブラシも」

歯ブラシならすぐに用意できるが、ほかは無理だ。「きみの家に寄って、泊まるのに必要なものを取ってこよう」

「昨夜持ってくるべきだった分？　それとも今夜の分？」

「どっちもさ」

ブルーが荷物をまとめているあいだ、おれはソファで待った。「今夜出かけるための服もいるかしら？」彼女が寝室から叫んだ。

ブルーが大声でおれに質問するのはこれで三回目だ。そこでおれは立ちあがり、寝室に向かった。「外に連れていってほしいのか？」

ブルーがびっくりして振り返り、甲高い声をあげる。「やだ！　まだ居間にいると思ってたわ」

おれは笑った。「出かけたいのか？」

「そうね」彼女が肩をすくめる。「ディナーのあとで踊りに行くとか？」

「いいよ、きみがそうしたいなら」

ブルーは黒のワンピースを取りだし、体の前に当てて似合うかどうか見せた。「これ好き？」

ものすごく丈が短い。「ああ。絶対に似合う」

彼女はベッドに置いた鞄《かばん》のそばにワンピースを投げ、それに合わせる赤のハイヒールを鞄に入れた。

「ブラジャーとパンティはどこにしまっているんだ？」

彼女が片眉をあげ、小さな収納棚を指さした。「いちばん上よ」

おれは引き出しを開けてブルーの下着を眺め、いちばん好みのやつを探した。そして、赤いレースのTバックのパンティとおそろいのブラジャーを持ちあげる。「セックスをしたことがないわりには、とんでもなくセクシーな下着を持っているんだな」

「身につけたときの気分が好きなの。わたしがおばあちゃんみたいなパンツをはいてるほうがいいわけ？」

「おばあちゃんみたいなパンツがどんなものか知らないよ」

「気にしないで」ブルーが笑う。「知らないほうがいいわ」

おれは大して好みではないサテンのブラジャーを手に取った。「きみを買い物に連れていきたい。それで、きみが着るセクシーな服をおれが選んでやる」

「どれだけ上から目線に聞こえるか、わかってる？」

知ったことではない。「いいものを持ってほしいんだ」

「いいものなら、たくさん持ってるわ」

「確かに」だが、ブルーには高級品がふさわしい。こうした品はカメラマンとしての給料で買える程度のものだ。「もっといいものが持てるさ。それに楽しいぞ」

彼女が顔をしかめた。「なんか悪いわ」

「そんなふうに思う必要はない」おれはブルーのほうへ歩いていき、彼女を壁まで追いつめた。顔の両脇の壁に手をつき、彼女をおれのなかに閉じこめる。「もしきみがおれのものになったら、必要なものやほしいものをすべて与えるのがおれの役目になる。おれはきみを宣言したい」

「どういう意味？　わたしを宣言するって？」

「きみがおれのもので、ほかの誰のものでもないと断言するってことさ。おれがきみ自身ときみの幸せの責任を取る。肉体的には、おれがきみの身を守る。経済的には、きみが必要なもの、ほしいものは全部おれが用意する。出費はすべておれが面倒を見るから、きみは働かなくていい」ブルーは処女を捧げてくれた。おれは彼女を抱いた唯一の男だ。これからもそうであり続けるつもりだ。「性的には、もう実践しているな。きみが体を許す相手はおれひとりで、その反対もまた然《しか》りだ。おれはもうほかの女とは寝ない」

「なんだか正式な取り決めみたいね。ザ・フェローシップではよくある習わしなの？」

「そうだ。だが、おれたちの場合は少し違う。きみはよそ者だから、宣言する相手として認められないんだ。ジェイミーとリース以外のメンバーたちには秘密にしておかなくてはならない」

「すごく差別されてる気がするわ」

「メンバーが組織外で恋愛関係を持つのは禁止というルールなんだ。絶対に守らなければならないが、きみに悪意がないことはおれが承知している。ザ・フェローシップがきみを恐れる必要はない」

「わたし、そんなに恐ろしくないと思うけど」ブルーが笑った。

「そんなにはな」

「さっきわたしを守るって言ったでしょ？　保護されなきゃならない理由でもあるの？」

「いやらしい手で触られるって悩んでたのを、おれが解決してやっただろ」

「あの問題はふたりで解決したのよ」

「オーケー、認めるよ」

「それから経済面。これはどうかしら。自力で生活していない感じは好きじゃないわ」

「まあ、やりたければフリーランスで写真の仕事をしてかまわない」

「性的にもわたしの面倒を見るということ？　それも宣言のうち？」

「きみをおれのベッドで抱きたい。毎晩ベッドにいてほしいんだ」

「それって、移り住めって言ってるみたい」

ブルーは察しがいい。「そうだ」

「すでにひと晩一緒に過ごしているわ」

「かまわない。あそこできみを抱きたいんだ」

ブルーが押し黙った。

「イエスと言ってくれ」

「どうかしら。いびきとか、あなたを苛立たせるようなことをしてしまったらどうするの?」

「しないさ」おれは彼女の頬にキスをする。「言ってくれ。イエスと。ボニー・ブルー」

「その呼び方、すごく好きよ」

「引っ越してきたら、毎晩ボニーって呼んでやる」

「エディおばさんの遺産整理が終われば、あと数週間しかここにいられないかもしれないのよ」

「それなら、その残りの日々をおれと過ごしてくれ」

ブルーが唇を噛んでぎゅっと目を閉じた。「納得させるのがずいぶん上手ね」うなずき始める。「試してみてもいいかもね。殺しあうようなことにはならないでしょうし」

「よし。今晩必要な分だけ荷造りして、残りは明日スターリングに取りに来させよう」

「今日の予定を聞いてなかったわ」

「ジムでリースとジェイミーに会う」

ブルーが腰に両手を当てた。「わたしをトレーニングに連れていきたいの？」

ブルーの体は見事に引きしまっている。「違う。おれたち三人でボクシングをするんだ。子どもの頃からやっていてね。きみは観てて楽しいんじゃないかと思って」

「すてき。友好的な軽い拳の打ちあいを見るのも悪くないわね。参加してもいいかもしれないわ」

冗談だと思いたい。「あの野郎どもと一緒にリングに立たせるわけがないだろ」

ブルーがにんまりと笑った。「わたしが怪我をさせられると思ってるの？」

ジェイミーもリースも怯えすぎて、彼女の髪の毛一本にも触れられないだろう。

「いや、女を男と一緒のリングに入れるのはよろしくないってことだ」

ブルーは不機嫌そうだ。「そう？」

「試合はなしだ。きみは、おれたち全員より少なくとも三十キロは軽いんだぞ」

「結構な高速パンチを打てるわよ。相手には絶対に見えないの」いつもやっているかのようだ。

「今日のところは観戦しててくれ」将来的にはリングに入れてやるかのようにおれは言った。だが実際には、おれとつきあっているうちはあり得ない。

ブルーはブラウスを畳んで鞄に詰めこみ、にっこり笑った。「さあ、どうでしょうね」


おれたちが到着すると、ジェイミーとリースはすでにリングのなかにいた。ふたりは試合を中断し、おれたちをじろじろと見てきた。これはおもしろくなるに違いない。ジェイミーとリースは、ブルーとおれのあいだで何か進展があったのには気づいていた。だが、おれが彼女を宣言したと言ったら、ふたりともとんでもない衝撃を受けるだろう。

「どうも、おふたりさん」そばを通り過ぎるときにブルーが言った。彼女はおれを見あげ、にんまり笑ってささやく。「わたしたちがつきあってること、まだ話してないんでしょう?」

「ああ」

「まったく、気まずいじゃないの」ブルーがリースを見て、それからまたおれを見た。

「リングに一緒にいるときに、わたしたちのことをリースに話すつもり?」

ああ。ブルーは自分がリースのお気に入りだとうすうす感づいている。「そうだ。あと、きみを宣言したことも言おうと思う」

「どうしてこんなふうにやるの?」

「リースはきみに気があるからな。ふたりともグローブをつけているときに打ち明ければ、あいつはむかついても発散させることができる。そうすれば、またいい関係に戻れる。これがおれたちのやり方なんだ」

「自分がわたしを勝ち取ったから、リースに殴らせてあげるの?」

「そうじゃない。あいつは自分の力でパンチを決めなきゃならない。だが、リングに一緒にいるときなら、そのチャンスをやれる。ほかのときにはできないからな」

ブルーがうなずいた。「なるほどね」

「きみはファースト・レディにでもなれそうなものわかりのよさだな」

彼女が笑みを浮かべた。「わたしはほかの女性とは違うって、まだわかってないの?」

「出会ったその日からわかっていたよ」

ブルーがベンチに腰をおろしたので、おれはリングに近寄った。「誰か連れてくるなんて言ってなかったぞ」ジェイミーが口を開いた。

おれはリングロープをまたいだ。どちらが対戦相手になるか、話しあう必要もない――リースが何も言わずにその役目を買ってでる。そして、おれのグローブの先に自分のグローブを叩きつけた。「さあ始めようぜ」

ジェイミーが隅へ移動した。「おれの知らないことが起きてるな?」困惑しているらしい。つまり、リースからブルーの件を打ち明けられていなかったのだ。

「いや。シンがまたおれを裏切っただけだ」リースが言う。「だが、そんなのは今に始まったことじゃない」

まったくのでたらめだ。「裏切ってなんかいないぞ」

「おれが狙ってた子と一緒にいるようなやつがよく言うよ」

「ブルーはおまえに興味がないんだ」

「彼女には興味を持つチャンスがなかった。おまえがそう仕組んだんだ」

「ブルーはおれより先におまえと知りあっていた。彼女が望めば、おまえとつきあっていただろう」

「ちょっと? ふたりとも」ブルーが叫ぶ。「全部聞こえてるんですけど」

おれは足の動きを止め、揺らしていた上体を静止させた。「打てよ、リース。気分がよくなるならそうして、終わりにしようぜ」

「不意打ちじゃなくてな。正々堂々とおまえを倒してやるよ」

「今までに、おれたちが正々堂々とやってきたことなんて何ひとつないじゃないか」

おれはふたたび防御の姿勢を取った。

「おい、おまえら」ジェイミーが言う。「ふたりともくだらねえぞ」

「いいや、ジェイミー」おれは叫んだ。今や腹が立ってきている。「親友がリアルな戦いをお望みだから、そうしているのさ」

　おれは上下に揺れて、リースが得意な右のジャブをかわした。「そのパンチは予測できると、いつになったら学習するんだ？」

　リースは相手と距離を取るタイプのボクサーだ。つまり、おれの腕《リーチ》が届く範囲内には入ってこない。殴られればノックアウトになる可能性があるとわかっているからだ。だが、足を踏みだして、ふたたび同じパンチを繰りだした。それがおれの右頰に着地する。おれは肩を回して持ちあげ、顔をさすった。くそったれ、痛いじゃないか。

「おまえには今のパンチが見えなかったんだから、予測できるわけじゃないと思うが」リースが笑った。

　リースがするりと動いた。おれの次のパンチを避ける作戦だ。だが、避けきれずに左のアッパーカットを顎に受けた。「確かに。おまえにも見えなかったようにな」

おれはがむしゃらに戦うタイプだ。脚を失う前のテクニックやフットワークはもうないが、パンチには力がこもっている。必ずノックアウトで勝つ。強烈なやつで。

リースが後ろによろめき、頭を振った。すぐに前へ踏みだし、フックを打ってくる。目を閉じているのは、衝撃で星が見えているせいだろう。「もう充分だろ、親友？」

リースがうめき声をあげながら体当たりをしてきて、おれがストレートのパンチを打てないようにこちらの体に両腕を巻きつけよう《クリンチ》としてきた。だが、逆におれがリースの両腕を押さえる。脚がないおれにとって、クリンチは安全な体勢とは言えない。それを知っていて、リースは仕掛けてきた。ブルーの目の前でおれを倒すつもりだ。

リースが足を使っておれの義足のバランスを奪った。勢いよく倒れこんだおれの上にまたがって殴り始める。「なんでいつもおれがほしいものをすべて奪うんだ？　いつも。いつも。いつも」なんの話だかさっぱりわからない。

おれは自分の身を守るために、リースをひっくり返してあおむけにし、何度も何度も顔を殴った。そこで、ジェイミーがおれの両脇をつかんで引き離す。「やめろ！」ジェイミーが叫んだ。

おれは立ちあがり、義足を調整してバランスを取り戻した。ブルーが走って両者のあいだに来て、おれを食い止めながら鼻に目をやった。「あっという間にとんでもない事態になったわね」

あたたかいものが顔から流れ落ちている気がした。シャツの下にグローブを入れて顔を拭う。案の定、血だ。「問題が起きたらこうするのが、おれたちのやり方さ」おれはブルーに寄りかかり、リースを見やった。「大親友がおれを倒す手段として義足を狙うってのは例外だが」鼻から流れ続ける血を拭い取った。

「彼女は知ってるのか？」ジェイミーが訊いた。

「知らなかったとしても、こんな卑劣なプレーを見ればわかるだろう」おれはグローブを外し、止血に使うためにシャツを頭から脱いだ。「ところで、リース。ブルーはおまえのバーではもう働かないからな」

「なんでだ？」リースがブルーを見る。「こいつの娼婦になって金をもらうからか？」

ブルーがリースに向き直り、仲裁役から敵に転じた。「今度はわたしと勝負よ。グローブを外して」

「ばか言うな。きみとは戦わないよ」リースが笑った。

「あなたは紳士だから女は殴らないってわけ？　女を侮辱するのは平気なのに？」ブルーの構えに気づき、おれは心のなかで大笑いした。リースはとんでもない窮地に陥ってしまった。ブルーに対して防御しなければいけないとは、まったく思っていないだろう。だが、おれは警告してやらない。

「おいおい、おれの力をついさっき見ただろ」

「別に強いとは思わなかったわ」ブルーがリースの顎に短いストレートのパンチを食らわした。リースの反応を見る限り、明らかに予想外の一撃だ。「わたしがどうしてほかの武術やキックボクシングじゃなくて、ムエタイを選んだか知りたい？」

リースが顎をさすった。「ちくしょう、ブルー」

「膝蹴りや肘打ちをしてもいいからよ」ブルーはリースの脇へ矢のようにすばやく移動して回転した。それから、相手の肋骨《ろっこつ》めがけて狙いすました肘打ちを繰りだし、リースを床に沈めた。「言っておくけど……シンの娼婦になってお金を払ってもらうわけじゃないわ。彼がわたしを自分のものにすると宣言したのよ」

11

ブルー・マカリスター

一夜をともに過ごしただけで同棲《どうせい》してほしい？　わたしの処女は思っていた以上に価値があったらしい。こんなに簡単だなんて誰が予想できただろう？　とはいえ、この親密さを信頼と履き違えたりはしない。シンクレア・ブレッケンリッジが秘密を打ち明けてくれたのは、わたしが誰かにばらそうと少しでも考えれば、即座に殺せるからだ。

リースにしたことは悪かったと思う。でも言い訳をさせてもらえば、彼はわたしを娼婦呼ばわりした。あれはすべきではなかった。リースは二度と同じ過ちを犯さないはずだ。ともあれ、わたしたちの仲は丸くおさまった。彼が謝ったので、わたしは許した。こちらとしては、もうすんだことだ。

シンクレアの家へ車で移動するあいだ、彼は何度もわたしに視線を向けた。顔を見

わたしが芯の強さを見せるたびに、彼は同じ目つきをする。その目つきには欲望が宿っていた。わたしが芯の強さを見せるたびに、彼は同じ目つきをする。強い女性がシンクレアをその気にさせるのだ。ということは、家に着いて何をするかはわかっている。

正面玄関を通るやいなや、シンクレアがわたしを腕のなかへ引き寄せた。彼の唇がわたしの唇にぶつかるときに優しさは感じられない。処女とのセックスをすませたので、今度はファイターのわたしを抱きたがっている。

わたしが唇をシンクレアの首へおろしていくと、しょっぱい味がした。「やだ、汗だくじゃない」

「昨夜もそうだったが、きみが気にしていた記憶はない」

シンクレアは上半身裸で、脱いだシャツは赤く染まっている。そのうえ、鼻や上唇のまわりにも小さな血の跡がまだ残っていた。「それに血だらけよ」

「昨夜のきみもそうだったが、そのことをとがめた記憶もない」シンクレアがくすくす笑った。

「あれは初めてだったから……でも、そうね」

シンクレアがわたしをソファへうながした。わたしを押して、無理やりソファに座らせる。「きみはいったい何者で、どこから来たんだ？」彼は魅惑的な笑みを浮かべているから、素性を疑われたと不安に思う必要はない。

「テネシー州のどこにでもある小さな町育ちの少女でも、ムエタイの師範になれると信じて、つらい日々を送ったのよ」

ルールその一。嘘とはブーメランのようなもの。いずれは必ず返ってくるから、精いっぱい遠くに投げておくこと。「おじが師範なの」

シンクレアがソファに身をかがめ、覆いかぶさってきた。すぐさま、彼の唇がわたしの首を這う。「おじさんは教えるのがうまかったんだな。見事に正確な肘打ちだったよ。すごく誇らしかった」彼は硬くなっている。それが腹部に押しつけられていた。

「それで興奮したのね」

「わかっているだろ、な?」シンクレアが唇をわたしのお尻へとさげていった。片手がわたしの脚のあいだに置かれ、ヨガパンツ越しにまさぐる。

もう一度シンクレアに抱かれたいけれど、彼と肉体関係を持ったことにどう折りあいをつければいいかわからなかった。昨夜味わった感触や興奮のすべてがたまらなく心地よかった――早朝に悪夢を見たあとで味わったものも。

シンクレアになだめられて目を覚ましたとき、わたしはあの夜の夢を見ていた。彼はわたしを抱きしめながら髪を撫で、耳元でこうささやいた。〝きみにはおれがいる、ボニー。安全だよ。悪い夢を見ただけだ〟

シンクレアはわたしに、自分が女性らしく、求められる存在なのだと感じさせてくれる。そう感じずにはいられなかった。今までほかの誰もそういうことをしてくれなかったから。もう一度抱かれずにはいられなくなり、わたしからセックスを始めた。そして最高だった。

これは問題だ。シンクレアはしみったれた小物の犯罪者ではない。人殺しだ。モンスターなのだ。母を殺したのは彼ではないが、その犯人から生まれた子だ。シンクレアに触れられたら吐き気をもよおしてもいいはずなのに、どうしてさらに狂おしく求めてしまうのだろう？

わたしは完全にどうかしている。

車のドアを閉める音が聞こえ、わたしたちは顔を見あわせた。「お客さんが来たみたいね」ふたりで起きあがって座り直していると、ドアをノックする音が聞こえる。

「ああ。誰にしろ、ずいぶん迷惑なときに来ようと思ったものだ」シンクレアが不満の声を漏らした。窓に近づき、カーテンを引いて外を見る。「まずい」

「誰？」

「親父だ」

なんてこと。わたしは今セイン・ブレッケンリッジと対面しようとしている。「こんな姿でお父さんに紹介してもらうわけにはいかないわ」ヨガパンツにポニーテールという出で立ちでは、あの男に会えない。床に置いていた鞄をつかみ、階段へ走った。

「十分だけちょうだい」

シンクレアに名前を叫ばれたが、わたしは無視した。セインには会えないと言われそうだからだ。「やっぱり、十五分にして」

シンクレアの寝室に飛びこみ、鞄の中身を確かめた。大したものは入っていない。今夜のために持ってきたワンピースでもいいだろうか。これだと、セインの注意は引けるかもしれないけれど、そうしたいわけではない。わたしを見て、そこに母の面影を見いだしてもらわなければ困る。自分がアマンダ・ローレンスに何をしたのか思いださせてやりたい。

セインの記憶を掘り起こすのは、そう難しくないだろう。わたしは母に……生き写しだ。栗色の豊かな髪に、ライトブルーの目。実の父親からは何も受け継がなかった。もし母がまだ生きていたら、みんなからすごく似ていると言われるはずだ。だが、母はいない。セインがあの世へ送ってしまったせいで。

セインがわたしに母の面影を見いだしたとき、戸惑うに違いない。必死に考えるはず――自分が殺した人間と見知らぬ若い女性がここまで似ている理由について。たとえ、わたしのことをアマンダの娘ではないかと疑ったとしても、ステラ・ローレンスは偽の死亡診断書によって死んだことになっている。

十八年前、世界はここまで技術が進んでいなかった。書類上でわたしの死亡を証明してもらうくらい簡単なことだったのだ。というのも、ハリーがそれに手を貸してくれるあらゆる人たちを知っていたから。彼はわたしを守るために慎重すぎるほどの対策を講じ、母のとなりに墓石まで建ててくれた。だから、母を殺した犯人がわたしの存在にふたたび目を向けることは絶対にない。

相変わらず着るものを探して鞄のなかを引っかき回していると、シンクレアが寝室に入ってきた。

「ボニー、きみは親父には会えない」

「どうして？」

「言っただろ。きみはおれたちの仲間じゃないから、ザ・フェローシップにはふたりの関係を認めてもらえないんだ」

「ああ」わたしは肩をすくめ、着ようと思っていたブラウスを畳んで鞄に戻した。

「そこまで考えが及ばなかったわ」

「どれだけ時間がかかるかわからない。おれが親父に対応しているあいだ、書斎で読書でもしていたらいい。いろいろな本がそろっているから」

「そうしようかしら」そうすることはできる。でもしない。セインに近づく計画を立てよう。ターゲットと同じ屋根の下にいるのに、紹介されるチャンスを逃すなんてあり得ない。

「いつもそんなに聞き分けがいいのか?」シンクレアがわたしを抱きしめ、こめかみに羽毛のように軽やかなキスをした。

「全然。あなたがわたしの扱いを心得ているんじゃない」わたしは彼の腰に両腕を回して、ぎゅっと抱き返した。「あなたの用事が終わるまで、ここで待っているわ」

「今日このあと一緒に過ごす予定を延期しなきゃならないかもしれない。こっちの問題をどう処理するかによるが」

完璧だ。このあとどうなるかはわかっている。「やるべきことをして」

四十分待ってから、計画を行動に移そうと決意した。鞄を肩にかけ、シンクレアのホームオフィスに向かう。ドアをそっとノックし、入れと言われるのを待ったが、何も言われなかった。代わりに、彼がドアを開けてわたしを見つめる。彼の怒りを買うかもしれないことは承知のうえだ。そう、まさにそうなっている。シンクレアは怒り狂っているようだ。

　わたしは小声で話す。「邪魔してごめんなさい。でもすごく忙しいのはわかってるから、帰ろうと思って。仕事で手いっぱいじゃない日にでも、またね」

「帰ってほしくない」シンクレアがつぶやく。「あと三十分くれ。四十五分かもしれないが」

　シンクレアの大きな体にふさがれて、セインは視界に入らなかった。だが、声は聞こえる。「シン、客が来ているとは聞いていなかった。息子よ、おまえの客に会わせてくれ」その声を耳にして、わたしのうなじの髪が逆立った。

　シンクレアが何も言わずにドアを全開にして、わたしが入れるようにした。セインが立ちあがり、挨拶をしようと振り返る。その顔に現れた驚きの表情を見て、わたしの背筋に寒気が走った。

　セインが片手を差しだしたので、わたしはそのなかに自分の手を置いた。今、母を死にいたらしめた銃の引き金を引いた指に触れている。これは、息ができなくなるまでわたしの顔に枕を押しつけた二本の手のうちの一本だ。「セイン・ブレッケンリッジだ」

　シンクレアの整った容貌は父親譲りだ。ふたりはとても似ていると、これまで気づかなかった。今の息子にそっくりだった若い頃のセインが目に浮かぶ。母がこの男と関係を持っていたであろう理由が、初めて理解できた。こめかみの白髪や目のまわりの小じわにもかかわらず、セインはとてもハンサムだ。「初めまして、ミスター・ブレッケンリッジ。ブルー・マカリスターと申します」

「ブルーか」セインがわたしの顔をまじまじと見つめてつぶやいた。「アメリカ人だね」

「はい。亡くなったおばの遺産整理と死亡後の手続きのためにエジンバラに滞在しているんです」セインに露骨に凝視され、不安になった。「どうかしましたか、ミスター・ブレッケンリッジ？」

「昔知っていたある人を思いだしてね。不気味なほど似ているものだから」やった。まさに狙いどおりにわたしを見ている。

「よく言いますものね——みんな、どこかに双子の片割れがいるって」

「確かに。だが、外見だけじゃないんだ。声も彼女にそっくりだ。アクセントなんてそのままだよ」

「その方は、きっと南部出身だったんでしょうね」わたしは笑う。「思いだされたのが幸せな記憶ならいいのですが」

「ああ。彼女をとても愛していたよ」それだけは言えないはずなのに。この男は母を愛してなどいなかった。もし愛していたら、殺せなかったはずだ。

「いやなことを思いださせてしまったわけではなさそうで、よかったです」わたしは肩にかけている鞄の位置を直した。「改めてごめんなさい。打ちあわせのお邪魔をするつもりはなかったんです」シンクレアのほうを見る。「都合のいいときに改めて会いましょう」

セインの心に疑いの種をまいてやった。今この男の頭は、わたしが何者か、どこから来たのかと混乱しているに違いない。

「待ちなさい、ミス・マカリスター」セインの声にお願いする響きはない。これは命令だ。「外食にふさわしい服に着替えてきなさい。きみを昼食に連れていこう。息子の恋人の若いお嬢さんについて知っておきたい」

わたしは許可を求めるかのようにシンクレアに目を向けた。父親の頼みに逆らうこともできず、彼がうなずく。「ぜひ、そうしたいです」

わたしは後ろを向いて部屋を出ようとしたが、一枚の写真立てに注意を引きつけられて立ち止まった。アパートからシンクレアが盗んでいった、わたしの写真だ。椅子と向かいあわせに――仕事中のシンクレアをまっすぐ見つめるように――デスクの隅に置かれている。彼は本当のことを話してくれたのだ。

シャワーを浴び終えてメイクをしていると、シンクレアがバスルームに入ってきてわたしの後ろに立った。わたしは上を見ることなく、アイラインを引いてぼかした。

「まったくもって気に入らないね。きみは親父には会えないと、はっきり言ったはずだ。理由だって説明したのに、おれの言ったことを無視した」

こうなることはわかっていた。自分でとんでもない問題を引き起こしたのだから、今度はそれを解決しなくてはならない。「本当にごめんなさい。こっそり出ていくつもりだったんだけれど、さよならも言わずに去ったと知ったら、あなたが怒ると思って」

「ザ・フェローシップときみのあいだには越えられない境界があると、わかってもらわないと困る。きみと一緒にいることで、組織の重大なルールを踏みにじっているんだから」

「わたしに出てってほしい？」すねてみせた。前にはこの方法で、シンクレアの弱い部分を突けたみたいだったから。

「そんなわけないだろ。だが、おれの言うことを聞いて、言うとおりにしてくれ」

「そういうのは得意じゃないって、もうわかってるでしょ」

「なら、できるようになってくれ」

「あなたのためならやるわ」わたしは振り返って両腕をシンクレアの肩に回した。口喧嘩を忘れさせるくらい熱いキスをする。

彼がわたしの下唇を嚙み、こちらの顔が見えるように少しだけ後ろにさがった。

「きみの正体がわかった気がする」

自分の化けの皮が剝がれてしまったのかと不安になり、シンクレアの目をじっと見つめた。「で、なんだと思ったの？」

彼がにっこり笑ったので、わたしは安堵《あんど》した。「魔女だな。親父を魅了してしまったんだから、絶対にそうだ」

これよりいい知らせはない。「どうやったのかしら？　あなたはあそこで会話を聞いてたでしょ。わたし、特に何も言わなかったわよね」

「何を言ったか、言わなかったかに関係なく、親父はきみをかなり気に入った――おれと同様に」シンクレアが声をあげて笑った。「親父が待っていなかったら、今すぐきみをベッドに連れ戻すところだ」微笑んでわたしの頭にキスをする。「だが、そうはいかない」

わたしは片眉をあげ、魅惑的なまなざしを彼に投げかけた。「食事が終わったあとなら問題ないんじゃないかしら」

「家に帰ってきたらな」

「ロマンティックなお話をおうかがいしたいですわ。おっしゃっていたアメリカ人のことを、もっと聞かせてください」わたしはテーブルに片肘をついた。手のひらに顎をのせ、うっとりしているかのような視線を装う。

セインが甘い記憶で頭がいっぱいとばかりに笑みを浮かべた。「ああ……何年も前の話だ」

そう簡単には話させない。セインの口から母についての真実を聞きたい。「当てさせてください。そのアメリカ人の方が観光客としてエジンバラにやってきて、帰国するまでにあなたと嵐のような恋に落ちた、とか」

「いや、そんなんじゃない」セインがかぶりを振る。「彼女とは、出張中にアメリカで出会った」

「初対面はロマンティックだったんですか？」

「決してそんなふうではなかった。彼女はブラックジャックのディーラーでね。その美しい女性が、三十分のあいだに二万ドルもわたしから巻きあげていった」

それが母を殺した理由であるはずはない。もしそうなら、母が非番の夜にこの男をアパートに迎え入れたりするわけがない。

「あら。それは気分を害されたでしょう」

「それが逆なんだ。わたしは彼女に魅了されてしまった。それだけの金をわたしから奪えたディーラーはほかにいなかったからな。彼女にわたしのもとで働いてほしいと思ったんだ」

「でも、働かなかった？」

「ああ。彼女には娘がいて、その子の生活を変えさせたくなかったんだ。ステラというかわいい少女だったよ」あんたにベッドの下から引きずりだされて、顔に枕を押しつけられたあの日までは。

「その人たちはどこに住んでるんです？　帰国したら会いに行ってみようかしら」

「そうできればいいが。アマンダとその娘は十八年前に殺されてしまった。今でも犯人は捕まっていない」

わたしは恐ろしげに息をのんでみせた。「なんてひどい」

今晩セインが母を思いだして眠れなくなればいいと願った。わたしの呪いで、かつて愛した故人とわたしがこんなにも似ている理由を考えに考えて狂ってしまえばいい。謎がすべて解けたとセインが思った瞬間、そこにいるわたしから、こめかみに銃口を当てられるのだ。母と同じ死に方をするのだ。それこそ、この男にふさわしい唯一の死に方だ。

12

シンクレア・ブレッケンリッジ

ランチが終わり、父がおれたちを家まで送った。親父の奇怪な言動について、ブルーに説明すべきだ――だが、説明が思いつかない。ただ、彼女にぞっこんになってしまったのはわかる。これはいい。ブルーがよそ者だという点を気にしていないということだ。これが、おれの心にある思いを引き起こした。父はザ・フェローシップと無関係な女と不倫をしていた。メンバーには知られていたのだろうか？　それとも、今のおれみたいに秘密にしていたのか？

「今日の親父のふるまいを謝らないとな。どうして自分の恋人とその娘のことをひたすら話し続ける気になったんだろう。きみに居心地の悪い思いをさせてしまったなら、すまない」

「わたしの質問で思い出がよみがえってしまったのよ。詮索すべきじゃなかったわね。

それにしても、お父さんの恋愛の裏にあんな悲劇があるなんて、ちっとも想像してなかったわ」

おれも覚えているが、アメリカから帰ってきたときの父は毎回かなり機嫌がよかった。おれはずっと、仕事がうまくいったからだと信じこんでいた。父が愛したという女性のことを知った今なら、彼女が理由だったとわかる。「そのアメリカ人が亡くなって、親父が悲しんでいたのを覚えてるよ」

「どんなふうに？」

「ある出張から帰ってきたとき、親父が数日のあいだ行方不明になったんだ。どこにいるか誰も知らなくて――エイブラムさえもだ。メンバーが大騒ぎしたのを覚えている。親父は敵対組織につかまって死んだものと思われた。いろんな噂《うわさ》が飛び交っていて、おれは何を信じていいかわからなかった。人生であれほどまでに怖い思いをしたことはない」

「お父さんは結局どこに行ってたの？」

「まったくわからない。だが、戻ってきたときの親父は変わってしまっていた。やる気がどっかに行ってしまったんだ」

「そのとき、あなたは何歳だったの？」

「九歳か？　いや十歳かな？」

わたしの母と会っていたとき、セインは既婚者だった。こんなことは考えたくないが、母はセインに妻子がいると知っていたのだろうかと思わずにはいられない。「お母さんのことはあまり心配していないようだけど？」

「両親は互いをまったく気にかけていないんだ。親父がほかの女と関係を持っても、おふくろが傷つくことはない。なら、おれが心配してどうする？」

「内心ではお父さんのことを愛してたと思うわ。女ってそういうものだったりするでしょ」

ブルーはイソベル・ブレッケンリッジに会ったことがない。「おふくろは違う。親父を愛するなんて感情は持ちあわせていないんだ」

「自分の親に対して手厳しいのね」

母は時折ものすごく無情になる。彼女みたいな母親のもとで育つのは大変だった。

「おふくろはおれたち全員に関心がないんだ――親父にも、おれにも、弟のミッチにも。唯一愛していたのは、妹のカーラだけだ」

「妹のことなんて、あなたは言ってなかったわ」

「死んだんだ」

「ああ。お気の毒に」

今でも、幼い妹の身に起こったことを考えるたびに吐きそうになる。「カーラが五歳のとき、何者かが部屋に侵入して彼女を窒息死させた。犯人はいまだにわかっていない」犯人はカーラのお気に入りのぬいぐるみを使って殺した。誕生日にもらったヒョウ柄の猫で。妹はそれが大好きだった。

ブルーが急に青ざめ、落ち着きを失った。カーラが死んだことを聞いて、ひどく動揺したようだ。「あなたたちの世界では、子どもを殺すことがよくあるの?」

まさか彼女がそんなふうに考えるとは。「あるわけないだろ! ザ・フェローシップでは子どもを殺すことなど許されない。おれたちはモンスターじゃないんだ、ボニー。おれたちのなかに子どもを傷つけるやつはいない。うちの組織はそんなところじゃない」

「ザ・フェローシップにとっていちばん大事なものって何? 組織の人たちに愛するものはあるの?」ブルーの声の調子が気に入らない。おれたちは優しい感情など持ちあわせていないとほのめかしているようなものだ。

「おれたちにとって何よりも大切なのは、家族と忠誠心だ。その両方に関して規約があって、それをおれたちが破ることはない」組織の仕事や信条のせいで、われわれの

ている。

こうした献身は営利目的と誤解されがちだが、おれは一点の曇りもなく組織を信頼している。

「もし仲間が子どもに危害を加えたとわかったら、あなたはどうする？」

「そいつを殺す」考えるまでもない。

「たとえ、それが自分の心から愛する人だとしても？」

ブルーはおれを見誤っている。「ひとつ、はっきりさせておく。おれには心から愛する者などいない。きみの質問についてだが……もし必要なら、おれはためらわない。迅速に報いを受けさせるのがおれの役目だ」

「これまでに何人殺してきたの？」

それはしてはならない質問だ。そのことをブルーは知っておくべきだ。ザ・フェローシップの内情には触れてはならないと、学んでもらわなければ困る。「きみとこの話はしない」

「どうして？」

そんなのわかりきっているじゃないか？「きみはザ・フェローシップの人間じゃないからだ」

「でも、ほかのことは話してくれたじゃない」

「大したことは話していない。殺人を認めるのはまったく別の話だ。忘れないでほしいが、おれは弁護士だぞ。自分の有罪を回避するくらいの知能はある」

「警察に駆けこむために聞いてるんじゃないわ。そんなことしたら、あなたはわたしを殺すでしょう」

「ああ。殺す」

ブルーはおれのやり方を理解しているのに、それでもここにいる。今後起こりうることを恐れていない。それは彼女がただ信頼されたいと思っているからだと、信じることにした。

おれが誰かひとりの女に対して特別な感情を抱けるとすれば、相手はブルーだろう。彼女がもうすぐ帰国してしまうのはあまりにも残念だ。ブルーがとどまってくれれば、おれたちの関係に何か異なる未来が見えるかもしれないのに。

話題を変えたほうがよさそうだ。「ランチは楽しかったか？」

「ええ。わたしが禁断の果実というわりには、お父さんはとても感じよく接してくださったわ」

ザ・フェローシップとしての問題はもちろんあるが、父はおれとブルーの関係に理解を示しているようだった。自分も同じ経験をしているから、理解したいと思ったのだろう。「親父の反応にはほっとしたよ。好意的だった気がする。今までほかの女ではあり得なかった」

「どうしてお父さんはあなたに交際しろって言わないのかしら？　いずれは結婚して子どもを持ってほしいと思ってるでしょうに」

「たぶんおれがまだ見習いの身だから、無理強いしてこないんだろう。正式に弁護士になったら、結婚を勧めてくるんじゃないか。両親はおれに息子を作ってほしいと考えているからな」このことを考えると、いやな気分になった。

「それじゃあ、あと数カ月しか独身でいられないのね。目をつけている幸運な花嫁候補はいるの？」

「いや、いない」

「あなたが選ばなければ、お父さんが結婚相手を決めるの？」

「そうしようとするだろうな。だが、両親みたいな生き方をしなきゃならないなら、結婚なんかしないほうがいい」おれは指をブルーの指に絡ませ、強く握りしめた。

「ほしいものを手に入れるために喜んで自分の体を男に差しだすような弱い女に、おれは魅力を感じない。ザ・フェローシップとかかわっている女は、メンバーのあいだでたらい回しにされているやつばかりだ。何人のメンバーがおれの妻と寝たのかなんて、考えたくはない」

「それはげんなりするわね」

「ああ、ものすごくな。だが、おれには興奮できる新たなお気に入りができた——おれだけをなかに招き入れる女さ」

「喜んでもらえてうれしいわ」ブルーがソファから立ちあがり、おれの両手を引っ張った。「一緒に寝室に来て。またあなたを喜ばせられるか試してみましょう」

おれがベッドの端へ移動して義足をつけていると、その動きでブルーが目を覚ました。普段ならトイレへ行くのにわざわざ義足をつけないが、ブルーの前で裸のままぴょんぴょんと跳ねたくはない。

彼女が滑るように寄ってきて、おれの裸の背中にキスした。「どこに行くの？ベッドを出るにはまだ早すぎるわ」

「トイレだよ」

「戻ってくる？」

いつもの起床時間よりすでに遅い——だが今日は土曜だから、働かなくていい。

「ベッドに戻ってきて一緒にいてほしいか？」

「ええ。でも、朝一でセックスしようとはたぶん考えないほうがいいわ。昨夜の酷使で体が拒絶反応を起こしちゃってるみたい。下のほうの調子がよくない気がするの」

ブルーが痛がるかもしれないと思ったので、手荒な真似はいっさいしなかった。彼女が不快感を覚えるとは驚きだ。「コンドームで炎症を起こしているのかもしれない。ときどきあるんだ」おれは明かりをつけた。「ちょっと見せてくれ」

ブルーを横にならせたものの、彼女は太腿を固く閉じている。「やだ。気にしないで」

「アレルギー反応かもしれないぞ」

「こうした腫れが異常かどうか、あなたがあそこを見て確かめなくてもいいの」身をよじるたび、ブルーの顔に苦痛の色が浮かぶ。「もうコンドームは使わないでほしいってお願いしたら、なんて言う？」

おれに病気はない。ブルーにもない、それに妊娠もできない。なら、大丈夫だろう。どちらにしても、最初のときにコンドームが破れていたので、すでに装着せずにやったようなものだ。「きみが百パーセント絶対に妊娠しないなら、かまわないかな」

「いろんなお医者さんに診てもらったけど、大がかりで、しかも高額な治療を受けないと妊娠は難しいと全員から言われたわ」

彼女のどこが悪いのか知りたい。

〝悪い〟という言葉はふさわしくないだろう。脚を切断したからといって、おれに悪いところがあるとは言われたくない。不妊は医学上の症状だ。それでブルーという人間が決まるわけではない。おれの膝下に装着された鉄のブレードで、おれという人間が決まるわけではないのと一緒だ。

「そのほうがいいなら、つけずにやろう」

「あなたはわたしを宣言したでしょ。そのことで、体の関係は互いにひとりだけっていうあの話が無効になったりしないかと思って」ブルーがすばやくおれを見る。「あのルールは絶対に変更なしよ。わかった?」

ブルーを抱いたあとで、寝たいと思う女なんてひとりも思い浮かばない。「ほかの女とは寝ないと言っただろ」

「そう言ってくれたのはわかってるけど、これは深刻なことなの──病気をもらう恐れだってあるでしょう──だから念を押しておきたいのよ。ほかの誰とも寝ないって真剣に約束してくれる?」

おれは体をひねってブルーと顔を突きあわせた。彼女の頬を撫で、軽くキスする。

「ああ、きみだけだと誓うよ」

トイレから帰ってきて、義足を取り外してからベッドに戻った。ブルーが寄ってきて、おれの胸に頭を預ける。指先で、二の腕の内側にあるタトゥーの柄に触れた。

「この模様、大好き。どういう意味があるの？」

「ケルトの盾によく描かれている組紐《くみひも》模様だ。守護の象徴なんだ」

「てっきり、女の子のために入れた愛の結び目みたいなものかと思ったわ」ブルーがくすくす笑った。

ブルーのロマンティックな意見に思いを巡らせていると、電話が鳴った。ナイトテーブルに置いてあった携帯電話に手を伸ばすが、タトゥーに関する彼女のおかしな考えをはっきり訂正しておかなければという気になる。「言っておくが、そんなロマンティックな考えがきっかけで入れたわけじゃないからな」

エイブラムだ。おじが週末に電話してくることはないから、何かあったに違いない。ちくしょう。その用事がなんであれ、これでブルーと一日を過ごせなくなる。また一日を奪われるのだ。「もしもし」

「おまえの親父さんから聞いたぞ。女がいるそうじゃないか。アメリカ人の」

父がエイブラムに話すことはわかっていたはずだ。「ああ」

「ザ・フェローシップの未来のボスの恋人には会っておかなきゃならん。今夜七時に、彼女を連れてわが家へ夕食を食べに来なさい」

断れるものなら断りたい。「もちろんさ」

「おじから夕食に誘われた」

「お父さんのご兄弟？」

「ああ、エイブラムだ」

「その名前、バーで何度も聞いたわ。組織の継承順位では、彼があなたより上なの？」

エイブラムはそう望んでいる。「おじは組織のリーダーには絶対になれない。養子だからな。組織のトップにはブレッケンリッジ家の血筋の人間しかなれないんだ」

「おじさんは赤ん坊のときに養子に入ったの？」

「エイブラムの両親はザ・フェローシップの一員だったが、自動車事故で亡くなった。おれの祖父がエイブラムの父親をずっと気に入ってたから、彼を引き取ったんだ。五歳くらいのときだったんじゃないかな」

「エイブラムにお子さんはいるの？」

「エイブラムはジェイミーの父親なんだ。娘もふたりいる。ウェスリンとイヴァナだ」

「ああ。ということは、あなたたちはいとこ同士で、親友でもあるのね」

「そうだ。生まれたときからずっと互いを知っている」

「ジェイミーとはあまり顔を合わせたことがないわ。リースのバーにはそれほど来ないわよね」

「昔はよく行っていたんだが、今は外傷外科医の研修の真っ最中でね。それと勉強で忙しいんだ」

ブルーの顔に驚きが浮かんだ。「ジェイミーが医学部生だなんて知らなかったわ。ザ・フェローシップを抜けるつもりなの?」

ブルーは組織の影響力をわかっていない。誰もザ・フェローシップを抜けることはできない。少なくとも生きているあいだは。

「いや。信頼できる医者はめったにいないものだ。病院から当局へ報告しなきゃならないような怪我をメンバーが負うと、いつも問題になる。それがどれだけ厄介か、きみにもわかるだろう。ザ・フェローシップでメンバーのひとりに医療訓練を受けさせることにしたら、ジェイミーが志願した。研修を終えたら、組織専属の医者として働く予定だ。一般人を診ることはない」

「あなたは法的に組織のメンバーを守る訓練を受けていて、ジェイミーはメンバーの怪我や病気を治療して、リースはメンバーを酔わせる。あなたたち三人って見事な三本の矢ね」

三本の矢か。おれたちを言い表すのに最高の言葉だ。

13

ブルー・マカリスター

「おそらく、根掘り葉掘り質問されるのを覚悟しておいたほうがいい」念入りな詮索を覚悟しておくというのは、わたし自身にしてきた警告だ。

「そうするのはもっともだし、気にしないわ。隠さなきゃならないこともないしね」何もかも想定内だ。「とはいえ、もうわかってると思うけど、お尻の穴まで調べられるのはお断りさせてもらうわよ」スターリングは前をじっと見つめていたが、吐息に笑いがまじるのが聞こえた。前方を確認すると、バックミラー越しに彼のにやけた顔が見える。

スターリングは口数が少ない。ひょっとしたら、まったく話さないのではないだろうか。ひとことでも発したのを聞いたことがない気がする。少なくともわたしに対しては。今回もやはり話さなかった。

エイブラムがシンクレアの生活にこれほど発言権を持っているのは少し心配だ。

「あなたのお父さんがリーダーなのよね。お父さんが認めたら、エイブラムもこれ以上の値踏みをせずにわたしを受け入れてくれないかしら？」

「可能性はある。だが、おじは他人を支配したがるろくでもない野郎だ。物事を自分のやり方でやるのが好きなんだ。そのせいで、エイブラムと親父のあいだでよく勢力争いが起こる。結局いつも親父が采配を振って勝つんだが——それにしても親父が力を見せつけなければおさまらないんだ」

セインはわたしをとても気に入っている。だからこそ、彼に力を見せつけてほしい。

エイブラムの家は城と呼んでもおかしくないほどだった。母屋の外観はエジンバラによくある建物と同じく、年季の入った石造りになっている。不動産のプロでもなんでもないわたしにも、何百年も前に建てられたこの建物には、家造りの古典的な建築様式のすべてが詰まっているのがわかる。

その建物は緑豊かな牧草地に囲まれていた。刈られたばかりの芝のにおいが漂う。すべてが清潔に整えられていた。メンフィスで普段わたしが慣れ親しんでいる環境とはあまりにも違う。

わたしたちが家のなかへ入ったときのエイブラムの表情は心の内を物語っていた。

まるで幽霊でも見たかのようだった。エイブラムは少なくとも母の外見を知っていると確信する。これまであまり考えたことはなかったが、エイブラムが母をよく知っている可能性も出てきた。

シンクレアがまずエイブラムにわたしを紹介した。「なんと。セインの言ったとおり、アマンダ・ローレンスに不気味なほどそっくりだ」

「〝この父にして、この子あり〟という古いことわざをご存じでしょう？　それって往々にして本当にあるのね」わたしを見やるこの女性がセインの妻だろう。

「おれの母親のイソベルだ」シンクレアが紹介した。

とても魅力的な女性だ。少年のようなショートカットにした明るい赤毛に鮮やかなブルーの瞳。音楽プロデューサーのシャロン・オズボーンを思わせる風貌だ。一見しただけではシンクレアとまったく似ていないが、しばらくすると、目のまわりに面影がある気がした。

「お会いできてうれしいです。ミセス・ブレッケンリッジ」この女性を味方に取りこむのはやはり難しいだろうか。

「こちらこそうれしいわ、お嬢さん」わたしの存在を心から喜んでいるように見えた。過剰なくらいに。シンクレアが母親について言っていたことを考えると、あたたかい歓迎など期待していなかったのに。

　エイブラムの妻にも紹介され、それからわたしたち六人は格調高いダイニングルームへ向かった。家自体は古いものの、内装は現代的で、たくさんの優美な家具であふれている。まわりにあるのは王族の所有品と言っても通用しそうなものばかりだ。彼らのこうした生活のために苦しめられたり殺されたりした人々のことを思うと、気分が悪くなった。

　エイブラムが上座のとなりの椅子を引いた。「どうか、わたしのとなりに座ってもらえないかな、ミス・マカリスター？」

　わたしはシンクレアの意思を確かめるために視線を向けた。彼がうなずいて同意を示したので、わたしはその席に座った。スコットランドでもっとも悪名高い犯罪者のふたりが、わたしの横と、テーブルの真向かいに座っている。両方から、質問をされたり、じろじろ見られたりするのだ。そんなことで動じないが。

　コース料理の最初の皿が置かれると、エイブラムが尋問を始めた。「おいくつなのかな、ミス・マカリスター？」

　シンクレアが騒々しくため息をつき、苛立ちを露わにした。「またこれかよ」

　わたしはテーブルの下でシンクレアの膝に片手を置いた。「大丈夫。気にしてないわ」エイブラムを見据える。「二十五歳です」

「アマンダの娘が生きていれば同い年だ。ずいぶんとあり得ない偶然だな。そう思わないか？」

「どうでしょう」わたしは肩をすくめ、ふたたびスープを飲んだ。

「おじ貴の心配や疑問におれから答えさせてもらおう」シンクレアが口を挟む。「ブルーがアマンダ・ローレンスという女性に恐ろしく似ているのは確かかもしれない。だが、アマンダのこともその娘のことも、ブルーは知らなかったんだ。ふたりが殺されたとき、ブルーはまだ幼い子どもだった。だから、まったく知りもしないことで彼女を困らせないでくれ」彼はわたしへの誠実さを示して予防線を張ってくれた。これでどんな文句が出てくるか見ものだ。

イソベルが咳払いをした。「息子の言うとおりだわ。それに、あなたの尋問がなくたって、ミス・マカリスターはもう充分に緊張しているのよ、エイブラム。そっとしておいてあげて」

シンクレアが相手が誰かわからないとばかりに自分の母親を見つめた。

セインとエイブラムが視線を外すのを待ってから、わたしは口だけを動かして〝ありがとう〟とイソベルに伝えた。彼女は優しく微笑み、一度こくりとうなずいた。

イソベルがシンクレアの言っているような女性だとは思えない。彼女のなかに、わたしへの支持が見えた気がした。これは絶対に試してみる価値がある。彼女がわたしと同じくらいセインを憎んでいる可能性も大いに考えられるのだから。

午前二時過ぎ、ナイトテーブルにあったシンクレアの携帯電話が鳴った。「ああ……わかった……二十分で行く」

シンクレアがごろんとこちらへ移動してきて、ベッドが揺れ動いた。「ボニー・ブルー」わたしを背後から抱きすくめ、首筋にキスする。「しばらく出てこないと」

「んん……ううん」

彼がわたしの首筋に鼻をすりつけたので、髭《ひげ》が当たってくすぐったい。「聞こえたか、ボニー？　行かなきゃならないんだ」

「聞こえたわ」わたしはゆったりと気だるい声を出した。

「たぶん、朝まで戻ってこられないと思う」

「わかったわ」

マットレスが動いた。クローゼットでがさがさと音がしたあと、水の流れる音が聞こえる。なるべく静かにしようなどとはまったく考えていないのだろう。でも許す。

ベッドに女性がいることに慣れていないのだから。

わたしは起きあがって、ネグリジェの上におそろいのガウンを羽織った。ドアの前に立ち、目を細めてショルダーホルスターを装着するシンクレアを見つめる。

制服姿の男に弱いという女性がいる。わたしは銃を——特にホルスターに入れて——携帯している男に惹《ひ》かれてしまう。自ら以外は正義の鉄槌《てっつい》をくだせないような場合は特にセクシーに思える。どうしようもない。そういう性質なのだから。

「何があったの？」

「今夜、あるメンバーの娘が寝室から連れ去られたそうだ。その子は殴られ、レイプされた。今は傷の治療のために手術を受けているらしい」

なんておぞましい。「ひどいわ。いったい誰がそんなことを？」

「敵対組織のひとつが犯行を認めている。報復措置だったと」何に対しての？

「あなたはどうするつもりなの？」

シンクレアがまっすぐに立ち、ホルスターを締めた。「やつらは、おれたちの仲間に危害を加えた。相手がまだ子どもだから、なおさら悪い。医者が体の傷を治せたとしても、心の傷は一生消えないかもしれない。仕打ちを受けたら、その報復をするのがおれの役目だ」

シンクレアの言葉が、見知らぬ子どもに同情しているわたしの心の琴線に触れた。

「復讐のために人を殺しても、あっけなく終わってしまうから、ほとんど満足感を得られないわ。死ぬ前に苦しみを味わってもらわなきゃだめよ」

「きみはおれに匹敵するほどの復讐心を秘めているんじゃないかと、ひしひし感じている。心に恐ろしい闇を抱えているようだ」シンクレアが近づいてきて、わたしの顔にかかった髪を払った。両方の手のひらでわたしの頰を包みこみ、じっと見つめる。「決して話してくれないが、きみの身に悪いことが起こったのだろうと想像はつく。いつか心を開いて、きみが今のような人間になった理由を聞かせてくれたらうれしいよ」

わたしをどんな人間だと思っているのだろう？

シンクレアがわたしの下唇に親指ですばやく触れた。「こんな仕打ちをしてくるやつにふさわしい責め苦はなんだ？」

彼の質問に、わたしは戸惑った。「方法はわからないけれど、とっても大切なあの器官を失わせるのもありかしら」

「で、きみにはできるのか？」

「子どもを犯す強姦《ごうかん》魔にならら、イエスよ」

「そうか。きみならやるだろうな」シンクレアが微笑み、わたしの額にキスした。

「今回はだめだが、そのうち参加してもらうかもしれない」

彼はわたしを近くに引き寄せ、ぎゅっと抱きしめた。

「無事に戻ってきて」夫を戦争に送りだす妻みたいだ。少なくとも、ずいぶんと真に迫ってはいるだろう。

「ああ、そのつもりだ」シンクレアがわたしのお尻を叩く。「ベッドに戻ってろよ、ボニー。おれが朝まで戻らなくても、寝ててくれ。帰ってきたときに、準備万端で待っていてほしいから」

「まだ痛みがあるんだけど」

いたずらっぽい笑みが広がる。「きみを傷つけるようなことはしないよ」

シンクレアは最後にもう一度キスをして出かけていった。その後ろでわたしはドアに鍵をかけ、空っぽのベッドに戻った。横向きに寝転がり、彼の枕を手に取って抱きしめる。彼の安否が心配で寝つけなかった。

シンクレアが生きようが死のうが、どうでもいいはずでは？　でも気になってしまう。

ベッドに横になって、二時間以上は寝返りを打ち続けた。すると、シンクレアの帰宅した音が聞こえた。思っていたよりもずいぶん早い。日がのぼるまでは帰ってこないと思っていた。

ベッドでずっとシンクレアを心配していたことを知られたくなかったので、眠っているふりをした。彼が背後から近づいてくる足音に耳を澄ます。まだ真夜中だから、わたしを起こさずにベッドに潜りこむつもりなのだろう。でも、何かがおかしい。シンクレアの歩き方ならはっきりとわかる。彼は足を引きずらず、ほぼ完璧に歩けるようになっている。今聞こえている足音は彼のものではない。

わたしは待った。この獣はもうすぐ自分のほうが獲物になることに気づいていない。足音がやむ。わたしの直感が告げる。輝く鉛の銃弾を脳に撃ちこまれる前にこちらが攻撃するチャンスは一度しかない。わたしはくるりと振り向いて空中で腕を回し、敵が握っている拳銃のようなものを叩き落とした。

暗闇のなかの影がわたしをベッドに押し倒し、喉元につかみかかった。わたしの呼吸を奪うつもりだ。だが、もう二度と誰もわたしを窒息させることはできないと知らないようだ。

わたしは沈着冷静に敵の胸に足の裏を押し当てて突き飛ばした。体を起こしてベッドの上に立ち、また相手が襲ってくるのを待ち構える。慎重に耳をそばだて、敵の喉元に蹴りを食らわせ、気管を一時的に痙攣させた。痙攣によって喉がふさがれると、息ができなくなるはずだ。窒息しそうに感じるだろうが、三十秒も経たないうちにもとに戻る。

わたしは脇の下に敵の頭を抱えこんだ。痙攣中の喉に前腕を押し当てて絞めあげる。相手の胴体をハサミよろしく両脚で挟み、後ろにのけぞった勢いで、敵の胴体から引っこ抜かんばかりに頭を引っ張った。「誰の差し金？」

返事はない。当然だろう。喉がふさがっているときに首を絞められているのだから。

「答えられないでしょう？」

少し力を緩めた。「いいお知らせよ。あと十秒もすれば、また喉は開いてくるわ。悪いお知らせは、わたしがあなたへの空気の供給を遮断するから、たとえ気管の痙攣がおさまっても息はできない」

抵抗しようとする相手をがっちりと押さえこんだ。「もう一度訊くわ。誰の差し金？」

敵が後方へ頭突きをし、わたしの頬に頭蓋骨をぶつけてきた。相手に口を割るつもりはなく、わたしが力を緩めたりすれば殺しにかかってくるはずだ。殺すか、殺されるか。もちろん、わたしは迷うことなく絞めあげ続け、やがて敵は抵抗しなくなった。

わたしは体力を消耗しているうえにひどく震えているせいで、起きあがれなかった。なんとか手を伸ばして相手の脈を調べ、感じられないのを確認する。わたしは筋肉が弱り果ててどこにも行けず、しばらくその場でじっとしていた。

なんてこと。シンクレアの寝室はぐちゃぐちゃで、死体が横たわっている。殺しを終えて帰ってきて、わたしが同じことを――しかも自分の家のなかで――やっていたと知ったら、シンクレアはなんて言うだろう。

わたしは腰をおろして待った。ほかにどうすることもできなかった。

約束どおり、朝になってシンクレアが戻ってきた。彼が寝室へ入ってきたとき、わたしは椅子に座っていた。床の死体を目にしたシンクレアは、禁断の犯罪組織でボスとなる運命の人というよりは、むしろ怯えた動物みたいに見えた。「ベッドで横になっていたら、この人が後ろから襲ってきたの。部屋をこんなにしてしまってごめんなさい」

シンクレアが大股で歩いてきて、わたしを椅子から引っ張りあげた。両腕のなかに入れてきつく抱きしめる。「怪我をしたのか?」

「可憐《かれん》でたくましい南部の女を傷つけることはできないわ」

彼はわたしをしばらく抱きしめたあと、ポケットから携帯電話を取りだしてかけた。

「家で問題が起こった。すぐに後始末を頼む」

　これが彼らのやり方なのだ。警察もなし。犯行現場の検証もなし。証拠もなし。

「ゲストルームにきみの荷物を持っていってから、熱いシャワーをゆっくり浴びるといい。考えを整理するんだ。それが終わったら、ホームオフィスで待っていてくれ。ここの片づけがすんだら、きみのところへ行くから」

　シンクレアはわたしを守ろうとしている。わたしがここにいることや、こんな事態を引き起こしてしまったことを、誰にも知られたくないのだ。「わかったわ」

　あのめちゃくちゃな状況がすぐに片づくわけがないのはわかっている。だから、時間をかけてシャワーを浴びた。流れでる湯の下に立ち、昨晩の記憶を洗い流したいと願う。でも、そんなことは無理だ。

　わたしは前にも人を殺したことがある。そのときも選択の余地はなかった。シャワーを浴びる程度の簡単なことで、この感覚が消え去るわけもないのは痛いほどわかっている。

　シャワーを浴び終わり、シンクレアに指示されたとおりホームオフィスへ入った。彼のパソコン上でミュージックライブラリが開いている。そこに入っているリストをスクロールしていき、ザ・ネイバーフッドの《ア・リトル・デス》という曲を見つける。今の状況に合っていそうだ。しかし予想とはまるで違い、スローで魅惑的な曲だった。気に入った。

ドアに背を向けてデスクの椅子に座っていると、ドアの閉まる音が聞こえた。わたしは振り返り、シンクレアが近づいてくるのを見守った。また、あの飢えたような目つきをしている。彼はわたしの両膝のあいだに立った。そしてシンプルなコットンのネグリジェの下で剝きだしになった両方の太腿の側面に置いた手のひらを、上に向かって滑らせていく。

シンクレアはシャワーを浴びたあとだった。髪が濡《ぬ》れていて、コロンの香りがする。体を洗うことで昨晩の出来事を心のなかから拭い去れたのだろうか。もちろん、わたしは無理だった。

シンクレアがわたしの首筋へと視線を這わせながら、唇をそこまでおろしてキスをした。「あざはいずれ消えて、何もなかったようになる。何もかも始末した。今後、きみが困るようなことはいっさいない」

シンクレアは昨晩の不幸な出来事を消し去った。そうするのがわたしを守るためなのか、自分自身を守るためなのかはわからない。けれど、こうしたすべてによって、彼がわたしへの気持ちをますます募らせることはわかっている。

「あなたがわたしを危害から守ってくれる……この感じが好き」

「きみを守ると約束しただろ」シンクレアが親指でわたしの頬骨あたりを撫でた。襲撃者に頭突きをされた場所だ。さっき自分で確かめたときは、紫色の大きなあざができ始めていた。

彼に守られてこんなにも興奮してしまうなんて、自分でも驚きだ。「自分の言ったことを訂正させて。前にデスクで抱かれるなんてあり得ないと言ったけれど、今は状況が全然違うわ。この場で抱いてほしくてたまらない」

シンクレアがわたしの腰をつかんでデスクの端まで引き寄せた。押しつけられた体から、彼がすでにすごく硬くなっているのが伝わってくる。「お願いするなら、やってやる」

わたしはシンクレアの両腕に手を滑らせ、唇を重ねた。両膝の裏を抱えられ、両脚を彼の腰に巻きつかせる。彼の下腹部が押し当てられた。硬い。

シンクレアが唇をわたしの首筋へとおろし、手のひらで円を描くように乳房を撫でた。乳首が硬くなる。

わたしはネグリジェを脱ぎたくなった。邪魔でどうしようもなく、裾をつかんで頭から脱ぎ、椅子に投げ捨てる。彼もわたしの動きに呼応して、シャツを脱ぎ捨てた。

わたしがパンティを滑り落とすと、彼がズボンを床に落とした。わたしがブラジャーのホックを外しているあいだに、彼がパンツを脱ぐ。どちらにとっても最高のタイミングだ。

シンクレアがデスクを軽く叩いた。「ここに来てくれ」

わたしは後ずさりしながらその場所に腰をおろし、両脚をぶらぶらさせた。シンクレアが椅子に座ったまま近づいてくる。「ここはおれのオフィスで、おれは忙しい男なんだ、ミス・マカリスター。やらなきゃならないことがいっぱいある」乳房のあいだに片手を置いて、そこから腹部へとおろしていき、ついに今にもあそこに触れそうになった。だが、触れない。

触ってと言ってほしいのだろうか？　こちらは言う気になっている。

「あおむけになって、ボニー」

わたしが上半身をデスクに預けると、足をつかまれて両脚を押し広げられた。触れられたくて、じれったい思いに身が震える。シンクレアの指が今にも入ってきそうだ。なのに入ってこない。もう懇願しようかと思ったそのとき、彼が自分の肩にわたしの両脚をかけ、そのあいだに頭を持っていった。シンクレアが何をするつもりか気づく暇もないうちに、かすかに動く舌の感触に襲われる。初めてそこに触れられたときとまったく同じように、体に衝撃が走った。

　今まで味わったことのないような感覚に包まれた。ひとつの動きとリズムに慣れてきたところで、シンクレアはまったく異なるスピードや方向に変える。まるで推理ゲームだ。次に何をされて、どう感じるのか。結局わかるのは、もうすぐ絶頂をもたらしてくれそうだということだけ。

　シンクレアは指を入れ、内へ外へと滑らせながら、クリトリスをしゃぶった。わたしは無意識にデスクから腰を浮かせ、リズミカルに振った。下腹部が震え始め、背中をそらして身をこわばらせる。シンクレアがさらに激しくしゃぶると、もうほとんど我慢できなくなった。「ああ……だめ」

　体が震え、シンクレアの指をぎゅっと締めつける。数秒ほど子宮がどくんどくんとリズミカルに鼓動し、そのあと脈打つあたたかさが全身に広がった。顔が、手が、足がぞくぞくする。

　シンクレアがあがってきて、顔が見えるようにわたしに覆いかぶさった。「気持ちよかったかな」

「今まででいちばんよ」処女を失った夜に彼が言った台詞を繰り返した。

「よかった。毎回いちばんであってほしいからね」シンクレアがにっこり笑い、わたしの両手をつかんで座らせた。「キスしていいか?」わたしはうなずいた――どうして彼がわざわざ断ったのかわからずに。でもそのあと、シンクレアが唇を重ねてきたときにその意味を理解した。なるほど……最高のキスとは言えないが、彼がもたらしてくれたオーガズムを考えれば我慢できる。

さっきかけた曲が終わり、別の曲が始まった。これはわたしも知っている。「パール・ジャムが好きなの?」

「ああ」

「わたしも」この曲がまったく異なる感情を引き起こした。

《サイレンズ》が流れるなか、シンクレアが両手をわたしの太腿に滑らせ、ふたたび自分のウエストに両脚を巻きつかせた。そのまま前後に動いて、勃起したものをわたしにすりつける。「この前、コンドームはもうしないでって言っただろ」

「ああ……うん」

「今もそれが望みか?」

わたしは彼の顔をつかんで引き寄せ、目と目を合わせた。「それこそわたしの望みよ」

「きみが望むことを決して拒んだりはしない」シンクレアがわたしの入り口へ移動し

た。「おれはきみを宣言した。つまり、きみのほしいものをすべて与えるのがおれの役目だ」わたしの腰を引きつけ、なかに入る。わたしは彼の肩に両腕を回し、体を密着させながら一緒に動いた。

さえぎるものがなく、素肌と素肌が触れあう。経験はないけれど、今までと違うことはわかる。単にさらなる快感を得られるというだけではない。コンドームをしているときには得られなかったつながりを感じた。このあいだは、シンクレア・ブレッケンリッジにわたしの一部を捧げた。今、彼はわたしのすべてを奪おうとしている。

ふたりが結合して敏感になっている部分を、シンクレアが愛撫《あいぶ》した。わたしは彼の額に自分の額を押しつけ、必死でしがみつく。

「おれを見て、ボニー・ブルー」シンクレアがペースを落とし、互いにしっかりと目を合わせた。「イントゥ・ミー……ユー・シー。一緒に言ってくれ」

「イントゥ・ミー……ユー・シー」ふたりで一緒に繰り返す。どういう意味かまるでわからなかったが、彼と一緒に言うのは心地いい。

「いきそうだ」シンクレアが全身をこわばらせ、最後にもうひと突きした。わたしの奥深くで、彼の震えを感じる。「ああ……」

果てたあと、シンクレアが自分の額をわたしの額に押し当てた。ふたりして笑みを浮かべる。「気持ちよかったかしら」

「今まででいちばんだよ」シンクレアが声を立てて笑った。彼は下腹部のものを抜き、椅子に座って自分の脚をぽんぽんと叩いた。「膝に座って」

わたしは言われたとおりにして、シンクレアの肩に腕をのせた。彼の手がわたしの背中に小さな円を描いて筋肉をほぐす。「あれ、なんだったの？」

「最高のオーガズムさ」

「わたしが言ってるのは、イントゥ・ミー……ユー・シーってやつ」

シンクレアは椅子の背もたれに頭を預け、じっとこちらを見つめながらわたしの頬を撫でた。「親密さ《インティマシー》とは、相手の奥深く《イントゥ・ミー》を……見る《ユー・シー》ってことだろ」

なるほど、ようやく意味がわかった。

「宣言のなかでもふたりだけの親密な部分だ。自分のパートナーをいちばん近くに感じたときにこう言う」

「セックスしてるときだけ？」

「そんなことはない。特につながりあえたと感じたときならいつでも言っていい」

この言葉をふたりで言うことには深い意味があった。シンクレアに心への侵入を許したような気がしたのだ。彼はわたしの心を取り囲んでいた要塞の壁を壊してしまった。わたしはそれを、人生にかかわるすべての人と安全な距離を保つために築いたのに。

とはいえ、ふたりのあいだには隔たりを感じない。隔たりなど存在しないかのようだ。

こんなことは計画に入っていない。

14

シンクレア・ブレッケンリッジ

おれが会議室に押しかけると、すでに父とエイブラムが待っていた。社交辞令など口にするつもりもなく、どちらにも挨拶はしなかった。猛烈に怒っているからだ。

「どっちがやった?」

父の顔に戸惑いの表情を見て取り、どちらが犯人かすぐにわかった。

「わたしだ」エイブラムが認める。

「何をしたんだ?」父が尋ねた。

昨夜のことがエイブラムの仕業だとわかっても、少しも驚かなかった。この件に父がかかわっていないと知って安心する。父からこんな背中を刺されるような裏切りをされていたら、どうしていただろう。

「昨夜エイブラムの指示で、おれはザ・フェローシップの仕事に出かけた。その留守中に、こいつはマルコムを家に侵入させ、おれのものを襲わせたんだ」

「息子の誤解じゃないのか」

いつものごとく、エイブラムは父を無視した。「あのアメリカ女はいつからおまえのものになった?」

おれがブルーを宣言したかどうかを訊かれているのはわかったが、あえて答えなかった。「あんたのやったことは裏切りとも取れる」

「慎重に慎重を重ねて言葉を選んだほうがいいぞ、シンクレア」エイブラムがおれを指さす。「裏切りとは、またずいぶんな言いがかりだ」

「じゃあ、なんだっていうんだ?」

「調査さ。だがな、裏切りの話を持ちだしたのはそっちだから言わせてもらうが、おまえと彼女の関係こそなんなんだ? ブルーはよそ者だぞ。これこそ組織への背信だと思わんのか?」

エイブラムの言い分など認めない。「あんたはマルコムにブルーを襲わせたんだぞ。それのどこが調査なんだ?」

エイブラムが椅子から立ちあがった。おじのやり口なら百も承知だ。怖《お》じ気《け》づかせようという作戦だろう。目線を高くしておれを見下すつもりだ——だが、そうはさせない。引きさがる気はなかった。「どこからともなくやってきた娘が、われわれの世界に入りこんでいる。彼女にケツを振られて、おまえは完全に頭をやられているじゃないか。あの女を敵に仕掛けられた罠《わな》だとは考えなかったのか？」

「もちろん考えたさ。おれはばかじゃない。ブルーがリースに雇われたと知った時点で、おれなりに調査した。彼女の経歴を調べたが、問題になるようなことは何も出てこなかった。滞在先も徹底的に捜索したし、ネットでも検索した。すべて問題ない。ブルーは敵とは無関係だ。あらゆる角度から調べたよ」

「アマンダ・ローレンスにそっくりなことはどうなんだ？　あれは断じて偶然などではないぞ」

「どうしてもそこにこだわるんだな？　アマンダ・ローレンスは死んだ！　彼女の娘も死んだ！　このことに異様に執着するのはもうやめてくれ！」狂っている。

「これは偶然なんかじゃないと言っているだろう。ブルーは何者かの指示によって、われわれを破滅させるためにここへやってきたんだ」

「ブルーは軍でもカルテルでもなく、ひとりの人間だ。おれたちを破滅させる力なんてない。ほんのちょっと冷静になって考えれば、彼女を誤解しているとわかるはずだ」

「誤解などしておらん」

「なら、意見は決裂だな。おれが間違っているという決定的な証拠でも出ない限り、ブルーに殺し屋を差し向けるような真似は許さないからな」それにしても、おれの家でそんなことをして、エイブラムはいったいどういうつもりだったんだ？

「何も、ブルーを殺すためにマルコムを送りこんだわけではない。あの女を怖がらせて、自分の正体とここにいる理由を吐かせるのが、あいつの任務だった」エイブラムを信じてもいいのかわからない。

「マルコムにもっとはっきり指示すべきだったな。実際のところ、脅すどころか、寝ているブルーに襲いかかったんだ」ブルーがマルコムを殺したとは言えない。さらなる疑いをかきたてるだけだ。「おれが家に帰ると、ふたりが揉みあいになっていた。部屋が暗くて、組織の人間だとはわからなかった」

「何をしたんだ？」

「マルコムは死んだよ」

「ほら見たことか」エイブラムが嘲笑《あざわら》った。「わからんのか？　ブルーのせいで有能なメンバーをひとり失ったんだぞ」

「マルコムを失ったのは、あんたがおれに隠れてあいつを家に送りこんだからだろ。

これはあんたのせいだ」

「いいか、今に見てろ。あの娘は組織を破滅させる機会を虎視眈々《こしたんたん》と狙っている。もっとも美しい姿に扮《ふん》した悪魔が、われわれを妨害しにここへ来たんだ」

「忠告する、エイブラム」今度はおれがおじを指さした。「もう誰もブルーのもとへ送りこむな」

「さもないとなんだっていうんだ、シンクレア？　わたしを殺すか？　自分の家族よりもよそ者を選ぶというわけか？」

「もう充分だ！」父がうなるように言う。「家族の誰ひとりとして、ほかのメンバーを殺すことがあってはならん」

「おまえさんがブルーを見つめる様子を見てたぞ、セイン。アマンダを思い起こさせるからって、あの娘に甘いな」

エイブラムは、ブルーがアマンダ・ローレンスにそっくりだという考えに取りつかれている。それを追い払うことはすぐには無理だろう。

「ブルーはわたしの幸せだった時代を思いださせてくれる。だからといって、彼女がもたらすかもしれない危険に目をつぶっているわけではない。息子だってばかじゃないんだ。いざとなれば、適切な行動を取るはずだ」

ブルーへの判決をくだす権限などないことを、エイブラムは理解しなければならない。「彼女についてこれ以上の懸念があるなら、おれのところへ来い。すべてこちらで処理する。あんたは引っこんでろ」

「ならば教えろ、シンクレア……ブルーが素性を偽っていたとわかった場合、おまえはどうする?」

そんな裏切りに対する解決法はたったひとつしかない。「そのときは、おれが彼女を殺す」

エイブラムは満足したようだ。「そのときが来たら――まあ、来るだろうが――ザ・フェローシップもわたしもその約束を守らせるからな」

「もしブルーが敵のために動いているのなら、おれはためらわない」

「あの娘がおまえの判断力を完全には奪っていなくて、ほっとしたよ」

エイブラムがメンバーにブルーを襲わせていたなどと、本人には言わないでおこう。マルコムのことは、おれを狙った侵入者だったと信じさせておいたほうがいいだろう。それに、おじから敵の手先だと疑われていることも、ブルー本人に知らせる必要はない。

おれは現状を維持したい。内緒でブルーを宣言したのだから、彼女のことはおれが責任を取る。もしブルーの存在が問題になるなら、それを片づけるのはおれだ。

自分の家に他人がいる状態に、こんなにも早く慣れるなんて妙なものだ。ここでブルーといられるのがうれしい——だが、彼女はずっとここにいるわけではない。彼女にバーの仕事をやめさせたことを少しばかり後悔していた。おれが働いているあいだ、ブルーは自由に時間を使ってずっとおばの死亡後の処理をしている。それはつまり、彼女がおれの希望より早く帰国してしまうかもしれないということだ。その可能性はいただけない。この短期間で、おれはブルーに愛情を抱きつつある。そんなことはあり得ないと思っていた。

おれが居間に座り、ウィスキーをちびちびやりながら《バイオリンソナタ第九番》を聴いていると、ブルーが帰ってきた。買い物袋ふたつを両腕いっぱいに抱えてドアを入ってくる。そのとき、マーケットに行くと言われていたことを思いだした。忘れていた。今夜はブルーがおれのために夕食——南部の名物料理らしい——を作ってくれることになっていた。

おれは立ちあがろうとした。「それ持つよ」

「ううん、大丈夫。すてきな選曲ね」

ブルーがキッチンへ行く途中で立ち止まり、さっとキスをした。「おかえり」

「ただいま」彼女がくすっと笑い、おれの手のなかにある酒に目をやる。「しんどい一日だった？」

「まあな。脚の具合がちょっと悪かったんだが、今はかなりよくなった」

「わたしがさすったら楽になるかしら？」

「大丈夫だ。だが、また別の機会にでもやってもらおうかな」

おれはブルーの後ろからキッチンへついていった。今日一日、おれのボニー・ブルーに会えなくて寂しかった。「必要なものは全部見つかったのか？」

「大変だったわ」ブルーがため息をつく。「普段は、なんでも売ってて、キッチンのシンクまで置いてあるような大型店舗に慣れてるから。このあたりには小さいマーケットしかないのね。でも、どっちみち山のような食料品を家まで持ち帰れないし、それで充分なのかも」

「スターリングにもっと大きなスーパーまで車で連れていってもらえばいい」

「数日間はもつと思うわ。もし足りなくなったら、週末あたりにでも連れてってもらおうかしら」

買い物袋を持ちあげようとしたブルーを、おれは手伝った。「今日、ちょっと思ったんだ。おばさんの遺産が片づいたあとも、エジンバラに残ることを考えてもらえないか？」

「そうね……考えてみるわ。今は働いてないでしょ。一日じゅうやりたいことができて、毎晩最高のセックス。宣言された女性の生活って大変だわ」ブルーがけらけらと笑った。キャビネットの扉を閉めてから、こちらを見る。「やだ。冗談じゃないの？」

「おれは真剣だ」

ブルーはカウンターにもたれて腕を組んだ。「どうかしら。考えてもみなかったことだわ」

「きみにここにいてほしいと言ったら、どうする？」おれは尋ねた。

「驚くわね」

「でも、だめだとは言わない？」

「これはちゃんと検討すべきことよ。わたしには心配しなきゃならない家族がいる。事業もある。財政面でたくさんの責任を抱えてるの」

おれはブルーのもとへ行き、両手で彼女の顔を包んだ。「考えてみてくれ。おれのために」ブルーの頭にキスする。「おれがきみの面倒を見る。事業の負債があるならそれも含めてだ」ブルーが何か話そうと口を開いた。反論するつもりだと思い、彼女の唇に指を押し当てる。「何も変わらない。これからも毎日好きなようにしていい。で、夜はおれの好きなようににやる」最後の部分でブルーがにっこり笑う。「とはいえ、エジンバラでも赤ん坊や花嫁の撮影なら需要がある。もし働きたいなら、ブルー・マカリスター・フォトグラフィーはここでも結構うまくいくんじゃないか」

「考えてみるわ」

「よし。遺産のことはもうすぐ片づきそうか？」おれが手伝えば、一週間前には正式な書類をすべて作成し終わっていただろうが、手続きを早めることになるのはいやだった。

「ええ。あと一週間くらいかしら」

「なら、どうしたいか結論を出す時間はあまりないな」

「そうよ。こんな決断をするのに七日じゃ足りないわ。もし残ると決めても、今のパスポートとビザでは全部で六カ月しか滞在できない」

「できるだけ多くの日々を一緒にいたい」ブルーの顔にかかっている髪を払った。

「ふたりのあいだに海があるという以上に最悪なことは考えられない」

「ここ数週間は、わたしの人生のなかで最高よ」ブルーがおれの顔に手のひらを当てた。「これが、みんなが幸せって呼んでるもの？」

ものだろう。

「そうかもな」もしそうでないとしても、おれが得られるなかで幸せにいちばん近い

毎朝、起きて仕事へ行くとき、おれはブルーをベッドに置いていく。だが、今日は違った。彼女が起きていて、驚いたことにおれと一緒にシャワーを浴びる。「どうしてこんなに早く起きているんだ？」

「今日はやることがあるの」ブルーが予定について話していた覚えはない。遺産関連で何か失敗したのかもしれない。よかった。なるべく長く彼女をとどめておきたい。そう思うと、おれとの日々が刻々と終わりに近づいているのを痛感する。

売却手続きに問題でもない限り、次の金曜にはアパートはもうブルーのものではなくなっているだろう。そうしたら、彼女は決断しなければならない――残りの荷物をまとめてここに持ってくるか、それともアメリカに送るか。

「アパートの購入者と問題でも？」

「ううん。売却に関してはすべて順調よ」ブルーが返事をする。「一時間後にあなたのお母さんと会うの。一緒にショッピングへ行ってくる」

当然ながら、ブルーの言ったことをきちんと理解できなかった。「誰と何をするっ

て？」

「聞こえたでしょ」

「どうしてそうなった？」

「お母さんと仲良くしようと思って。これからしばらく彼女の息子と一緒に暮らすんだもの」

「ここに残ることにしたと、それとなく伝えているような気がするが」

「かもね」

「おれが頼んで以来、きみはその話をしなかった。だから、来週には出ていくんだと思っていたよ」

「出ていくと考えるたびに、胸がものすごく痛くて。来週が近づくにつれて、痛みがどんどんひどくなるんだもの」

「おれがどんなにうれしいかわかるか、ボニー・ブルー」彼女に伝える言葉が出てこなかった。だが、態度でなら示せる。

15

ブルー・マカリスター

今日イソベルとショッピングに行く理由はふたつ。シンクレアの本心をもっと知りたいのはもちろん、イソベルとも親しくなっておきたい。もしなんでも打ち明けられる友人になれば、自宅に招待してもらえるかもしれない——セインと住んでいる家に。その場所こそ、あの男を殺して、あたかも敵対する人間にやられたように見せかけるわたしの計画の舞台となる。

わたしはばかじゃない。自分が調査分析されているのは知っている。けれどそれは、わたしが内通者だと疑われているから。実際に殺しに来た敵だとは誰も思っていない。セインが死んだあとも、きっとわからないままだろう。だからこそ、本名を使うのにも不安はなかった。ザ・フェローシップは間抜けばかりで、女性の能力をほとんど信用していないから、わたしが腕利きの暗殺者だなんて疑いもしないはずだ。

「これなんてどうかしら？」わたしは淡い青灰色の寝具に手を走らせた。「色はそうでもないけれど、上掛けの模様や装飾はフェミニンな雰囲気だわ。壁の色にきれいに映えると思うんです」

「壁は何色なの？」

「淡いブルーです」シンクレアの家の壁とほとんど同じ色の寝具があったので、それを指さす。「これにすごく近いです。ただ、もうちょっとだけスチールブルーっぽいですけど」

「そうね。この青灰色のセットがすてきだと思うわ」

「わたしもそう思います」店員に合図する。「これのキングサイズをお願いします。ディスプレイとちょうど同じように、上掛けも全部つけてください」そのとき、シンクレアと過ごした最初の夜にシーツを台無しにしてしまったことを思いだした。「あと、シーツのセットを余分にひとつ追加してください」

イソベルとホーム用品売り場を巡りながら、店員が購入品を持って戻ってくるのを待った。「シンは、どうしてわたしがセインと結婚することになったか言っていた？」

イソベルのアクセントはシンクレアよりももっと強い。その理由はわからなかった。たまに、彼女の言葉をなかなか理解できないときがある。

「組織をより強大にするために、お祖父《じい》さんがおふたりの縁組みをまとめたと聞きました」

「そう。わたしはその役割のために生まれたの。わたしの場合は選択の余地がなかったけれど、あなたは世の中のどんな男性だって自由に選べるのよ」

イソベルが何を言おうとしているのかわからない。わたしは黙っていた。

「息子は父親とよく似ているの。あの子が子どものときに、セインがわたしからあの子を奪った。だから、わたしはなんの意見も言えなくて、シンクレアを今みたいな男にさせてしまった。〝この父にして、この子あり〟と口にしたとき、冗談を言っていたわけじゃないの。ふたりともモンスターなのよ」

片方の男に関してはイソベルの言うとおりだ。「シンはモンスターではありません」わたしは怒って立ち去ろうとした。でも、思いとどまって振り返り、彼女を見つめながら無意識に指さした。「二度とわたしにそんなことを言わないでください」

わたしの反応を気に入ったとばかりに、イソベルは微笑んだ。わたしを試したのだろうか？「すでに息子に思いを寄せているのね。愛しているの？」

「愛するってそんなに難しいことではないのかもしれないと思います」日々ますますそう感じる。

「息子はあなたを愛していると思う？」

シンクレアにそんなことができるとは思えない。「それはないでしょうね」

「きっと愛してくれるわ。でも、ザ・フェローシップの次期リーダーと一緒にいるに当たって、ひとつ知っておいてほしいの。愛することは息子にとって諸刃《もろは》の剣よ。あの子の〝愛してる〟を聞いた人間は、それが誰であれ非難される。あなたを愛することは彼の弱みになり、それが理由で、きっとあの子はあなたを嫌悪するようになってしまう」

これが母とセインのあいだに起こったことなのだろうか？　あの男は母を愛していたけれど、自分の弱みになってしまったから殺した？　そんなことは信じない。セインはもっと簡単に別れられたはずだ。

わたしは支払いをすませ、ふたりでイソベルの車へ向かった。「あなたが好きよ、ブルー。だからこそ、忠告しておかなければならないと思うの。わたしは息子につらく当たろうとか傷つけようとかするつもりはなかった。あの子を心から愛している」

そのことにシンクレアは気づいていない。

「彼がわたしになんと言っていたか知ったら、きっと驚かれるでしょうね」

「シンとの恋愛は過ちよ。あなたはわたしたちの世界をわかっていない。わたしたちのやり方を知ってしまったときには、もう手遅れで逃げられないの」イソベルが車に乗りこむ前にためらいを見せた。「わたしたち、友人同士になれたらと本当に思っているの――だけど、またこの話を持ちだしたら、きっとなれないわよね。だからやめるわ。もう口出しはしない。これでいいかしら？」

「ええ、ありがとうございます。そうしてもらえれば」


今日はイソベルと過ごせて楽しかった。蓋を開けてみれば、彼女は楽しい女性だった。シンクレアと一緒にいるべきではないと説得されたときは別だが。彼女は根の優しい人だから、わたしのためを思って言ってくれたのだと感謝するべきだろう。話が平行線になった結果、これ以上の説得はしないと彼女から折れてくれたのだから。

シンクレアより先に家に着いたので、主寝室へ行って寝具を取り替えた。このすてきな雰囲気を見てシンクレアに驚いてもらいたい。たぶん気に入ってくれるだろう。いずれにしても、このベッドのなかに喜んで入るのは間違いない。それはわたしも同じだ。

わたしたちに愛はないかもしれないが、欲望なら確実にある。ときには、いくら互いを求めてもまだ足りない気がする。シンクレアとのセックスが最高すぎてたまらない。自分がこんなにも誰かをほしいと思うなんて想像もしていなかった。ほかの人もみんなこんな感じなのだろうか。そんなわけない。もしわたしと同じ気持ちなら、みんな自宅から出なくなってしまう。

セインに充分に近づいて殺すチャンスを待つのに、シンクレアの恋人役を演じるというのは悪くない方法だ。だが、使命を絶対に忘れてはいけない。たびたびそう自分に思いださせないと、ほかのことに気を取られてしまいそうになる。

さっきシンクレアから十時までには帰るというメッセージが届いたから、わたしはシャワーを浴びて、脚の毛を二回剃《そ》った。お気に入りのボディローションを塗り、今日買った新しいシルクの黒いネグリジェとおそろいのガウンを着る。

九時四十五分になったので、新しい寝具に寝そべってシンクレアを待った。十時になっても彼は帰ってこない。十一時にはいらいらしてくる。真夜中には心配になってメッセージを送った。返事がない。電話をかけたいけれど、きっとザ・フェローシップの仕事にかかりきりなのだろう。彼を苛立たせたくはないし、面倒なガールフレンドだと思われるのはいやだった。

何か起きているなら、ローナが知っているはず。ザ・フェローシップのメンバーだらけのバーで働いていれば、いろいろと耳に入ってくるものだ。

わたしはローナの番号にかけた。呼び出し音が一度鳴ったところで玄関のドアが開閉する音がしたので、彼女が応答する前に電話を切った。急いでベッドに走り、誘うようなポーズを取る。

すぐに声が——はっきり聞こえないものの何人かいるようだ——寝室に向かって廊下を近づいてくる。わたしはパニックに陥った。ベッドを滑るように横切り、シンクレアが拳銃を保管しているナイトテーブルの引き出しへ向かう。そのとき、ドアが勢いよく開いた。ふたりの男がシンクレアをベッドに運ぶ。彼のシャツは右肩あたりに集中して血が滲《にじ》んでいた。「なんてこと！　何があったの？」

わたしが間一髪でベッドから離れたところで、シンクレアがどさっとベッドに落ちてあおむけになった。「また自分が撃たれちまった」

「それで、どうして病院じゃなくてここにいるの？」

シンクレアがシャツのボタンを外して脱いだ。「警察に垂れこまれる危険を冒すほどの重傷じゃないんでね」

正気の沙汰ではない。「撃たれた傷を治療しないと、感染症にかかって死んでしまうことくらい知ってるでしょう？」

「治療はするさ。ジェイミーがここへ向かっている。無傷だったみたいにうまく縫合してもらうよ。感染しないように抗生物質もくれるはずだ。何もかも大丈夫だよ、ボニー」シンクレアは立っているふたりの男にうなずきかけた。「居間に行って待っていろ。酒のあるキャビネットから好きなものを自由に飲んでくれ」

ふたりが出ていき、傷を負って血を流しているシンクレアとふたりきりになった。銃創の応急処置について習ったことを頭で整理するのに、少し時間がかかる。「圧迫が必要ね」

「いいよ、ボニー。きみがそんなことをする必要はない」

「ここで何もせずに突っ立っていられないわ」

「通りまで走って、縫い針と糸を調達してくるほうがいいか？」憎たらしい口を叩けるくらいだから、痛みはそこまでひどくなさそうだ。

「お裁縫はあまりうまくないから、たぶんジェイミーにまかせたほうがいいわ」ベッドのシンクレアのとなりに腰をおろす。「痛い？」

「ああ、ふざけんなって感じだよ。正直に言えば、強めの酒を軽くひと口飲みたいね」

「それなら充分お役に立てるわ」

わたしはウィスキーを持って戻り、シンクレアを支えて座らせた。「ジェイミーは痛みを和らげるものを何かくれるかしら？」

シンクレアは顔を歪《ゆが》めながら、上体を起こしてグラスになみなみと入ったジョニー・ウォーカーを飲み干した。「そりゃあな。そうしたら喜んでいただくよ」

「もっといる？」

「ああ」ドアから出ていこうとすると、シンクレアの叫ぶ声がする。「ボトルを持ってきてくれ」

わたしは心配のあまり動揺している。シンクレアが生きようが死のうがどうだっていいはず――なのに、どうでもよくない。

わたしがそばに戻ると、シンクレアはネグリジェの柔らかなシルク地を撫でた。

「きれいだよ」

「ありがとう」

シンクレアがわたしの太腿を片手で上下にさすった。銃で撃たれた傷を負って横たわっているというのに、まだセックスのことを考えている。まったく、すけべ野郎だ。

「こんな姿のきみを部下たちに見られたくないのはわかっているよな。この眺めはおれの目にしか触れさせない」

「わたしだってそのつもりだったのよ」

「それに寝具も新しいな」気づいていたなんて驚きだ。「気に入ったよ」

「わたしも。血だらけにされるまではね」シンクレアが下品なことを言いそうなのを察知して、わたしはにやりと笑った。「その話はなしよ、ブレック」

シンクレアも笑った。「短いあいだに、ずいぶんとおれのことがわかるようになったな」

わたしはベッドからおりて床に膝をつき、シンクレアと顔を突きあわせた。彼の手を包みこみ、ぎゅっと握りしめる。「今夜何があったのか教えて」

「ときどき世話人というのをしなきゃならない。違反を犯したメンバーを、罰を執行する人間のもとへ送り届ける。メンバーが自ら出頭してくるとは限らない……だから、おれが確実に引きずりだすんだ」

「わたしが悪いことをして罰を受けなければならなくなったときも、ほかの人に罰を執行させるの？」

「それはあり得ない。きみに触れるのはおれだけだ」シンクレアが親指でわたしの手の甲をさすった。「家に帰ったとき、とにかくきみに触れるのを楽しみにしていたんだ。一日じゅうずっとそのことを考えていた」

「知ってる。わたしもよ」

ジェイミーが寝室に入ってきて、シンクレアを見おろすようにそばに立った。「何がどうしてこうなったんだ、兄弟？」

「あの役立たずのくそったれのニール・アラウェイが、数週間もおれから逃げまわっていたんだ。今晩見つけたんだが、おれが追いかけたら撃ってきやがった」

「あの野郎をつかまえはしたんだろうな？」

「決まってるだろう。今じゃサングスターの手のなかだ」あらら。サングスターが誰だかは知らないが、ニールって人は万事休すのようだ。わたしでもわかる。

「見せてみろ」

ジェイミーが近くでもっとよく診断できるように、わたしは場所をずれた。「弾は貫通していないんだな？」

「ああ」

「軽傷だって言ったじゃない」このばか、わたしに嘘をついていたのだ。

ジェイミーが鞄に手を伸ばし、携帯用のライトを取りだした。「おれが弾を摘出するとき、探せるように傷口を照らしておいてほしい」

何これ？　中世時代？「本気？　わたしがライトを持ってシンのそばに立っているあいだに、あなたが彼の肉のなかを掘って調べるっていうの？」

「そういうものなんだよ、ボニー」

「ライトを持っててくれるのか、それとも代わりに部下のひとりをここに連れてこないとだめか？」

「おれのかわいい女はタフだ」シンクレアがわたしの手をぎゅっと握る。「彼女にまかせろ」

シンクレアはわたしにここにいてほしいと思っている。いやだなんて言えるわけがない。「できるわ」

以前、同僚の捜査官が弾を摘出する場面に立ち会ったことはあるが、今回とはあまりにも違いすぎる。ジェイミーのすることを見たくない。目をそらそうとするたびに、ライトが動いてジェイミーに叱られた。だからしかたなく、ジェイミーがやたらと長い注射針でシンクレアに麻酔を打つときも、ステンレス鋼の鉗子《かんし》でシンクレアの肩を調べているあいだも、傷をじっと見続ける。「痛みを和らげるものを投与できないの？」

「したさ。局所麻酔用のリドカインを打ったし、モルヒネも投与した。こいつなら大丈夫だ」

「大丈夫そうには見えないわ」シンクレアがわたしの手を痛いくらい握りしめている。

「もう一杯いる?」

「断るわけにはいかないね」

わたしがグラスいっぱいにウィスキーを注ぐと、シンクレアは一気に飲み干した。

「ありがとう」

彼がため息をつき、ベッドにあおむけになった。「よし、やろう」

「部下のひとりに来てもらって、ライトを持ってもらいましょう。そうすれば、わたしはシンと話していられる」シンクレアの痛みを完全に忘れさせることはできないとしても、紛らわすくらいならできるかもしれない。

ジェイミーが呼びに行き、痩せぎすの男が入ってきた。わたしはシンクレアの手を取り、ジェイミーは治療を再開した。「子どもの頃に何度か静脈注射をしなくちゃいけなかったんだけれど、そのときに父がこんなふうにベッドの脇に膝をついて、わたしの手を取って話しかけてくれたの。父の声で痛みがすべて吹き飛んだわけではないけれど、気持ちは和らいだわ。何もかも大丈夫だ、という父の声が聞こえてるのは特別な感じだった。父の言うことが嘘なわけないもの」わたしは話しかけ続けた。

「子どものときに肺炎になって、病院に行くはめになった。抗生物質の静脈注射をされて、おれは痛くて泣きわめいた。親父には、ガキみたいにわあわあ騒ぐのはやめろと言われたよ。確か五歳だったかな」

シンクレアの顔が歪んだので、わたしは体に目をやった。ジェイミーが奥のほうをえぐっている。

「ゆっくり……深く息を吸って」シンクレアが言うとおりにし、胸が広がった。「今度はゆっくり吐いて。目をつぶって呼吸に集中するの。痛みを頭から追いだして。あなたならできるわ」

わたしたちがこのプロセス——わたしが語りかけ、シンクレアがなんとか乗りきる——をまるまる四回繰り返したあと、ついにジェイミーが告げる。「取れたぞ」

ああ、よかった！

「この野郎、深いところにいやがったぜ」ジェイミーが手袋をした手で、鉛の銃弾をライトのほうへ持ちあげた。「すまん、兄弟。くそほど痛かっただろう。これほど深くに麻酔を打てる長さの注射針を持っていなくて。だから、いつもより痛みがひどかったんだ」

ジェイミーにはまだ縫合してもらわなくてはいけないので、わたしはまたウィスキーを注いだ。シンクレアが躊躇なく飲む。「皮膚は感覚がないから、縫われるのはそう痛くはないだろう。深くえぐられるのは死ぬほどきつかった」

シンクレアの態度がまるきり変わったのがわかった。今はもっとリラックスしている。

ジェイミーからは見えない下の位置で、シンクレアはわたしの手のひらを親指で愛撫した。「今日のおふくろとのショッピングはどうだった?」

ジェイミーが動きを止めてこちらに目を向けたが、何も言わずに縫合作業に戻った。

「ものすごく楽しかったわ。寝具選びを手伝ってもらったの」シンクレアが母親のことを誤解していると教えようかと思ったが、今はそのタイミングではない。

「おれが台無しにしたこの寝具か」

「取り替えればいいわよ。あなたが無事だった。それが何よりよ」

シンクレアは頭の横にある枕をひとつ手に取った。「これと同じセットをまた買ってきてくれ。フリル付きの枕も全部」

「そんなに気に入ってるの?」

「きみが気に入っているものが、おれは好きなのさ」

ジェイミーがシンクレアの手当てをすませて帰り、ふたりきりになった。「ズボンを脱いだほうがいいわ」

「そうこなくっちゃ」わたしがズボンを引きさげると、シンクレアが腰を浮かせた。

「ミス・マカリスター、薬の効いている男をいいように利用するつもりだな」

「そう思っていればいいわ」

「ああ。ずばり正解だろ」

わたしはシンクレアのボクサーパンツをなんとかおろそうと格闘したが、はかせたままにしておくことにした。モルヒネが効いているようだ。巨大な赤ん坊にパジャマを着せる気にはなれなかった。

シンクレアの呼吸がゆっくりと安定してきた。眠っている。

こんなに短期間でシンクレアのそばにいるようになるなんて信じられない。できるだけ早く計画を実行するつもりだった。さっさと目的を遂げて家に帰りたいと思っていたけれど、これほどとんとん拍子に事が運ぶとは夢にも思わなかった。この調子なら、セインの家に入りこめるのも、もうまもなくだ。そして、ここでの仕事は終了になる。

わたしはシンクレアの額にかかった髪を払った。「出ていくときは寂しいでしょうね。本当に」

16

シンクレア・ブレッケンリッジ

ここ数日、ブルーは機嫌がよくなかった。おれが家でもっと静養しているべきだと考えているのだ。おれの考えはそうじゃない。

おれたちはいろいろ似ているところもあるが、この点は違う。これくらいの傷はなんでもないと、どうすればわかってもらえるだろう。ただ肩を撃たれたというだけだ。もっとひどい怪我も経験ずみなのに。

「ミスター・ブレッケンリッジ」見あげると、デスクのそばに秘書のヘザーが立っていた。「ご気分は大丈夫ですか？」

「もちろん」

彼女が怪訝《けげん》そうな顔をしている。「お返事をいただくまでに三回もお呼びしたんですが」

「すまない。聞こえなかった」

「わたしをまっすぐ見ていらっしゃいました」そんなわけはない。名前を呼ばれたときに秘書が目に入っていたら、覚えているはずだ。「いつものあなたらしくありませんわ、ミスター・ブレッケンリッジ。顔色が悪いですよ」

正直、気分がすぐれない。「風邪でも引いたかもしれない。午後は休もうと思う」

「週末はゆっくりしてください」ヘザーが言う。「月曜にはきっとすっかり治っていますよ」

静養。それがおれに必要なことだ。「そうするよ。また来週」

おれは車に乗りこんだ。だが次の瞬間、ふと気づくとおれが車からおりるのをスターリングが待っている。仕事場から家までの記憶がない。「大丈夫ですか、ボス？」

いや、大丈夫じゃない。何かがおかしい。

「平気だ。今日はもう帰っていい」

家に入り、大声でブルーに呼びかけた。予定外の時間にいきなり姿を見せて、彼女を驚かせるような愚かな真似はもうしない。何が当たったかもわからぬうちに、喉元にブルーのパンチをお見舞いされるはめになるだろう。「ボニー、早めに帰ってきたぞ」

ブルーが家の奥から居間に入ってきた。日課のジョギングから戻ってきたばかりのようだ。「あら。うれしいサプライズね。あと数時間は帰ってこないと思ってたわ」

ブルーはおれがこう認めるのを期待している。「どうやら、きみが正しかったようだ、ドクター・マカリスター。やっぱり撃たれたのがよくなかったみたいだ」

「でしょう？　これからわたしが言うことなんて百も承知よね？　や・す・ん・で」

ブルーに意見するつもりなど毛頭ない。「しばらくソファで横になっていようかな。テレビでも見て」

「何かいるものはある？」

おれは首を振った。

「じゃあ、わたしはシャワーを浴びてくるわ。自分が汗くさくて」普段なら喜んで、ほてって汗ばんだブルーをつかまえて、服を脱がせてシャワーを浴びるのを手伝ってやるところだ。だが、今日は無理だ。

おれはソファに倒れこんだ。

「シャワーを浴びたら、今日撮った写真を見せたいわ」ブルーが寝室へ歩いていくにつれ、声が小さくなる。「すばらしい出来なの。旅行雑誌とかに売れるんじゃないかしら」もしかするとブルーが遠ざかっているのではなく、自分が朦朧としてきているのかもしれない。


ブルーが呼ぶ声で目を覚ました。「ブレック！　あなた、ひどい熱よ」

「え……？」またしても頭が回らない。

彼女の両手がおれの頬から額を行ったり来たりする。「燃えるように熱いわ」

いや、そんなことはない。あまりにも寒くて震えているというのに。「毛布がほしい。凍えそうだ」

「立つのを手伝うわ。救急外来に連れていくから」

その点については頭が回る。「あり得ない、そんなことはさせない」

「あなたは病気なの。重症よ」

「そうかもしれないが、病院には行かない」声が険しくなる。この点に関しては議論する気はない。

「どこかがおかしいのよ」

暖を取るために丸くなった。「ジェイミーを呼んでくれ」

「悪いけど、今は彼の医療をそんなに信頼している場合じゃないわ」

めまいがしたので、手で両目を覆った。「とにかくジェイミーを呼べ」

ブルーは不機嫌になりながらも、おれのジャケットのポケットから携帯電話を取りだした。「もしもし、ブルーよ。今すぐシンを診に来て。とんでもない高熱を出して、最悪の体調なの」

ブルーがソファで寝そべるおれの足元に腰をおろし、脚をさすってくれた。「ジェイミーが向かっているわ。いつから熱っぽいの？」

「わからない。今日は、月曜の裁判に関する調べものを終わらせるのに忙しかった。熱っぽいと感じる暇もないほど」そこで急に、自分の混乱状態を伝えておいたほうがいい気がした。「今日、二回ほどおかしなことがあった。記憶が飛んだっていうか……」

ブルーの手の動きが止まった。「具体的にはどんなふうだったの？」

「秘書が――おれになかなか気づかれなかったって」

「重要な案件で忙しかったんでしょ。頭がいっぱいになってたんじゃないの？」

「秘書はおれのすぐ目の前に立っていたんだ。彼女から三回も名前を呼ばれているのに、ぼんやりとどこかを見ていたらしい」

「そんな」

「それから、家に車で帰ってくるあいだの記憶もない」

「銃で負傷したあとの感染症は珍しいことではないから、熱とか寒気ならわかるんだけれど、精神状態に影響はないはずよ。それは心配だわ」

心配なのはブルーだけではない。「ジェイミー以外の誰にも言うな」

「あなたのご両親にも？」

「両親には特にだ」おれの具合がよくないことを、父がエイブラムに教えてしまったら困る。おじは、ふたたびブルーを狙う最高のチャンスと考えるだろう。「本気だからな。ふたりに知られないほうがいい大きな理由があるんだ。いっさい言わないでくれ」

「言わないわ」

おれはソファに横になったままジェイミーを待った。これ以上ひどくなることはないと思っていたが、ジェイミーが着く頃にはますます具合が悪くなっていた。「三十九・五度か。いつから熱っぽいと感じた？」

「わからない」

ジェイミーが胸の音を聴いた。「呼吸と心拍が必要以上に速いな。なんらかの症状が間違いなく進行している」ジェイミーがおれのズボンの裾を持ちあげ、足首を握った。「排尿は通常どおりか？」

「通常って？」

「色や量に変化はあるか？」

今まで考えもしなかった。「色は濃くて、トイレにはあまり行っていない」

「少なくとも静脈注射と抗生物質が必要だ」

「なら、頼む」

ジェイミーがおれの真向かいにある椅子に腰かけた。「おれだと、やみくもに手当てをすることになってしまう。血液培養で、これがただの感染症でそれより深刻なものではないと確定してもらわないと。それには検査室を使う必要があるから、病院に行かなきゃだめだ」

「おいおい、ジェイミー。おれが病院に行けないのはわかっているだろ」六年前に退院した日以来、病院には足を踏み入れていない。行ける気がしなかった。

「おれがここで手当てをしてやれるなら、行けとは言わない。悪いが、感染に対する炎症反応の可能性を排除しておかないとまずい。そのために必要な道具を持っていないんだよ」

「炎症反応？　それってどういう意味？」ブルーが尋ねた。

「感染に対してときどき体が示す反応だ」

何やら深刻な可能性がありそうだが、ジェイミーははっきりとは教えてくれない。

「はぐらかすな。医学用語でごまかしやがって。おまえはどう考えているんだ?」

「意識の混濁はあったか?」

雲行きがよくない。「二回あった」

気に入らない答えが返ってきそうだ。「敗血症になりかかっていると思う。つまり、ぐずぐずしてはいられないってことだ。今すぐ病院へ行って、ただちに血液培養検査を受けないと。その結果から抗生物質を特定して、おまえの感染症にいちばん適した治療をするんだ」

そんなたわごとは聞きたくない。おれが病院のベッドで寝ていたら、ブルーをエイブラムから守れない。だがおれが死んだら、どっちみち守れなくなってしまう。

病院に着く頃には、間違いなくおれの病状は悪化していた。診察のときは、ジェイミーが何もかも説明してくれた。意識がさらに混濁していたから、そうしてくれて助かった。

敗血症と診断されるやいなや、入院させられて治療が始まった。あっという間にすべてが進んでしまい、おれは心配になった。自分がブルーの面倒を見られないあいだ、誰に見てもらおうか。

「おまえが入院することになったと、セインには知らせておいたほうがいいんじゃないか？」

ジェイミーの言うとおりだ。父には秘密にしておけない。「ああ。電話するとき、おふくろに病院へ来るよう頼んでくれないか？　話があるんだ」母を必要としたのはこの二十年で初めてだ。

「ああ、わかった」

ジェイミーと入れ替わりにブルーが入ってきてとなりに座った。彼女もジェイミーも口に出さないが、自分の病状が急速に悪化しているのはわかる。意識をしっかり集中できないことからも察しがつく。「理路整然と考えられなくなる前に、きみに言っておきたいことがある」

ブルーがおれの手を包み、身を乗りだした。「わかったわ」

「もしおれが治らなかったら、スコットランドから出るいちばん早い飛行機に乗ってエジンバラを去り、ここでのことはいっさい忘れろ」

「いやよ！」ブルーは姿勢を正して背筋を伸ばし、おれをじっと見つめた。「何言ってるの？　あなたは死なないわ」

自分がまともに考えられる最後の時間を言い争いには使いたくない。「約束してくれ。おれが死んだら、できるだけ早く出ていくと」

ブルーがおれの手を自分の唇に寄せてキスした。「わかったわ。出ていく。だけど、こんなところで死んじゃだめよ」

「ボニー、おれはいたって現実的だ。人が敗血症で死ぬのなんて珍しくない。撃たれて傷を負ったメンバーたちがそうなるのを何度も見てきた」

「いやよ」ブルーがおれの手で自分の頬を撫でる。「人生で初めて幸せを知ったばかりなのよ。それを手放すなんてあり得ない」

「きみは一度も心を開かなかった」

「わたしの秘密を知りたいなら、わたしの近くにいないと」

「ボニー・ブルーのすべてを知りたい」ブルーがおれの指の関節にキスし、きつく目を閉じた。ひと粒の涙が頬を伝う。「わたしはあきらめないわ。戦うつもりだけれど、どうしていいかわからない」

ブルーが目を開け、指と指を絡ませておれの手を握った。「イントゥ・ミー……ユー・シー」彼女がささやく。

おれはうなずいた。握りあっているふたりの手を引き寄せて、彼女の手にキスする。

「イントゥ・ミー……ユー・シー」

誰かの咳払いが聞こえ、見ると出入り口に両親が立っていた。「話がすんだ頃にまた来る」

「いや、入ってくれ」

ブルーの目からさらに涙がこぼれた。おれを思ってくれているのだ。「両親との時間を少しくれ」

ブルーが涙を拭った。「もちろんよ」立ちあがり、前かがみになっておれの額にキスする。「必要なら、すぐ外にいるから」

おれは彼女のうなじをつかんで引き寄せ、キスを――心からのキスを――する。これが最後になるかもしれないから。「おれたちの話が終わったら、すぐに戻ってきてほしい」

「ええ、必ず」

おれのそばに母が座り、父は立ったままでいる。「あなたの具合がよくないって、ジェイムズから聞いているわ」母はジェイミーのことをいつもそう呼ぶ。

「あいつは医者だ」おれは弱々しい笑顔を見せた。

「あいつの話では、完全に回復するかもしれんそうだ」父が言った。

「あるいは死ぬか。賭けだな」

「おまえはブレッケンリッジ家の人間だ。おまえなら乗り越えられる」おれの血筋など敗血症にはなんの影響もない。

両親を呼んだ理由についてさっそく切りだす。「このあいだ、おれとエイブラムが口論になったのを親父は知っているが、おふくろにも知っておいてほしい。エイブラムはブルーを内通者だと思っていて、おれの留守中にマルコムをうちへ送りこんだ——ブルーを怖がらせて、誰の差し金か口を割らせようとしたらしい」しばらく口を閉じ、呼吸を整える。「それがエイブラムの本当の目的だったかどうかわからないが、最悪な事態になった。おじには、マルコムはおれが誤って殺してしまったと思わせた。暗くてあいつだとは気づかなかったからだと。だが、本当はそうじゃない」頭がくらくらしてきたので、ふたたび話を中断する。「マルコムに襲われ、ブルーは自分で身を守ったんだ。あいつを殺したのは彼女だ」

「それはまずいな」父がため息をついた。「だが、エイブラムが真相を知る必要はない。火に油を注ぐだけだ」

「かわいそうなブルー」母が言う。「きっと、恐ろしくて身もすくむほどだったでしょうね」そういう感じではなかった気がする。彼女はマルコムの首を絞めて窒息死させたのだから。

「ブルーに関して、エイブラムは信用できない」

「もっともだわ」母が同意した。

「親父、おれはブルーを守ると約束したのに、このベッドにいては無理だ。おれがここにいる隙にエイブラムが襲撃すると決めたら、守れるのは親父しかいない」

「彼女はわたしが保護する、息子よ」

「おふくろ、おれは子どもの頃から頼み事ひとつしてこなかったが、今回ばかりは頼む。おふくろが必要なんだ。親父はずっとブルーのそばについているわけにはいかない。どうかおふくろも彼女を保護してやってくれ。ふたりの家にいる限り、エイブラムは彼女に手出しできないだろう」

「わたしもブルーの身の安全を絶対に守るわ」

「ありがとう」肩の荷がおりた気がした。

「あの子を大事に思っているのね」これは質問じゃない。「そんなあなたを実際に目の前で見られるなんて」

もし自分が生と死の狭間《はざま》にいなければ、認める気になったかどうかわからない。

「ああ、すごく」

「誰かに思いを寄せるあなたを見られるなんて、想像もしていなかったわ」おれが不幸な人間で、自分の母親からもそう思われているのは気づいていた。

「予想外だよ」おれ自身も女を大切に思うようになるなんて想像もできなかった。

「あなたを愛するようになるのは難しくないと、ブルーは言っていたわ。きっともう愛しているわね」母が満面の笑みを浮かべる。「彼女を愛しているの?」

「おれに愛されることで、ブルーを巨大な標的にしてしまう」彼女の脅威はエイブラムだけではすまなくなるだろう。「そうはしたくない——だが、この思いを止められないんだ」

両親は顔を見あわせてから、おれのほうに向き直った。「おまえたちが互いに言いあっている言葉を聞いたよ。ブルーを宣言したんだな?」父が尋ねた。

「そうだ。でも後悔はしていない。もう一度でもするさ」

「このことは秘密にしておくのが賢明だ。組織の連中に知れたら、いい結果にはならんからな」

「ブルーにはもう、おれが死んだらすぐにここを発《た》つよう伝えてある。無事に出国するには、ふたりの協力が必要になる」

「ブルーが幸せになれるかどうか心配しながらここで横になっていても、よくならないわ。彼女は安全だから。休養して、元気になることに集中なさい」

不思議なものだ。大人になって初めて母と心を通わせた。ブルーという存在がおれたちの人生に現れたおかげだ。これもまた、彼女がもたらす初めての経験だ。

「ブルーに戻ってくるよう言ってくれ。ふたりのところに泊まる理由を説明しないと」

「エイブラムのことは忠告しないの？」母が尋ねた。

「ブルーには、エイブラムに対して怯えなきゃならない理由を与えたくないんだ。おじがよけいに彼女を怪しむようになるだけだ」

母がおれの近くに来て、子どもの頃以来していなかったことをした。おれを抱きしめたのだ。「愛してるわ、シンクレア」

「おれも愛してるよ」この言葉を最後に聞いたのも、言ったのも、いつだったか思いだせない。

母が出ていき、ブルーを呼び戻した。「きみが自分の身を守るのがこのうえなくうまいのは知っているが、ひとりきりで過ごさせたくない。両親に話しておいたから、おれがここから出られるまで、ふたりの家にいてくれ」

「そうするわ、それであなたの気が休まるなら」

反論なしか？　手間が省ける。「そうだ」

よし。ブルーの安全は確保できた。今からやるべきは、なんとか生き延びることだけだ。

17

ブルー・マカリスター

シンクレアの容態がここまで早く悪化していくことに、心の準備が追いつかない。一時間もしないうちに、彼は自分で呼吸ができなくなり、人工呼吸器に頼るようになった。今晩を乗り越えられないのではないかと、恐ろしくてたまらない。

なんてこと。こんな最低な男を、いつからこれほどまでに思うようになってしまったのだろう？　どうしたらそんなことがあり得る？　シンクレアの非道さを抜きにしても、実際に知りあってからそう長くもないのに、ここまで夢中になれるわけがない。

熟考するまでもなく、答えはわかっている。わたしにとって、シンクレアはまったく見ず知らずの他人ではない。リアム・シンクレア・ブレッケンリッジという人間を数年かけて調べてきた。もう長いあいだ、彼はわたしの人生の一部になっている。彼のすべてを――ほとんどすべてを――知ったうえで、ここにやってきた。

シンクレアは泥棒だ。何より大切なものを奪った——わたしの心を。母を殺した犯人の息子を愛することなど、絶対にあり得ないと思っていた。これがどんなにぞっとすることか？　このおぞましさを言い表せる精神分析なんてないだろう。

ずっと昔から、ほかの人と同じような感情を自分も抱きたいと思っていた。いざそうなった今、とにかくこの感情を消し去りたい。何も感じなかった頃に戻れるなら、なんでもする。

わたしがシンクレアの手を握りしめていると、救急病棟の看護師が病室に入ってきた。「もう二日も彼のそばを離れていないですね。あなたもお休みにならないとだめですよ」

シンクレアをひとりにはできない。もし彼が二分だけ目を覚まして、いると思っていたわたしの姿がなかったらどうなるだろう？「その辺で少しは寝てますから」

「それは睡眠とは呼べません」

わたしはシンクレアの顔にかかっている髪を優しく払った。散髪して、無精髭も剃らないと。

「おつきあいして長いんですか？」

「たったの五週間だけど、もっと長く感じるわ。もうずっと知りあいみたいに」すべて本当とは言えない。わたしはシンクレアをもう何年も知っている。彼のほうはまだわたしに会ったばかりだけれど。

「彼に話しかけてみました？」看護師が言った。

「いえ」それは愛情に満ちた人がすることだと思う。そんなの、わたしらしくない。

「やってみてください。患者さんには聞こえている場合もありますから」

「何を言えばいいのかわからないわ」

「なんでもいいんです。あなたの声が聞こえて、そばにいるとわかるだけで充分なんです。彼が混乱したり怯えたりしているなら、とっても励みになりますよ。でも何より、治療にもなるんですから」

わたしの声がシンクレアの回復の一助になるとはとうてい思えないが、やってみたところで害があるわけではない。「やってみるわ」

看護師が出ていくと、わたしはシンクレアを見つめ、いったい何を話しかけたらいいのか悩んだ。こういうことは得意じゃない。でも、これが助けになるかもしれないなら、やってみよう。「ブレック。ブルーよ。ここにあなたと一緒にいるわ。あなたはひとりじゃない」彼の手をぎゅっと握りしめる。「これを感じる？」返事はない。彼の手が握り返してくることも、目がまばたきすることもなかった。

わたしは椅子からベッドへ移動し、チューブや配線を引き抜かないように気をつけながらシンクレアのとなりに滑りこんだ。わたしの声を聞くのが効果的なら、わたしの肌を感じるほうがもっと効果があるはずだ。

指の関節で、髭の生えた顔を撫でる。「シンクレア・ブレッケンリッジ。今すぐわたしのもとへ戻ってきて。お願い。わたしはここにいて、あなたを待ってるわ」片手をシンクレアの胸へ持っていき、心臓の鼓動を感じた。「暗闇に響くわたしの声に耳を澄ましてちょうだい。この声を脳内に浸透させて。そうしたら聞こえるはずだから」わたしは守護を表すケルトの組紐模様のタトゥーを手でなぞる。「あなたを放しはしない。わたしたちの物語はまだ終わらないわ」

何も起こらない。

「あなたにわたしの奥深くを見てもらわないと」

シンクレアは何度か死の淵《ふち》をさまよったあと、ついに快方へ向かった。簡単ではなかったものの、ほぼ完全に回復した。明日には退院できるほどによくなっている。つまり、彼の両親と同じ屋根の下で寝るのは今夜が最後だ。選択肢はない。セインを殺すときが来たのだ。

ブレッケンリッジ家の屋敷内のことはすべて――防犯カメラの位置も、セインの予定も、玄関前にいる守衛も、そのシフトもすべて知り尽くしている。ありがたいことに、敵が屋敷のなかに大歓迎で迎え入れられているとは、彼らは考えてもいない。

わたしは決心できずにいた。セインに関して何か不安があるからではない。シンクレアへの思いが、復讐心を鈍らせる。彼の世界を壊してしまうのがいやでたまらない。しかも、死の淵からよみがえったばかりなのに。でも、誰をいちばんに考えるべきか選ばなくてはいけない――シンクレアか、ハリーか。

ここに長くはいられない。わたしのもうひとつの敵は時間だ。死期の迫る父のそばにいるために、目的を遂行して帰らなければならない。すでに思っていたより多くの時間を費やしている。

復讐をやり遂げる前に、ハリーの心強い声を聞いておきたい。プリペイド式の携帯電話で連絡すると、最初の呼び出し音で彼が出た。「もしもし、ブルーか」

「自分の銀行口座の残高を確認したいんだけど」架空の口座番号をつらつらと口にした。

ハリーとわたしは、ほかの誰も知らない特別な暗号を持っている。ある特定の内容を示すのに、他人にはわからない別の表現に巧妙に置き換えられていた。こんなことをするのは盗聴されている可能性があるからだ。「すべて引きだして、今日じゅうに口座を解約するつもりよ」

「例の場所にいるんだな?」

「ええ」

「今晩やるのか?」やらなければならない。次の機会がいつあるかわからないから。

「そうよ」

「気をつけるんだ、かわいい娘よ。おまえはライオンの巣穴に入りこんだ子羊なんだぞ。失敗は決して許されないからな」ハリーの言うとおりだ。ひとつでも行動を誤れば、わたしは死ぬ。ゲームオーバーだ。

「もちろん」

「無事に事をやり遂げるために人生を捧げてきたんだから、ここで失敗したら元も子もない。時間をかけて。焦って目的を果たそうとするな」わたしはすべての生活をこの瞬間のために投じてきた。このために生きて、息をしてきた。それを今台無しにはしない。

「すべて抜かりないと思うわ」

「ひと段落ついたら、またすぐに連絡してこい」ハリーが念を押した。

「万事順調に終わったら、また報告するわ」

「愛してるぞ」こんな暗号は作らなかった。

「ありがとう」わたしもどれだけハリーを愛しているか伝えたいけれど、これで精いっぱいだ。

　鞄の隠しポケットのなかに、足のつかないプリペイド式の携帯電話を戻した。ゲストルームを歩きながら、最後にもう一度頭のなかで計画を反芻《はんすう》する。セインは自分のホームオフィスで遅くまで働く。毎晩少なくとも三杯はバーボンを飲むせいで、反射神経や意識が鈍くなっている。わたしはドアをノックしてなかに入る。セインは警戒心を緩めているので、わたしに会話をしたいという以外の動機があるとは思わないはずだ。彼を殺す前に、自分が何者かを告げる。あの夜のことをすべて事細かく話す――ベッドの下に隠れているときに発砲音を聞いたこと、愛する飼い犬が殺されるのを目撃したときの絶望、顔に枕を押し当てられたときのすさまじい恐怖を。話し終えたら、セインにひざまずけと命じる。こめかみに銃口を押し当てられ、殺さないでくれと懇願すればいい。

　ついに実行するときが来た。

　廊下を歩き、戦略どおりに行動した。ドアをノックし、入れと言われるのを期待して耳を澄ます。

セインの返事を待っていると、自分の人生や愛するものすべてと引き換えに、この瞬間を手にしたのだという実感がわいてきた。この処刑のために全生活を捧げてきた。なのに今、突如として理解できない感情に打ちのめされた。人生の目標が達成されようとしている。そうなったあと、わたしは何をするのだろう？　一生をかけた使命が終わるということは、夢が終わることを意味する。幸せや、せめて満足を感じるべきなのに、感じない。

なかから応答がなく、わたしはもう一度ノックした。それでも返事はない。ドアを開けてなかに入り、ソファで眠っているセインを見つけた。いや、違う——バーボンのにおいを放ちながら酔いつぶれているセインだ。

どうぞ殺してくれと言わんばかりだ。とはいえ、このままひと思いに殺すのはわたしの望みではない。意識のはっきりしないセインを殺したところで、それほど満足感は得られない。この男には、自分が危害を加えた幼い少女の目をしっかり見つめながら死んでもらわないと。それこそがわたしが一生をかけて思い描いてきた計画であり、容易に死を迎えさせては後悔が残るだろう。

「起きるのよ」肩を突いても、セインは身じろぎしなかった。「起きなさい。頭に銃弾を撃ちこまれた瞬間、あんたの目のなかに浮かぶ恐怖が見たいのよ」

セインがわずかに動き、手から一枚の写真が表を下にして床に落ちた。それを拾いあげる——こんな男が大切にしているものとはいったいなんだろう？　気を失うまで酒を飲んでいるあいだ胸に押し当てていたものとは？

それは母とセインの写真だった。ふたりはカジノの入り口の前で抱きあい、微笑んでいる。ふたりとも……幸せそうだ。愛しあっている。

どうしてセインはこの写真を握りしめていたのだろう？　きっとこの十八年間、自分のした仕打ちに悩まされ続けていたのだ。そう思いたい。

わたしはセインのこめかみに銃口を当てた。まさに長年計画してきたとおりに。予期せず、ためらってしまう。それもこれもシンクレアのせいだ。

もしセインを殺したら、わたしの使命は終わり、ここにとどまる理由はなくなる。シンクレアと過ごす時間が終わってしまう——砂時計の最後のひと粒が落ちるのだ。ふいに、彼のもとを去る心の準備がまるでできていないことに気づいた。

できない——今はまだ。まだ思う存分シンクレアとの時間を過ごせていない。

「なんなのよ、もう！」セインの頭から銃を離す。「今日は運がよかったわね」わたしがあんたの息子を愛しているばかりに。

銃を手にしたままセインのそばに立ちすくんでいると、ドアが開いた。

「ここで何をしているの、ブルー？」イソベルが尋ねた。視線がわたしの手のなかの銃に向けられる。「それをどこで手に入れたの？」

わたしは唯一できることをする。そう、嘘をつく。「寝つけなくて。お茶でも飲もうとキッチンへ行く途中に、ここの明かりが見えたんです。それでお邪魔してしまいました。いけなかったかもしれないけれど、入ってよかったわ。セインがこれを持っていて。彼が何をするつもりだったのかと怖くなって取りあげたんです」

「酔っ払いの大ばか者ね」イソベルはわたしから銃を受け取り、かぶりを振った。「あとのことはわたしが片づけておくわ。居間へ行って、一緒にウィスキーを飲みましょう。お茶よりもよく眠れるでしょうから」

「このことはセインには言わないでください。こんなところをわたしに目撃されたなんて、本人には知らせないほうが」

イソベルがセインのデスクのいちばん上の引き出しに銃をしまった。セインに気づかれる前に、戻ってきて銃を回収しないとまずい。「言わないわ。わたしたちだけの小さな秘密よ」

イソベルと寝酒を一杯酌み交わしたあと、わたしは自分を呪いながら自室へ向かった。銃を奪われるなんて信じられない。セインがバーボンをたくさん飲んでいればいいが。そうしたら、イソベルが寝たあとにまた忍びこめる。

部屋に入るなり、ハリーに電話をかけた。「もしもし、お父さん。吉報よ。明日、彼が退院するの」この会話は練習していない。だから、即興で話している。

「終わったのか？」

「残念ながら」ハリーが失望しないでくれることを願う。

「何もまずいことはないか？」暗号で話す約束になっているのはありがたい。問題が発生した――わたしの心にためらいが生まれたなどと、伝えられるわけがなかった。

「すべて順調だけれど、彼が回復するまでに思ったより時間がかかりそうなの」

「心配する必要はないんだな？」ハリーが尋ねた。

「全然」

「わかった。落ち着いたら、すぐに電話をくれ。また考え直そう」

「もちろんよ。彼によろしく伝えておくわ」

次の電話をかけるのが怖い。ハリーに嘘をつきたくはないが、セインの息子を愛してしまったせいで標的を殺せなかったなんて絶対に言えない。ハリーには決して理解できないだろう。

シンクレアはわたしの理想を具現化したような男性だ。だが同時に、今の彼を形成しているありとあらゆるものに虫唾《むしず》が走る。わたしはふたつの思いに引き裂かれている。愛と憎しみ――どちらが強いのか、自分でもわからない。

数々の悪事に手を染めてきたにもかかわらず、シンクレアはわたしにとって生涯で唯一の愛する人だ。彼を見るたび、心がそう告げる。ふたりでいるときに感じる気持ちは、いつか恋をした自分が感じるだろうと思い描いた気持ちと寸分たがわない。まさか、一大犯罪組織の次期リーダーに恋をするとは思わなかったが。

こんな最悪の事態が起こるなんて予想もしていなかった。

18

シンクレア・ブレッケンリッジ

「ソファに横になる？　それともベッドに行く？」おいおい。母と同じくブルーもおれの好きなようにはさせてくれないのか。

「選択肢はそのふたつしかないのか？」

「そうよ。たっぷり休みなさいって、先生から言われてるでしょ。あの先生、いい加減なことは言わないはずよ」ブルーの言うとおりだ。あの医者は一週間前に瀕死《ひんし》の状態だったおれを回復させるという、奇跡みたいなことをやってのけたのだから。

「おれがベッドを選んだら、一緒に来るかい？」

ブルーが首をかしげた。「行くけど、あなたが考えているような理由じゃないわよ」

セックスに誘ったつもりはなかった。そんなことができる体力が今はない――なんてざまだ。おれのボニー・ブルーが恋しかったのだ。「あと数日待ってくれ。そうしたら、ふたりで失った時間を取り戻そう」

ブルーが近づいてきておれを抱きしめた。「楽しみだわ」

「おれほどじゃないだろ」彼女の唇にキスする。「うーん……ずっとこうしたかった」

「わたしも」ブルーがおれに回した両腕に力をこめた。「家に帰れてうれしいわ」

「両親の家ではどうしていたんだ？　その、おれに付き添っていなかったときは」

ブルーの顔によくわからない表情がよぎった。「ご両親とも、とてもよくしてくださったわ――もう本当に。客として、あんなにあたたかく迎えてもらったことはないわ。南部出身のわたしが言うんだから、間違いないわよ」笑い声をあげる。「南部の人っておもてなしがすごいの」

「あとでふたりに礼を言っておかないとな」病院でおれたちの会話を両親に聞かれてしまったことを、ブルーに話しておいたほうがいいだろう。「両親は、おれがきみを宣言したことを知っているんだ」

ブルーが見るからに驚く。「それで？」

「両親は問題ないと言っているが、秘密にしておくほうが賢明だという意見に賛成している」特にエイブラムには。

ブルーが笑いながら肩をすくめた。「わたしには話す相手がいないわ」

「バーでできた友だちに会いたいか？」

「唯一、ローナとなら友だちになれそうだったけど、結局ならなかったわ。彼女はわたしのことをあまり好きじゃないと思う」

ローナのやつ、おれの女を邪険に扱ってただですむと思うな。「どうしてだ？」

「彼女はリースを愛してるのよ」ローナはリースと何度もセックスしているが、まさか恋愛感情があるとは。

「なるほど……なのに、リースはきみに言い寄っていたわけだ」

「わたしたちの友情に亀裂が生まれたのもうなずけるでしょ」

大いに納得だ。「ああ」

「わたしはザ・フェローシップの誰とも友だちになれないのね。みんな、わたしをよそ者だと思っているし、あなたに宣言されたことは話せないし」

ブルーが誰かと友だちになろうとすると不都合が生じる。「きみの葛藤はわかるよ。すまない」

「でも、あなたのお母さんとは親しくなったわ。うれしいことよ」ブルーと母が仲良くなるのは、おれもうれしい。

「お母さん流のシェパーズパイの作り方を教えてもらったんだけど、今はグレイビーソースをかけたローストビーフのオープンサンドが食べたくてたまらないわ。しかもポテトとニンジンを添えるなんてどう？」

「めちゃくちゃいいね」

「今夜は料理をしようと考えていたの。病院食にはもう飽き飽きだし、きっとあなたもそうだと思って」

「きみの料理を断ったりはしないさ」ブルーが作るものはどれも絶品ばかりだ。

「わたしが作る南部料理は好き？」

「すごくな」

「ソファに行ってて」

この家は仕切りのない間取りになっているので、ゆったりソファに寝そべりながらでもブルーを眺められる。

彼女はタフな女だ。おれの知りあいの誰にも劣らず、いや、誰よりも喧嘩が強いのに、うまい料理の作り方も知っている。「きみに得意じゃないものなんてあるのか？」

「編み物がどうしようもなくできないの。昔、祖母が教えようとはしてくれたんだけど。あまりにもいらいらして、かぎ針で誰かの目を刺したくなっちゃった」不思議と驚きはない。

「セーターを編んでくれとは絶対に頼まないように覚えておかないと」

ブルーが笑いながら、手に持ったフォークで刺す仕草をした。「そうよ」

おれたちは食事を終え、寝る時間までテレビを見た。それからふたりで並んで、毎晩の日課をこなして寝る準備を整える。いかにも家という感じがして――心地いい。生と死の境界線にいると感じる人間は、妙なことを考えるものだ。おれは疲労感のあまり、このまま死んでしまうのではないかと怖かった。ほんの一秒でも目を閉じたら、もう二度と目を覚まさないだろうと本気で思った。すべてが真っ暗になる前の最後の瞬間、おれはブルーを見て、取るに足りないことを思いだしていた――悪夢にうなされたブルーを抱きしめたこと、仕事へ行くときに彼女の頭のてっぺんにキスしたこと、暗闇で彼女の呼吸音に耳を澄ましたこと。浮かんでは消えるこうした記憶のなかでもいちばん好きだったのは、ふたり並んで寝る準備をしたことだ。おれがパジャマのズボンをはき、ブルーが柔らかで優雅なネグリジェを着る。

鏡越しに見つめられていることに、ブルーが気づいた。じっと動かずに、おれと目を合わせる。歯ブラシが安物の葉巻みたいに口からぶらさがっていた。「なあに？」

ブルーがしゃべると、口いっぱいの歯磨き粉が泡立ち、唇に飛び散る。ぺっと吐きだし、口をゆすいだ。

「恋しかった」ブルーの体に密着したシンプルなサテンのネグリジェに、おれは視線を這わせた。「こういう格好をしているきみが特にね」

ブルーがガウンの前を閉じ、ウエストでベルトを結んだ。「じろじろ見るのはやめて。そんなことをしても何かできるわけじゃないんだから。あなたの体は地獄をくぐり抜けてきたの。癒されるには時間が必要よ」

おれを癒してくれるものならわかっている。「見ていたい」

「持っているなかでいちばん地味なネグリジェだけど、あなたの気持ちをかきたてるならTシャツとヨガパンツに着替えるわ」

「あり得ない」おれはブルーを後ろから抱きしめ、ウエストに腕を回した。「何がなんでもだめだ。美しいネグリジェ姿のきみに会いたかったんだ」

おれがブルーの首筋にキスすると、彼女は身を震わせながらもたれかかってきた。おれの腕を下に向かって愛撫し、互いの指を絡ませて手をつなぐ。「すごく怖かったんだから。あなたを失ってしまうかもしれないと思った」

「知ってる」ブルーの顔に困惑の表情が浮かんだ。しばらくそのことについて考える時間をあげようと、おれは彼女の後頭部にキスして、洗面所から出る。

すぐにブルーも出てきて、ローションでマッサージをしてからベッドのおれのとなりに潜りこんだ。横向きになり、おれを見る。「あなたを失うのが怖かったと、どうして知ってるの?」

おれは彼女の太腿に手を置き、円を描くようにさすった。「きみの言っていたことは聞こえていたよ」

ブルーが眉をひそめた。「わたしがなんて言ったと思ってるの?」

「おれを放しはしないとか、おれたちの物語はまだ終わらないとか言ってくれただろ」

ブルーは否定も肯定もしないが、彼女の承認なんて必要ない。ブルーが言ったことなら全部わかっている。

彼女が上体を起こして座り、おれの指に自分の指を絡ませた。「聞こえたことについて、どう感じているの?」つまり、自分が言ったと認めたわけだ。

「物語の続きを知りたい」

ブルーは片脚をおれの腰に回し、おれをまたぐ形になった。体を前へ倒し、おれの頭の両側の枕に肘をつく。そして口づけをする。おれは両手で彼女の太腿を上に向かって愛撫していき、剥きだしの尻に触れた。「ミス・マカリスター、パンティをお忘れのようだな」

茶目っ気たっぷりの笑みが広がる。「そうみたいね」

ブルーがおれの両脚のあいだで膝立ちになった。ズボンのウエストゴムに指をかけて引っ張る。それから、腰を浮かせたおれからズボンを脱がした。

ブルーが体を低くしておれに近づき、互いが今にも触れそうになる。だが、ぎりぎりのところでおれに体重はかけない。よじのぼるようにしてふたたびおれにまたがると、ネグリジェがするりと滑った。体をそらし、屹立《きつりつ》したおれのものを自分のあたたかい入り口に押しつける。

おれはシルクのネグリジェ越しに、下腹部から上へと両手を這わせた。ブルーの胸を手のひらで包みこむと、その上に彼女の手が重なる。そして、彼女の乳首が硬くなるのを手のひらに感じた。ブルーの両手が自分の胸、肩、うなじへと移動する。長い髪を持ちあげて無造作にまとめ、腰を回しながらおれにすりつけてきた。

おれがネグリジェの下に手を滑りこませると、ブルーは髪から離した手をネグリジェの裾に伸ばした。そのまま頭からネグリジェを脱ぎ、かなぐり捨てる。

間違いなく、ブルーは今まで出会った女のなかでいちばん美しい。おれにとって彼女のすべてが完璧だ。

ブルーはおれのペニスの先端を持ち、自分のあたたかく濡れた入り口にあてがった。そこからブルーがさがってきて、おれは彼女のなかにすっぽりと入りこむ。ブルーは背をそらし、両手を梃子のようにおれの太腿に置いた。そして、ゆっくりと慎重なリズムで上下に動き始める。

おれは手のひらを上に向け、指でクリトリスを探った。ブルーの口からうめき声が漏れ、まさにその場所に命中したことを悟る。おれは螺旋《らせん》を描くように指をゆっくりと動かし、ブルーの動きが速まるにつれてスピードをあげていく。「ああ……そこよ、シン」

ほどなくして、自分がうまくやりすぎてしまったのに気づいた。ブルーのほうが先に達してしまいそうだ。「もうすぐか？」

「うん……ああ！」

ブルーにペースを落とせなどとは言えず、おれは突き始めた。すぐにおれのオーガズムが近づき、彼女に追いつく。

ブルーが深く沈みこみ、低くうめいた。「あっ……ああ」

ブルーのすぐあとに、おれも絶頂を迎えそうになる。しばらくぶりだから、すごいことになりそうだ。上体を起こしてブルーの腰をつかみ、彼女を下に押しさげながら奥深くへと突く。ブルーをそのままの位置に押さえて、痙攣しながら空っぽになるまで出しきった。

すべて終わると、両手をブルーのウエストに移動させ、自分の頭を彼女の胸に預けた。「とんでもなく寂しかったよ、ブルー」

「わたしも寂しかった。戻ってきてくれて本当にうれしいわ」ブルーはおれの顔に両手を当て、無理やり自分のほうに向けた。「もう二度とこんなことはしないで。絶対よ」

「最善を尽くすよ、ボニー」だが、おれはザ・フェローシップの人間だ。彼女もそれはわかっている。約束はできない。

ブルーはまだおれの顔を放さずにいた。「わたしと一緒に言って」

なんのことかはわかる。おれたちは一緒にあの言葉を言った。「イントゥ・ミー……ユー・シー」

ブルーがほっとため息をつき、おれの肩に両腕を回した。傷のことを忘れてきつく抱きしめてくるので、おれは顔を歪める。「あ、ごめんなさい。横になったほうがいいわ」

ブルーはおれの肩に触れないようにしている。「おれとベッドの場所を交換してくれたら、横になるよ。傷のない側にきみがいれば、離れていなくてすむ」ブルーに近くにいてほしくてたまらない。この一週間、互いに遠くにいすぎた。

ブルーは怪我をしていないほうの肩に頭を預けて横になり、おれは彼女の二の腕をさすった。しばらくおれたちはそんなふうにして、静かに、ただ一緒にいられる幸せを噛みしめていた。

静けさのなかにいると、考え事をしてしまう。おれの心は、ふたりが初めてともにしたあの夜へと舞い戻った。ブルーは不妊についていっさい説明しなかった。ただ、おれが気にすることは何もないと言っただけだ。あのときは確かに気にしなかった。幸せにうつつを抜かしすぎて質問もしなかったが、今は状況が違う。

当然だが、若くて健康な女性は複数の医者に不妊症かどうか検査してもらったりしない。妊娠しようとしているのにできないといった事情でもない限り。ブルーは処女のままおれのところにやってきたから、明らかにそうではない。「どうして自分が妊娠できないと知ったんだ？」

ブルーはすぐには答えなかった。「妊娠できないとはひとことも言わなかったわ」

おれはがばっと上体を起こした。ブルーにおれの顔をしっかり見て説明してもらいたい。「きみは妊娠できないと言っただろ」

「そういうふうに聞こえたかもしれないけれど、わたしはそうは言っていない」

「だったら、はっきり説明してくれ」

「あなたに言ったのは、わたしを妊娠させる心配はしなくていいってこと。そこには違いがあるの」

「妊娠できないと思ったから、避妊しないでセックスしたんだぞ」

「十七歳のときから重度の多嚢胞《たのうほう》性卵巣症候群なの。二十歳のときに片方の卵巣を失って、残ったもう片方も機能してない。お医者さんたちの話だと、あと二、三年でもうひとつも失うそうよ。だから、唯一妊娠する可能性があるのは体外受精だけなの」

おれは生殖の専門家ではないが、基本的なことは理解できる。「卵巣がないのに、どうやって体外受精をするんだ?」

「万が一赤ちゃんがほしくなったときのために、二年前に採卵してもらったの。卵子は必要になるまで凍結保存しておくのよ」

もし子どもをほしいと思っていないのであれば、そんなことはしなかっただろう。

「子どもがほしいんだな」なぜこの事実に自分が驚いているのかよくわからない。

「ええ、とっても。もちろん、状況が許せばだけどね。そうじゃない?」

「自分が何を望むかなんてことを考える余裕は、おれにはずっとなかった。何を期待されているかわかっていたからだ——ザ・フェローシップに認められる結婚をして、次期リーダーを作る。物心ついた頃から、そう叩きこまれてきた」

「悲しい境遇ね」本当にそのとおりだ。

「たとえ妻になる人が初めのうちこそおれを憎んでいなかったとしても、おれが息子を引き取ってザ・フェローシップを率いる人間に育てあげるようになれば、憎しみを募らせるだろう」両親がまさにそうだった。

「あなたが組織内から妻を選ばなければ、どうなるの？」

「そんなことをザ・フェローシップは決して認めない」

「メンバーの人たちが反抗してくる？　未来のリーダーに向かって？」

「連中は部外者の妻を組織のほころびと見なすだろう。そういうものを、やつらが許しておくわけがない」

「彼らは妻を殺す？　それとも、彼女を引き入れたあなたを殺すの？」

「ザ・フェローシップには背反行為に対して厳しい罰則がある。償いというものだ」

「それって……？」

「ブルー。きみはこの世界の人間ではないのに、ずいぶんとこの生活を受け入れてくれている。きみのそういうところが好きだ。だが、償いについてはあまり話したくない。楽しいものじゃないからな」

「知りたいわ」

すでにブルーは、ザ・フェローシップに足を突っこみすぎている。「極秘施設《ブラックサイト》と呼ばれる秘密の場所がある。どこにあるかは、ごくわずかのメンバーしか知らない。そこでさまざまなことが行われる——償い、儀式、特別な拷問……。きみが連れていってほしがるようなところじゃない。もし気づいたらそこにいたなんてことになったら、すぐに逃げださなきゃならない」

「わたしが襲われた晩にあなたが行っていた場所？」

「その話はしない」

「そのことについて、決して教えてくれなかったわね」ブルーが事実を知ったとしても、今までと同じようにおれを見てくれるだろうか。

「今だって話さないよ」

「どうして？」

「知ってしまうと、きみは見えない境界線を越え、後戻りできなくなる。そこは邪悪なもので満ちあふれているから、きみの心の目は二度と光を見られなくなってしまうだろう。そうなってほしくない」

だからこそおれは、ブルーを決してザ・フェローシップの流儀に染まらせたりはしない。

19

ブルー・マカリスター

カーテンは閉まったままだが、生地のわずかな隙間から日の光が差しこんでくる。スコットランドに来て数カ月が経ったものの、長い日照時間にはいまだに慣れない。わたしの心も体も、夜の短さに混乱させられてばかりだ。

シンクレアに手を伸ばした。でも、となりにはいない。ホームオフィスで仕事をしているのだろう。退院してからの二週間、彼はひたすら遅れを取り戻そうとしている。医者の指示も聞かず、彼はたった数日しか休みを取らずに仕事を再開した。驚きもしない。シンクレアは自分を無敵だと思っていて、そのせいで健康をまったくと言っていいほど気遣っていない。彼の心配事といえば、いつだってザ・フェローシップの繁栄のこと。そして、わたしのことだ。

疑いなく、シンクレアはわたしをとても愛《いと》おしく感じるようになっている。わたしたちの関係は組織にとって喜ばしいものではないはずだ。きっと許されない。だから、わたしにとって大問題になりかねない。消せもしないのに火遊びをするなんてばかよ、と頭のなかの理性の声が忠告してくる。もし賢い人間なら、シンクレアとの関係を断ち切り、セインを殺して見つかる前に出ていくだろう。

けれど、わたしは利口じゃない。愛に溺れている。

ベッドの縁に腰かけ、伸びをした。床に足をおろすと、聞き間違うはずのない音が流れてくる――バイオリンだ。椅子からガウンを取って羽織り、演奏者の正体を確かめにシンクレアのホームオフィスへ向かった。

わたしはドアのそばで立ち止まり、シンクレアの演奏に聴き惚れた。楽器と愛しあうかのように《カノンニ長調》を弾いている。弓を引く姿を見て、彼のバイオリンに対する愛情に思わず嫉妬しそうになった。

シンクレアがバイオリンを弾けることを、なぜ知らずにいたのだろう？　彼の新たな一面を発見するのが大好きなわたしとしたことが大失態だ。少なくとも、指のタコに気づいてもよかったはずだ。

シンクレアがこちらに目をとめて演奏を中断したが、わたしはもっと聴いていたかった。「お願い……止めないで。すばらしい演奏だったわ」

　わたしがデスクに腰かけると、シンクレアはにっこり笑ってからまたメロディーを奏で始めた。わたしは目を閉じて、美しい一音一音を噛みしめる。演奏が終わると、彼は体を前に倒し、わたしのこめかみにそっとキスした。「起こしてしまったか？」

「ううん。聞こえたときにはもう起きてたわ」

「長いこと弾いていなかったんだ。どうして今弾こうと思ったのか自分でもよくわからない」なるほど。だから、事前調査のときに情報があがってこなかったのだろう。しばらく弾いていないなら、タコもないに違いない。

　わたしは眉をあげて両手を伸ばした。「弾いてもいい？」

　シンクレアが肩をすくめる。「ああ」

　彼が背後に立ち、わたしの左肩にバイオリンの下方のカーブした部分を置いた。「顎当てに顎をのせて」わたしの手を取り、ネックに巻きつける。「体勢がつらくないか？」

　あたかもバイオリンを持ったことがないかのように構えさせてもらった。「ええ」

「ネックにつけるのは指だけで、手首はつけないように」シンクレアが指導した。

「オーケー」

　シンクレアが指の位置を自分好みに調整し、わたしに弓を持たせた。「弾いてみたいか？」

「ええ」

シンクレアが後ろにさがると、わたしは自分のやりやすい位置に指を移動させ、弦に弓を走らせた。彼はデスクにもたれかかり、わたしがお気に入りの曲の出だしを弾くのを見つめる。「わたしの音楽の趣味は、あなたと少し違うの」

「そのようだな」シンクレアはわたしの演奏に驚いている――ちょっと感心すらしているかもしれない。「この曲は知らないが、きみの演奏がかなりの腕前なのはわかるよ」

「ブルー・オクトーバーっていうバンドの《ブラック・オーキッド》よ」わたしが千回以上は演奏した曲だ。これを弾くのはたいてい、心の暗闇に閉じこもって出てこられないとき。深い絶望を歌った歌詞だが、不思議と落ち着きをもたらしてくれる。

セインの息の根を止める計画に役立たない趣味に興じたことは数少ないけれど、なかでも最高に熱中したのは、写真で瞬間を切り取ることと、バイオリンを演奏することだった。どちらもストレスを解消し、誰にも理解できない方法で自分の気持ちを表現できる。

わたしは弾き終えてお辞儀をし、肩をすくめてみせた。

「きみにはだまされてばかりだな、ボニー・ブルー」

「これで最後だとは思わないほうがいいわよ」実際、最後ではない。

シンクレアがわたしからバイオリンと弓を受け取り、デスクに置いた。サテンのネグリジェに両手を滑らせて腰の上までおろし、動きを止める。「こんなに自分と共通点のある女に会ったのは初めてだ。いや、女に限らない。リースやジェイミーだってここまでじゃない」わたしを抱き寄せ、いかにもキスしたそうなまなざしを向けるが、してこなかった。代わりに、わたしの目を起点に顔全体をまじまじと眺める。「このことをどう考えればいいんだろう」指の甲側でわたしの頬を撫でおろし、親指で下唇を拭う。「きみはおれの知る限りで最強の女だ。おれに守られる必要はない。そういうところが大好きなんだが、同時に憎くもある。ときどき、ほんの少しでもいいから、きみに必要とされたいと願っている自分がいるんだ」

わたしはシンクレアの男としてのプライドを奪っている。今まで出会った男たちと同様に。これこそ不幸の元凶だ。気をつけないと、タフなせいでこれまでの成果を台無しにしてしまう。「か弱いお人形になればいいかしら」

「そういうことを頼んでいるんじゃない、ブルー。おれに男らしさを味わわせるために、本来のきみを殺す必要はない」

それなら、わたしに何を望んでいるのだろう？　「どういうこと？」

「おれはきみを守れる男になりたいんだ。いざとなったら、おれに守らせてくれ」わたしにまだ言っていないことがあるらしい。

これまで、ハリー以外にわたしを守りたいと思ってくれる男性はいなかった。動揺が押し寄せてきて、呆然《ぼうぜん》とした。シンクレアは自分に身を委ねろと言っている。それはわたしが今まで絶対にやりたくなかったことなのに、彼の目を見るとそうしたくてたまらなくなる。

「あなたに守ってもらうわ」シンクレアに身を委ねるのは、未知の世界への扉が開かれると同時に、背後で今までいた世界につながる扉が閉ざされるようなものだ。

「きみが譲歩して同意してくれているのはわかってるが」彼の唇がわたしの唇をさっとかすめる。「ただ守るだけの問題じゃない。できる限りの方法できみを大事にしたいんだ」

「もうすでにそうしてるじゃない」

シンクレアがわたしを引き寄せてお尻をぎゅっとつかみ、歯で下唇を引っ張った。

「出かける準備をしてくれ。今日は外に連れていくぞ」

「どこに行くの？」

「まずは朝飯だ。それから、この街をちゃんと案内してやろう。歩きやすい靴を履くんだぞ」

「いいわね。自分のカメラを持っていくわ。かなりほこりをかぶっちゃってるもの」

わたしたちはオールドタウンにあるレストラン、ロイヤル・マクレガーのブース席に座り、メニューを眺めた。「何を頼む？」

いつも、わたしの選択肢は限られている。スコットランド料理はあまり好きではない。「フレンチトーストにしようかしら」

シンクレアがメニューの上からわたしをのぞきこんだ。「今日は本物のエジンバラを見せようと思って連れだしたのに、出だしからフレンチトーストとカナダ産メイプルシロップを注文する気か？　言うまでもないと思うが、それはちっともスコットランドっぽくないぞ。郷土料理の朝食を試してみるべきだ」

わたしはその内容を確認した。「こっちのソーセージって、アメリカでわたしが食べているものとは違うのよね……うえって感じ。ベーコンもベーコンじゃないし。あれは豚の怪しげな部位から取ったハムよ。それから、ブラックプディングとかハギス（羊の内臓のミンチ、オート麦、たまねぎ、ハーブを刻み、牛脂とともに羊の胃袋に詰めてゆでるか蒸したプディング）を食べさせるつもりなら、あきらめてちょうだい。血とか腸の入ったものはいっさい食べないから。フレンチトーストとコーヒーは無難だから、それにしておく」

シンクレアがテーブルにメニューを置いた。「おれの注文した料理を味見してみたらいいさ」

わたしが心変わりすると思っているなら、間違っている。「……いやよ、シン。それはあり得ない」

シンクレアがにやりとした。自分の思いどおりにできると自信満々らしい。「どうかな」

食事が半分ほど進んだ頃、シンクレアがハギスを勧めてきた。わたしは彼のほうをちらりとも見なかった。「試してみろよ。きっと気に入るから」

「いいえ、結構よ」

「ほらって、ボニー」

「いやって言ったでしょ」シンクレアがわたしの皿に少量のせた。すると、すぐさま胃がむかむかしてくる。「これをお皿からどけて。気持ちが悪くなるの」

彼がわたしに得意そうな笑みを見せた。「大人げないぞ」

胃のむかつきがひどくなる。「これじゃ、わたしを大事にしてくれてるとは言えないわ」わたしはナプキンで口元を押さえ、吐き気がおさまるのを願った。

「どうした？」

皿を指さす。「それよ！　それのせいで気持ちが悪くなるんだってば」何もかもがいやになって、ナプキンを皿に放り投げる。「失礼」

席から立ちあがり、化粧室へ行った。水で濡らしたペーパータオルで顔を軽くはたき、ゆっくりと深呼吸する。

ドアをノックする音が聞こえた。かなり長いあいだ化粧室にこもっていたに違いない。「ボニー？　大丈夫か？」

「平気よ。もう少ししたら出るわ」

もちろん、わたしがドアを開けたときも、シンクレアは席に戻っていなかった。化粧室の前に立ったまま、わたしを待っている。

頭に来てシンクレアの前を通り過ぎようとしたが、彼に腕をつかまれた。その腕を振りほどく。「あんなことして最低よ。あの料理は気持ちが悪くなるって言ったのに」

シンクレアが手のひらでわたしの頰を包んだ。「大丈夫なのか？」

わたしは何種類かの肉に決まって変な嫌悪感をもよおす。多嚢胞性卵巣症候群のせいで服用しているインスリン抵抗性用の薬によるものでどうしようもない。「さあどうかしら。おかげさまでね」

「すまない。ふざけあっていると思っていたんだ。それで具合が悪くなるとは考えもしなかった」シンクレアが丸めた指でわたしの顎を持ちあげ、無理やり彼のほうを向かせた。「どうすれば気分がよくなる?」

「お水がほしい。角氷が五つ以上は必要ね」あの料理をもう一度見るなんて絶対にごめんだ。「あと、あのお皿をテーブルから片づけて」

「もうないよ」シンクレアが自分の腕をわたしの腕に絡ませ、テーブルに連れ戻した。

「彼女にグラスいっぱいに氷が入った水を」

わたしは何口か飲み、少し気分がよくなった気がした。「もう大丈夫だと思う」

シンクレアがわたしの手を上から包みこんだ。「もし気分がすぐれないなら、市内を回るのはまた別の日に一緒にやろう」

「本当にもう大丈夫。治ったわ」

「きみを大事にすると約束してほんの二時間も経っていないのに、もうおれのしたことで具合を悪くさせている。すまないと思っている」シンクレアがかぶりを振り、わたしの手に重ねた自分の手を見つめた。「これじゃ、きみを大事にできると信頼してもらえるはずがないな」

「問題はハギスだったの——それほど気にすることじゃないわ。それにわたし、卵巣の件で薬をのんでるの。インスリン抵抗性に効く糖尿病の薬よ。それがときどき吐き気を引き起こすから、今回もそのせいだったのかもしれない」前かがみになって彼のうなじをつかみ、そのまま引き寄せキスをした。誰に見られていようとかまわない。そして、互いの額を押し当てる。「このことについては、もう何も言わないで」わたしはささやいた。「わかった?」

シンクレアがうなずき、そのせいでわたしの頭も一緒に動いた。「わかった」

わたしたちはロイヤル・マクレガーのレストランを出て、手をつないでロイヤル・マイルの急な坂を歩いた。通り沿いのいくつかの店に立ち寄ってみるものの、たいていどこも土産物とか、ここを去るとわかっているときに買うようなものばかりが置いてある。わたしは何も買う気になれなかった。自分がもうすぐ立ち去るのを象徴しているかのようだから。

「マカリスターって姓はスコットランド系だな。自分の系譜を調べたことはあるか?」

ハリーが自分の家系を調べてはいたが、わたしはマカリスター家と血のつながりはない。つまり、ハリーの調査結果はまったく当てはまらないのだ。「ううん」

「調べてみたほうがいい。きっとおもしろいことがわかるぞ」

「そうしようかしら。宣言された身だし、暇な時間なら山ほどあるものね」顔にぱらぱらと雨粒を感じた。空を見あげる。急に暗くなり、つい十五分前とは正反対の空模様だ。これがこのあたり特有の天気なのだと、わたしも学んだ。「ずぶ濡れになりそうね」

「長く降り続くことはめったにない。激しくなってきたら、晴れるまで店か屋根のある小道へ入ろう」

ふたりで重い足取りで丘をのぼっていると、雨脚が強まってくる。「髪とかメイクに一時間もかけたりしなくてよかったわ」

「あれこれしなくても、きみはきれいだよ」シンクレアがからかうような笑顔を見せる。「行こう。いいところを知っているんだ」

シンクレアに連れられ、暗く涼しい洞窟内に整備された小道に入った。ベンチが並んでいる。「雨がやむまでここで待とう」彼がわたしの手を無意識にいじり、手の甲の上に親指を行ったり来たりさせた。

「脚を失くしたことについて訊いてもいい？」シンクレアが撃たれた件に関するわたしの調査記録は明らかに正しくない。脚を切断したことなどいっさい書かれていないのだから。

「何を知りたい？」全部だ。

「どんな状況だったの？」

「ジ・オーダーという敵対組織に奇襲を仕掛けられた。やつらは自動小銃を持っていやがった。それにはおれの脚もかなわなくてね。救急に着いたときには、脚はかろうじてぶらさがっている状態だった。救う手立てはなかった」なんておぞましい。けれどこういう危険こそ、シンクレアが普段から直面していることなのだ。

「義足のことを、よくずっと秘密にしていられたわね」

「難しくはなかった。親父がおれを数カ月のあいだスイスのルツェルンに行かせたんだ。おれはヨーロッパ最高峰の医者たちにリハビリをしてもらった。理学療法を終える頃には、ほぼ完璧に歩けるようになっていたよ」

「とても恐ろしかったでしょうね」シンクレアに心的外傷後ストレス障害《PTSD》の兆候はまったく見られない。セラピストには診てもらったのだろうか。

「楽しいものじゃなかったな」

わたしはまったく気づかなかった。「たまに、あなたの歩き方がいつもと違うなと思うことはあるのよ。でも、きっと事実を知っているからでしょうね」

「ときどき義足に手こずってしまうんだ」

「話してくれてありがとう」

シンクレアがまた親指でわたしの手をさすった。「あとで飲みに行こうかと考えていたんだ」

「リースのところじゃなくて？」

「ああ。おれたちは違うバーを探したほうがいい」

わたしは通りに目をやる。シンクレアの言うとおり、雨は長引かなかった。「やんだようよ」

少しがっかりする。現実の世界から離れて、シンクレアとこの狭い空間に身を隠しているのは心地いいのに。「あなたの言ったとおりね」

わたしたちは避難していた場所から出た。もとの道に戻り、エジンバラ城へ続くハイ・ストリート沿いを歩いていくと、露天商がずらりと並んでいる。

いろいろな商品やサービスがあるなか、わたしはひと際あるものに目を奪われる
――霊媒師。

死者と会話ができ、未来が見えると言い張る人々にずっと関心を持ってきた。彼らが人々の心をどう読み取っているのか観察するのが好きだから、というのが大きな理

由だ。霊媒師なんてちっとも信じていないけれど、こちらの発言や反応を相手がどう読み取り、そこから次に言うべきことをどう導きだすのかを見てみたい。「あの霊媒師さんにわたしを見てもらいたいわ」

「占いを信じているとか言わないでくれよ」

「もちろん信じてないわ。興味本位なだけよ」シンクレアが少しも乗り気ではないので、わたしは彼の手をつかんでぐいっと引っ張った。「ねえ。きっとおもしろいわよ」

ふたりでそのテーブルへ行くと、女性が微笑んだ。「おはようございます。サイキック・リーディングをご希望？」

「ええ」本物の霊能力者《サイキック》なら、希望していることをすでに察知しているはずだ。「おいくらですか？」

「おひとり二十ポンド、もしくはおふたりで三十ポンドです」

「ふたりでお願いします」シンクレアが簡単に術中にはまることはないだろうから、霊媒師がどうごまかすのか見てみたい。

「きみに付き添うのは了承したが、やるとは言っていないぞ」

「ごめんなさい。もうあなたの分も払っちゃった」わたしは霊媒師のほうを見て微笑んだ。「彼からお願いします」

「お座りください」彼女が自分の向かい側にあるスツールを指し示した。

霊媒師の指示に従いながらも、シンクレアはわたしを刺すような視線でにらみつけた。「このことは忘れないからな。きみも忘れるなよ」

「わたしはメアリー」

「おれは……」

「だめ」メアリーが急いでさえぎる。「何も言わないでください」ふーん……予想外の反応だ。「今までに霊媒師や霊能力者のところへ行ったことは？」

「なし」わたしたちは声をそろえて答えた。

メアリーはメモ帳を取りだし、何か書きとめられるようにした。「わたしは第六感を使って、向こうの世界の人々と会話をします。わたしが見たり感じたりしたものが、いつもぴんと来る内容とは限らないので、そういうときはわたしが解釈しなければなりません」もちろん、占いは精密科学ではない。もしそうなら一度にすべての説明がつくので、人々から長々とお金をしぼり取ることができない。「始める前に何かご質問は？」

「いいや」シンクレアが答えた。わたしも首を振る。

メアリーはメモ帳にペンでいくつかの数字を書き始めた。「五、十、十三、あなたにとって、これらの数字に何か意味はありますか？」

シンクレアがためらいを見せてから答えた。「ああ」

「わたしに見えている幼い女の子――彼女は五歳のときに亡くなった。十年前の十三日に。心当たりはあるかしら？」

シンクレアが見るからに驚いてわたしに目をやり、それからメアリーに向き直った。

「ああ」

「その子の名前はCから始まる。例えば……クララとか」

「カーラだ」

「ああ、よかった」メアリーがチェーンにぶらさがったハートの形を描いた。「その子はこれを身につけていた？」

「カーラのロケットペンダントだ」

「ばっちりね。で、この少女はあなたの妹さんだったのね？」

シンクレアが片手で顎をさすった。落ち着かないときによくやる仕草だ。「そうだ」

わたしのほうに視線をあげ、それからメアリーを見る。「誰からそのことを聞いた？」

「カーラよ」

「カーラなら死んだ」

「だから、わたしは彼女と会話ができるのです」メアリーが紙にペンを置き直した。

「息をするのが難しい。つまり、彼女は肺を損傷したせいで亡くなったというサインだわ」書いていた手を止める。「この子は恐ろしい目に遭わされたけれど、苦しまなかったとあなたに知ってもらいたがっている」

「カーラは殺されたんだ——窒息させられて。おれたちは犯人をどうしても見つけられなかった」シンクレアはどんどん不安を募らせているようだ。「そいつが誰なのか、知る必要がある」

「暗い部屋にいる男の影が見える。おそらく彼女の寝室かしら。でも、その男の顔まではわからないわ」

「なんでもいいから教えてくれないか？　そいつは若いのか？　年寄りか？　タトゥーは？」なんてこと。意外にもシンクレアはのめりこんでいる。メアリーはとんでもなく上手だ。

「別のイメージに変わったわ。これは、妹さんが自分の身に起こったことを、あなたにあれこれ考えてほしくないというサインよ」

「今は何が見える？」

「あなたよ——あなたは今幸せね。妹さんは、あなた自身の家族のなかに喜びが見つかると知らせたがっているわ。わたしに見えている様子からすると、あなたは奥さんと子どもに恵まれるでしょう。しかも、近いうちに」

でたらめもいいところだ！

メアリーがメモ帳のページをめくった。「準備はいい、お嬢さん？」

わたしはうなずくだけで何も言わなかった。そのあいだにシンクレアが立ってわたしと場所を交代する。「お母さまは亡くなっているわね？」

これについてはシンクレアも知っている。けれど、彼にすでに話したことと矛盾しないように、何を認めるかは気をつけないと。「ええ」

「それと、母親代わりだった人も」

正解だ……もしもこれが本当の霊能力なら、メアリーは育ての母のジュリアのことを言ったのだろう。でも、これはいんちきだから、亡くなったばかりの偽のおばのことだと思っているふりをすればいい。

「そうよ」

メアリーは言葉をひとつ書き記して、わたしに見えるようにメモ帳を持ちあげた。

〝Ｂｌｕｅｂｉｒｄ〟「これに心当たりはあるかしら？」

スペルが間違っている。本当はＢｌｅｕｂｉｒｄ《ブルーバード》だけれど、どうしてメアリーが知っているのだろう？「ええ」

「そうお母さまがあなたを呼んでいたのね？」そんなこと、この霊媒師が知っているはずがない——なのに、知っている。

「ええ」いとも簡単に信じこんでしまいそうだ。感情を表に出さないように注意しないと。

「呼び名を教えてくれたのは、あなたのお母さまが自分の存在や彼女と会話できるわたしの能力を証明してみせるためだそうよ。お母さまは、あなたのことをひねくれ者だと言ってるわ」

ここはメアリーに花を持たせてあげよう。「まさにそのとおりよ」

霊媒師は挑戦を受けて立つとばかりに微笑み、またメモ帳に走り書きした。書き終えると、メモ帳を掲げる。〝チョコチップクッキー〟「これはわかるかしら？」

「ええ」わたしの声がかすれ、目に涙があふれた。シンクレアが慰めるようにわたしの肩に触れる。

わたしは霊媒師を信じかけていた。たまたま出会った見知らぬ人が、ここまで具体的なことを言い当てるなんてほぼあり得ない。メアリーを信じたくはないが、訊かずにはいられない。「ママは元気なの？」

「元気でなければ、わたしは彼女と交信できないわ」メアリーは折りたたみ式のテーブル越しに手を伸ばし、わたしの両手に触れた。「よく聞いて。これはすごく重要よ。あなたが今やろうとしていることを実行に移しても、幸せにはなれないわ。それどころか、あなたの心はむしばまれ、夫や子どもと一緒に手にするはずの喜びを失うことになる」

たった今、セインを殺す計画を否定されたというのに、その事実がすぐに記憶から消え去った。わたしの耳にはふたつの言葉しか入ってこなかったからだ。「夫？　子ども？」とつぶやく。

「あなたが何をしようと、すでに起こったことは変わらない」メアリーに手をぽんと叩かれると、わたしの体に悪寒と震えが走った。「お母さまが言うには、空虚な夢を追いかけて、将来の幸せをふいにしてほしくないそうよ」

財布のなかからチップを探していると、ひと筋の涙が頬を伝って落ちた。うつむいていてよかった。シンクレアに泣いているところを見られたくない。「ありがとう、メアリー」

わたしたちはしばらく無言で歩き、ようやくシンクレアが沈黙を破った。「さっきの飲みに行くって話だが、あとじゃなくて今でもいいかな？」

今日聞いたなかでいちばんの提案だ。「正直、ちょっと飲みたいわ」

20

シンクレア・ブレッケンリッジ

おかわりが必要だとバーテンダーにわかるように、おれは空になったグラスを掲げた。二杯なんかじゃ足りない。ブルーが同意するようにうなずき、数分のうちにおれたちの前には、さらにもう二杯のブラックラベルが鎮座している。

霊媒師のところで起こったことについて、どちらも口には出さないが、ふたりとも動揺しているのは明らかだ。

ブルーから先にその話題を切りださせるのを、おれはあきらめた。「あれは本物じゃなかった、そうだろ？　出まかせさ」

「理性的には、あれはいんちきだったと納得しようとしている。でも感情的には、それに抗《あらが》おうとしている。メアリーが本物の霊能者だという以外に、母のわたしに対する呼び名がブルーバードだと知っていた説明がつかないもの。それにチョコチップクッキー……それが母との特別な思い出だって、どうしてわかったのかしら？」

「さあな」

メアリーの能力を信じるということは、自分がもうすぐ結婚するという予言も信じるということだ。不思議なことに、妻と子どもと幸せになると言われても喜べない――その人生にブルーがいないからだ。彼女との時間が思ったより早く終わってしまうかもしれない。そんな予想を聞いても、心は浮き立たなかった。「あの女が言ったことは考えたくない。おれがやりたいのは、ウィスキーをたらふく飲んで、きみを家のベッドに連れて帰ることだけだ」

ブルーがグラスを持ちあげて乾杯した。「賛成」おれたちはウィスキーを一気に飲み干した。そしてまたバーテンダーに見えるように空のグラスを持ちあげた。「ボトルでもらおう」中身の半分入ったボトルが目の前に置かれる。おれはふたりのグラスになみなみと注いだ。「乾杯といくか？」

「ええ」

ブルーと見つめあい、おれたちは互いに同じ気持ちなんじゃないかと感じる。「現在に乾杯」

ブルーが微笑みを浮かべるが、目は笑っていなかった。彼女は……悲しそうだ。

「今この場に乾杯」

おれがドアの鍵を開けようとしていると、ブルーが狂ったようにキスしてきた。やみくもにドアを開け、ふたりで玄関になだれこむ。彼女が後ろ向きに歩き、おれをソファへ引っ張っていった。「今すぐあなたがほしい」

ブルーがソファの肘掛けにもたれかかり、開いた脚のあいだにおれを立たせた。片手をおれのうなじに置いて引き寄せ、唇を重ねる。いつもの彼女より激しい。酒のせいかもしれない。

ブルーが膝を曲げ、おれのウエストに両脚を巻きつけた。おれは両方の手のひらで彼女の太腿を撫であげ、尻を包みこむ。「きみの尻は最高だ。完璧だよ」

おれのまわりでブルーの脚がぎゅっと締まり、こわばったものが彼女の股間に強く押しつけられた。「あなたのも完璧よ。かかとがめりこむくらいあなたを両脚で押さえこんで達しないように耐えるのがたまらない。だからもっと激しく抱いて」

おれを誘うブルー以上に愛おしいものはない。

両手をブルーの尻からズボンの前へ移動させた。ボタンを外し、それをパンティと一緒に脚に沿って引っ張りおろす。おれが床に落ちた服を蹴り飛ばすと同時に、彼女は自分のトップスを頭から脱いだ。

おれは片膝をつき、ブルーの下半身を持ちあげるようにして肩に彼女の両脚をのせた。ブルーの股が大きく広がる。「きみは男をひざまずかせるのがうまい」

おれの舌がブルーの脚のあいだをゆっくり愛撫すると、彼女の体が震え、口から低い声が漏れでる。「ああ」

舌を上下に動かしたあと、クリトリスの上で円を描くような動きに変えた。手のひらを上向きにして二本の指を入れ、内側からブルーをさする。

彼女の興奮が、おれを興奮させる。そのせいで、ときどき自分の動きが速すぎることに気づかない。今回はそれがよかった。「すっごく……いいわ、もう最高の場所で蝶《ちょう》が羽ばたいているみたいよ。やめないで」

もちろんやめるものか。ブルーが達するまで舐めていたい。「もういきそう」おれのボニー・ブルーを絶頂に導くよりも唯一好きでたまらないことは、そうさせたのが今まででおれひとりだという優越感だ。

おれがクリトリスを吸っては放しを繰り返していると、ついにブルーが背中をのけぞらせて叫んだ。「ああ、もうだめ！　そこ。そうよ」指のまわりで彼女が痙攣するのを感じる。ブルーがおれの名前を叫んだ。「あああ、シン！」彼女の両脚がこわばり、爪先がおれの肩に食いこんだ。

それからすべてが緩み、おれの女がオーガズム後の恍惚《こうこつ》状態に入ったのを悟った。

「気持ちよかったか?」

ブルーが体をくねらせ、くるりと回転してソファのクッションに頭をのせた。彼女の目はずっと閉じたままだ。「うん……はあ」うめき声を漏らす。

ブルーがしゃべらないということは相当よかったわけだ。最高だ。

おれはシャツを頭から脱いで服の山に投げ、ズボンを脱いで押しのけた。両手をブルーの腰に巻きつけて固定する。「今度はおれの番だ」

ブルーのなかにぐっと入りこんだ。彼女は決まって同じ反応をする。あえぎ。緊張。弛緩《しかん》。おれはこの三つすべてが大のお気に入りだ。

ブルーの足を持って両脚を広げさせた。この体位はかなりきついので、おれはゆっくりと出し入れする。この快感がたまらないが、ブルーを傷つけそうで少し不安になった。今までよりずっと奥深くに入っている感じがする。「気持ちいいか?」

ブルーがおれを見あげて微笑み、唇を嚙んだ。「ん、あん。いいわ」

このまま続行しても大丈夫ということだ。「よかった。すごく気持ちがいいから、やめたくなかったんだ」

おれは突くスピードを速めた。すぐにオーガズムがやってきそうな予感がする。この快感を長引かせたくてペースを落とすが、もう遅い。ブルーの奥深くがこのうえなく気持ちよすぎて、すぐに絶頂を迎えそうだ。

なぜおれはあがくのか。ブルーとひとつになっている状態で抑えられるわけはないのに。

おれはブルーの足から手を離して彼女の腰をつかみ、体を押さえこんだ。「ああ、もう我慢できない」

ブルーがおれのウエストに両脚を巻きつけ、かかとをおれの尻にめりこませた。互いの下腹部が激しくぶつかりあう。ここには始まりも終わりもない。おれたちはひとつだ。そして、彼女のなかに勢いよく出した。

オーガズムが終わると、ブルーがにっこり微笑んでいるのに気づいた。「どうして笑っているんだ？」

「あなたの達するときの顔が最高なんだもの」ブルーが声を立てて笑う。

「偶然にも、おれもきみの達するときの顔が好きだ。しょっちゅう見て楽しんでいる」

「定期的に見てもらうことに異存はないわ」

おれは彼女の尻をぴしゃりと叩いて強く握った。「上にずれてくれ、ボニー。きみと一緒に横になりたい」

ブルーがソファの上を移動したので、おれはとなりに体を投げだした。ふたりの顔が向かいあう。彼女は脚をおれの脚にのせ、ぴたりと体を寄り添わせる。指先でおれの生え際から額、鼻筋をなぞり、唇で止まった。そして下唇の上で指を行ったり来たりさせる。「この口、大好きよ」

「この口から告白したいことがある」

ブルーの眉間にしわが寄った。「そう」

何を聞かされるのかと不安なのだろう。それもそのはずだ。おれはウィスキーをたらふく飲んで、口が軽くなっている。

「おれは自分勝手な野郎だ。おれ以上に勝手なやつなど会ったことがないだろう。つまり、おれはきみをほかの誰とも共有したくない。ほかの誰かがこんなふうにきみを抱くと考えると……頭がおかしくなる。それでもきみに触ろうとするやつがいたら、おれはそいつを殺してしまうかもしれない」

ブルーは何も言わず、ただ体を前に傾けておれの口にキスをし、おれの脚を撫でた。といっても、ペニスに近い付け根のほうではない。切断したところの近くだ。

おれの告白は終わらない。「おれはきみを手放しはしない、ボニー・ブルー」

「そんなこと、ザ・フェローシップ公認の奥さんが快く思わないんじゃないかしら」

ほう。その話を持ちだす気か？

「きみの夫と同じ程度には受け入れてくれるんじゃないか」今とまったく関係のない未来――しかも作り話かもしれない――に腹を立てるなんて理不尽もいいところだ。だが、いつの日かブルーが別の男を夫として迎え入れると考えると頭に来た。彼女にまだやられてもいないことで、裏切られた気分になる。とはいえ、その日が近づいているのはわかっている。

「シン」ブルーが頭をあげて片手で支える。「わたしに怒ってるみたいだけど」

あえて認めるべきか？

ああ、そのとおりだ。「そうだよ、おれは怒っている。きみは別の誰かと一緒になるんだ」

ブルーがおれの無傷のほうの肩を拳で叩いた。「どうしてあなたがわたしに怒るの？　あなただって別の誰かと一緒になるんじゃない。それも近いうちに――赤ちゃんまで。わたしが心の底から望んでもきっと手に入れられないものを、あなたはすべて手にするのよ。それがわたしをどんな気持ちにさせるか、あなたにわかる？」

おれが気にしないとでも思っているのか？「心配ないじゃないか。きみと夫だって、この世に赤ん坊を迎える気になったら、いつでも自分の小さな卵子を解凍できるんだろ」

「凍結した卵子は、凍らせる段階でダメージを受けやすいの。わたしの場合、採卵がすごくうまくいったわけじゃない。子どもを持てる可能性は充分とは言えないのよ」

ふたりのあいだにいざこざを引き起こすとわかっていたら、あんなサイキック・リーディングなんてやらなかったのに。「霊媒師なんて本物のわけがない。あの女が言ったことは何もかも嘘さ」

「霊媒師に言われなくたって、あなたが大勢のくず連中を相手に威張り散らす愚かな犯罪組織のボスになることは知ってたわよ。それから、あなたの交際相手の可否も、そいつらに決められるってことも」ブルーが上体を起こして向きを変え、おれに背を向けた。前かがみになり、両手で顔を覆う。「あなたがほかの誰かと一緒になると思うと、わたしだって腹が立つのよ」

「裏切られた気分、とか言うんじゃないだろうな？」おれは尋ねた。

「そのとおりよ。胸の奥がずきずき痛むの」

ブルーに説明してもらう必要はない。おれもまったく同じ気持ちを味わっているのだから。

おれは両腕をブルーのウエストに回して引き寄せ、ふたたびとなりに寝かせた。

「おれたちがずっと一緒にいられないのは、偽物だろうと本物だろうと霊媒師に言われるまでもなかっただろ。それはわかっていたことだが、おれたちは今このときを一緒に過ごしている。思いきり楽しもうじゃないか」

おれはブルーを抱き寄せた。彼女の背中に頬を当てると、震えているのが伝わってきた。ブルーは泣いている。おれは彼女の後ろ髪を撫でた。「しーっ……頼む。泣かないでくれ」

泣いている女に動揺したことなど一度もない。だが、それがブルーの場合は……話が別だ。軽々しくは考えられなかった。これは演技じゃない。変な魂胆があって、涙をこぼしているわけではない。おれたちの関係がもうすぐ終わるという事実を、こういう方法で受け入れようとしているのだ。

いつそうなったのかはわからないけれど、おれはこの女を際限がないほど狂おしく愛してしまった。正気ではないのかもしれないが、ブルーも愛してくれている気がする。愛とはほど遠いこんなくそ野郎にしてみれば、なんとも予想外の驚きだ。

おれたちは終わらない。ブルーのいないどんな未来も、おれは受け入れない。なんのためであっても、誰のためであっても、おれの人生で起こったこれほど最高のことをあきらめたりはしない。とにかく今は、ザ・フェローシップとの折りあいのつけ方を見つけなければ。

テーブルの向かいに座っている女がおれを産んでくれた。だが、実質的には他人だ。おれたちは人生の大半を同じ家で暮らしていたが、このイソベル・ブレッケンリッジに育てられたという記憶はほとんどない。おれは母のことを知らないとはいえ、それでも今話をしたい唯一の人物だ。

「今日おふくろを朝食に誘ったのは、助言がほしかったからなんだ。この件で信頼できるのは、おふくろしかいないと思っている」

母がうれしそうに微笑んだ。「ブルーのことね」

おれはうなずく。「言い争いになって以来エイブラムとは話していないが、おじの考えは変わっていないだろう。このまま放置するとは思えない」

「ブルーとつきあうと決める前から、そんなことはわかっていたでしょう。あなたが驚いている理由がわからないわ」

「エイブラムの反応はおれの予想どおりだった」驚いているのは、おれ自身の反応のほうだ。「おれたちの関係に特に意味はないつもりだった。ただの……」おれがどういうつもりだったかなんて、母にはお見通しだ。言葉にする必要はない。

「でも、気持ちが変わったのね」

母の前でブルーとおれの関係を否定するつもりはない。「どうしたらいい？」

「厄介なことになると覚悟なさい――それも最悪のね」

そんな助言では役に立たない。自分が抱えている問題は百も承知だ。「面倒なことになるのはわかりきっていたことだ」

「この騒動をすべて丸くおさめる方法が、ひとつだけ思い当たるわ」母が片眉をあげてにんまりと笑った。「ザ・フェローシップ規約の第二項を言ってみて」

「ほかのメンバーの妻や子には決して危害を加えないこと」母はおれの予想しているとおりのことを提案するつもりだろうか？

「ブルーと結婚しなさい。彼女を組織の一員にするの。そうすれば、彼女はうちの人間ではないなんて誰も言えなくなるわ」

メンバーの誰かが手段も選ばず部外者の承認を強行したなんて話は、これまで聞いたことがない。「前例はあるのか？」

「一度もないわ」

「そんなことで、連中がブルーを受け入れるようになるとは思えないが」

「きっと無理でしょうね。でも、誰も彼女を傷つけられなくなるわ」

なんて極端な方法なんだ。「知りあってまだ二カ月だぞ」

「あなたのお父さんと知りあって、もう三十年近くになるわ。それでわたしは何を得られたっていうの？」

もしおれが結婚しなくてはならないなら、可能性がある相手は間違いなくブルーただひとりだ——だが、おれは結婚したくないし、彼女もしたくない。そんなことをしたら、すべてが壊れてしまう。「それじゃ、ブルーとつきあうために結婚するようなものじゃないか」

「もっとどうでもいい理由で結婚する人もいるわ。少なくともあなたはブルーを愛している。そして、結婚すれば彼女を守れる」

おれはそんなにわかりやすいのか？「ブルーを愛しているとは一度も言っていない」

「あなたからその言葉を聞くまでもないわ」母がコーヒーに角砂糖を入れ、したり顔をした。「盲目になりすぎているから、彼女も同じ気持ちかどうかわからないとでも言うつもり？」

ブルーはおれを愛しているのか？　わからない。口に出して言ってくれたことは一度もない。実際どうなのかは、この際あまり重要ではない。「結婚しようがしなかろうが、メンバーたちはブルーを絶対に認めやしない」

イソベル・ブレッケンリッジは両肩を後ろに引いて姿勢を正した。顔つきが明らかに変わる。

「あなたはザ・フェローシップのリーダーとして、お父さんの役目を受け継ぐの。つまり、部下たちに許可を求める必要はいっさいないし、彼らの許しを請うような真似は絶対にしてはだめってことよ」おれを指さす母の目に炎が燃える。そんな激しさを今まで見たことはなかった。「あなたがルールを作るの……支配者はあなたなんだから。その逆はないのよ」

おれはまだ組織のリーダーではない。「エイブラムがブルーに手出ししてくるかもしれない」

「そうでしょうとも。エイブラムなら、まばたきひとつせずにブルーを殺せるもの。でも、彼女があなたの妻になれば、エイブラムは髪一本にも触れられないわ。それがメンバー間に存在する支配者の掟《おきて》であって、エイブラムだってそれに逆らう勇気はないでしょう」

「結婚は極端すぎる」

「守り抜く覚悟を決めるほど愛していないなら、ブルーに別れを告げなさい。すぐによ」

「結婚する気も別れる気もまだない」

「あなたがブルーを組織に引き入れ、危険にさらした。どんな犠牲を払ってでも彼女を守るのがあなたの責任よ。やり方はあなた次第だけれど、わたしの忠告は心にとめておいてちょうだい。エイブラムにあなたのことを決めさせてはだめ。彼には計画があって、それはブルーにいい結果をもたらさないわ」

何か知っているなら話してもらわないと。「おじの目的はなんだ？」

「エイブラムはあなたとウェスリンを結婚させたがっているの」

なんだって？「ウェスリンとは結婚できないだろ。いとこ同士なんだから」こんなことを本気で説明しなければならないのか。

「血はつながっていないわ」

エイブラムが養子なのはわかっている。だが、おれがおじの娘――家族としか思えない子――との結婚を考えるだろうと思っているなら、頭がいかれている。「おれがそうしたいだなんて、エイブラムはどうして思うんだ？　ウェスリンとの結婚なんて近親相姦みたいなもんだ」

「あなたやウェスリンがどうしたいかなんて、エイブラムはいっさい考えていないわ。彼は自分のことしか頭にないの。ちなみにだけど、ウェスリンは結婚に反対していないわ。むしろ大いに賛成してる。エイブラムは、長年かけて彼女にいつかあなたの妻になると信じこませてきたの」

エイブラムにはリーダーになれるチャンスは絶対にない。それが常におじを苛立たせてきた。そこで、おれの義父になれば、リーダーにまた一歩近づけると考えているのだ。おれを裏で操る人間になろうとしている。残念ながら——おれは誰の子分にもならない。

エイブラムをずっとおじとして慕ってきた。子どもの頃は本性が見抜けなかったが、今は違う。もはやそれほど脳天気ではない。

おれは結婚を強要されたりはしない。妻をもらうなら、理由は自分がそうすると決めるからだ。

「いろいろと考えることがあるな」

「わたしのほかの助言をまったく無視するにしても、これだけは聞いてちょうだい。エイブラムに屈するようなことになれば、あなたにとって人生最大の過ちになってしまうわ。早めに行動に出て、彼に身のほどをわきまえさせるのがあなたの責務よ。自分は操り人形にはならないと、ザ・フェローシップに示してやりなさい。あなたがそうしないと、組織の体制がどうなってしまうか不安だわ」

21

ブルー・マカリスター

今朝、シンクレアは何も言わずに出ていった。キスもしないで。となりにあったはずの彼のあたたかい体の代わりに、手書きのメモが一枚あるだけだ。きっと昨日の出来事のせいだ。これまでも、泣いていい理由はいくらでもあったけれど、泣かなかった。だから泣いたことで、わたしが関係を終わらせたくないと思っていることをシンクレアは気づいた。だから、今朝出ていくときもキスをしなかったのだろう。彼はわたしが弱さを見せたことにうんざりしているに違いない。シンクレア・ブレッケンリッジは、か弱さに惹かれるような人ではないのだ。

シンクレアに興味もなければ愛してもいないという見せかけの仮面を、剝ぎ取ってしまった。ばかな女。これも全部、わたしに愛を抱かせた彼のせいだ。

〝おはよう、ボニー・ブルー。ぐっすり眠っていたから、朝のキスのためだとしても起こすのはしのびなかった。いったいどんな夢を見ていたのか気になるよ。

S〟


「あなたの夢を見ていたのよ、シン――いつだってそう」

わたしはメモを胸に押しつけ、またベッドに横になった。わたしに出ていってほしいと思っている人が残すメッセージではない……愛情がこもっている。よかった。今の気持ちを言い表す言葉はこれしかない。

今日は月曜日なので、ハリーに電話をかける日だ。

わたしが襲われて以来、シンクレアは出かけるときに必ずドアに鍵をかけていく。それでも、とにかく手順どおりに鍵を確認した。わたしが携帯電話を取りだしたり、それで父と話したりしているあいだに、気づかないうちにシンクレアがそっと入ってくるような事態だけは避けないと。

問題なし。そこでナイトテーブルの下の隠し場所から、テープを剝がしてプリペイド式の携帯電話を取り外した。ハリーは理解してくれているけれど、この時間に電話をかけるのは気が進まない。向こうは真夜中だから。今がいちばん会話をするのに安全な時間だが、ハリーはできるだけ寝ていなければならないのに。

ハリーが病気でなければ、状況はかなり違っていただろう。わたしはあと二年ほどおとり捜査の経験を積めるはずだった。でもそれより何より、ハリーが一緒にここにいてくれるはずだった。ずっと、そういう計画だった。復讐を遂行するという目標は長年変わらなかったものの、当初はハリーとともに手をくだすつもりだった。ふたりでチームを組んで。

癌なんてくそくらえだ。

父のプリペイド式の携帯電話に姉が出たので、心臓が飛びだしそうになった。すぐに何かあったのだと悟る。容態が悪化したとかでもない限り、ハリーがエリソンに携帯電話を渡すはずがない。「何があったの？」

「興奮しないで。何もかも大丈夫よ」

嘘。「姉さんがこの携帯に出るなんて、ちっとも大丈夫じゃないでしょ」最悪の事態を想像する。新鮮な空気を吸って、ゆっくり吐いた。「どのくらい悪いの？」エリソンは答えない。「エリー！　答えて。今すぐ」

「落ち着いて」姉の声は小さくて、何を言っているのかほとんどわからない。「今廊下に出るわ。そうしたら、お父さんを起こさずに話せるから」

やっぱり。ハリーは病院にいるのだ。「いつ入院したの？」

「二日前よ。最初は肺炎と診断されたんだけど、昨日違うってわかったの。放射線肺炎ですって」

姉はときどき自分が看護師でわたしがそうではないことを忘れてしまう。わたしは医学用語に明るくないので、放射線うんぬんがなんなのか見当もつかない。「お願い、説明して。わたしにもわかる言葉にしてちょうだい」

「放射線治療が原因で起こる肺の炎症よ」

でも、ハリーはもう何週間も放射線治療を受けていない……彼が嘘をついていなければ。「最後に治療を受けたのはいつ？」

「六週間前よ」よかった。ハリーが嘘をついていないと知って、ほんの少しだけ気が軽くなる。「炎症の発現に遅れが出るのは普通のことなの」

わたしの留守中にこういうことが起こるのではないかと不安だった。「重症なの？帰国したほうがいい？」

「お父さんなら大丈夫。炎症を抑えるためにステロイド治療を受けているわ。今日か明日には退院できると思う。白血球数にもよるけど」ハリーの炎症がどのくらいひどいのかを示す血液検査のことだ。その程度しか、わたしにはわからない。

「お父さんは安定してる。すぐに何か起きるとは思わないけれど、万が一わたしがあなたに連絡しなきゃならなくなった場合のことを考えておかないと。あなたが家にかけてくるのを待っていられないかもしれないもの。こちらから連絡できる番号を教えてくれないかしら？」

そのリスクについては、エリソンもわかっている。「姉さん、そういうことは都合が悪いとわかってるでしょ」

「だけど、急に何かあって、あなたに戻ってきてもらいたいときはどうするの？そっちからはお父さんにはあまり連絡しないじゃない。それに、もし容態が悪化しても、お父さんは自分からあなたには言わないでしょうね。問題が起こっても、あなたに伝えるのに週一回の電話を待たなきゃならないなんていやよ」

わたしがどれだけひどい娘かなんて、姉に念を押されなくたって、自分でもいやになるほど痛感している。

「今回があなたの人生でいちばん大切な任務で、それをわたしたちが邪魔するような真似はできないって、お父さんから聞いてる。でも、どうしても言っておきたいの、ブルー。わたしがひとりでお父さんに付き添っているなんて不公平よ。すごく不安なの」エリソンの声が割れる。「何かあったときに、ひとりでいたくないのよ」ジュリアのときに、どれだけつらかったか覚えている。あのときは互いに心の支えとなった。それなのに、今回は何もかもをエリソンにまかせっきりにするなんて不公平だ。

今や、わたしも泣きだしている。「あとちょっとだけ時間をちょうだい。そうしたら帰れるから」

「お願い、急いで。仕事をすませて、できるだけ早くここに来て」

エリソンは何が起こっているのかわかっていない。いっさいの見当もついていない。わたしがもうＦＢＩをやめていて、一匹狼であることにも気づいていないのだ。「携帯電話の番号を教えるわ。でも、持ち主の名前は教えられない。それが安全対策なの」デブラという人の連絡先を伝える。「女の人が出たら、銀行口座に問題が起きたと伝えて。口座番号はアルファ、三、一、四、デルタ、七、九よ」

「待って。書きとめないと覚えられないわ」

嘘でしょ。医療のことならすべて頭に入っているのに、いくつかの数字の羅列は書きとめないと覚えられないなんて。まずい相手に見つかるかもしれないのに。「わかったわ。メモ帳に書くと下の紙に跡が残るから、一枚切り離して、手のひらの上で書くのよ。記憶したら、紙は破棄して。どこにも数字を保管しないでちょうだい」エリソンが無言になった。姉の考えていることはわかる。携帯電話のメモ機能に入力するつもりだ。「本気よ。これは重要なことなの。この数字を保管してもいい場所は、自分の頭のなかだけよ」

「わかってるって、ブルー」いや、ちっともわかっていない。

「わたしから電話があったことと、愛してるってことをお父さんに伝えてね。なるべく早くまた電話する」

「できるだけ早くお願いよ。あなたと話せなかったから、あとでお父さんは激怒すると思うの」エリソンが不満の声を発する。「あなたから電話があったと伝えるのが恐ろしいわ。わたしが起こさなかったって怒られそうで」

「それはわたしのせいにして。ちゃんと休んでほしくて、起こさないようわたしが姉さんにお願いしたって言っておいてちょうだい。もし外出できたら、明日電話する」

電話を切ってから、完全に平静を失った。といっても、涙に暮れたわけではない。怒り狂っていた――声の限りに罵詈雑言《ばりぞうごん》を吐き、ソファを蹴り、その上に身を投げて、クッションに向かって叫ぶ。

後ろから力強い両腕を回され、そのままソファに押さえつけられた。「おれと戦うのはやめておけ」耳元でシンクレアの声がする。「大丈夫だ、ボニー。おれだよ。きみとここにいるのはおれだけだ。ほかの誰もいない」わたしの体の緊張がほぐれると、彼も力を抜いた。

ネグリジェを着たわたしの剝きだしの首元あたりに、シンクレアが唇を押し当てた。

「おれたちだけだ――おれときみだけ」

「ごめんなさい」わたしは泣く。「本当にごめんなさい」

「いいんだ」シンクレアが起きあがってソファに座り、膝の上にわたしをのせた。腕をわたしのウエストに巻きつける。「教えてくれ」

わたしは肩をすくめた。「教えるって何を？」こんなことを尋ねてもシンクレアには通用しないとわかっているが、これで嘘を考える時間を少しは稼げる。

「きみはいつも何かに身構え、一瞬で攻撃に移ろうとするが、いったい何が――それとも誰が――そうさせているんだ？」

「どういう意味かわからないわ」嘘をつく。

「もういいだろ、ブルー。おれたちはその先にいるんだ」

「なんの先？」

「嘘だ」シンクレアがわたしの腕をさすり、肩にキスをした。「いつだって本当のことを話していいんだよ。そろそろわかってくれないか？」

できない。本当のことを言えば、わたしは殺される。シンクレアはわたしに選択の余地を与えてくれない。わたしが常に身を守ろうとする理由を知りたがっている。何か言わないと。「幼い頃、男の人に襲われたの。撃退はしたんだけれど、そのことをどうしても忘れられなくて。以来、自分のなかで何かが変わったの。だから、特に押さえられたりすると、わけもわからず恐怖にさいなまれてしまう」

「誰にやられたんだ？　おれがそいつを地の果てまで追いかけて、息の根を止めてやる」シンクレアは本当にそうするだろう。相手が自分の父親以外なら。

「近所の人よ」嘘をつく。「数年前に死んだわ」

「だが、そのときの後遺症は残っている」シンクレアの両腕に抱えられ、わたしは彼の肩に頭を預けた。「こうして打ち明けてくれるほど気を許してもらえて、おれはうれしいよ」

なんと言っていいかわからず、わたしは返事をしなかった。

「おれが入ってきたときは、どうしてあんなパニック発作を起こしていたんだ？」

取り乱していた理由をどう説明すれば、完全にいかれた女に見られずにすむだろう？　考えて。考えて。考えて。「起きたら、あなたがさよならも言わずにいなくなっているのに気づいて。もう一度寝ようとしたんだけれど、無理だったからソファで横になったの。きっとうつらうつらしていたのね。だって、背中に覆いかぶさってきたあなたの声に気づいて起きたとき、わたしは恐ろしい悪夢を見ている最中だったんだもの」

「長くは落ち着いて眠れなかったんだな……まあ、熟睡できたことなんてほとんどないものな」シンクレアはあっさりわたしを信じた。少し簡単すぎる気がする。

目の前の火事を消すことはできたけれど、また新たな火種が勃発する。怒りの発作を起こしている最中に、どこにプリペイド式の携帯電話を落としたのかわからない。シンクレアの膝にのったまま体をくねらせ、気づかれないようにあたりを見回した。電話はふたりの足元の床に落ちている。なんてこと。どうやってシンクレアに見られないようにすればいい？

気をそらすもの――セックス。それしか望みはない。

わたしはシンクレアの首筋に鼻を当てて、自分の唇が彼の耳に届くまで上へ滑らせていった。「あなたがわたしのとなりで寝てくれたら落ち着けるわ」シンクレアの襟元の髪に指を絡める。「それから上にのってくれれば」彼の耳たぶを口に含む。「だから……わたしをまたベッドに連れてって、安心だって感じさせて」

「そうだな」シンクレアが片手をわたしの脚からパンティの股の部分まで移動させた。「そうしようかな」

わたしはシンクレアの膝から離れ、彼の両手を引っ張って一緒に立ちあがらせた。

「ね、お願い？」彼の肩に腕を回し、抱き寄せてキスする。そのあいだに足で携帯電話を探して、ゆっくりソファの下に押しこんだ。

「そのために帰ってきたわけじゃないんだ」

「じゃあ、おまけだと思って」

もっと注意しなくてはいけない。もしシンクレアがあと二分でも早く家に帰ってきていたら、エリソンとの会話を聞かれていたかもしれない。そうしたら、きっと大惨事になっていた。

「話したいことがある」この言葉のあとに、いいニュースが続いたことなんてない。

「そう……それで帰ってきたのね？」わたしは尋ねた。

「ああ」シンクレアがベッドのヘッドボードに背中をつけて座る姿勢になった。「今朝、おふくろに会ってきた」

「えっ」なんて珍しい。彼はイソベルとはほとんどかかわりを持たないのに。「どうしてそうなったの?」

「おれが誘ったんだ。個人的なことを相談する必要があって、信用できると思ったのはおふくろだけだった」

「そう」わたしではなく、ほとんど知りもしない女性に相談することにしたのだ。つまり、わたしたちの関係は思っていたほど深まっていないらしい。

シンクレアが手を伸ばしてわたしの髪を撫で、笑顔になった。「きみの話だったんだ。だから、きみについて相談したいと、本人に頼むわけにはいかないだろ」

「どうしてわたしが話題になったの？」

「きみに正直に話していないことがある」

「驚きでもなんでもないわね」止めようと思う前に、つい口から笑いが漏れた。「ごめんなさい。でも、忘れたの？　あなたが誰でどういう人か、わたしはもう知ってるわ」

「忘れるわけないさ。きみはこの世の誰よりもおれをよく知っている」シンクレアが言った。

「それで、わたしに嘘をつく必要があったことって何？」

「嘘ではないんだ。ただ、ある状況については、すべてを打ち明けるわけにはいかなかった。嘘とは違う」

「何について？」シンクレアはとても困っているようだ。「すべてを話せないのはわかってる。つきあい始めて、もうそれはあきらめたわ。あなたを怒ったりしない」

「それはどうかな」シンクレアがため息をつく。「数週間前にきみを襲った男について、言っていなかったことがある。あいつはうちの人間だった——ザ・フェローシップのメンバーだったんだ」

〝顔から血の気が失せたよう〟というフレーズを何度も聞いたことがあるけれど、今の今までその意味を理解していなかった。「わたしはメンバーを殺した？」

「きみのせいじゃなかった」シンクレアがわたしの手を取った。「きみは知らなかったんだ」

　自分のやったことが実感となってじわじわと身にしみてくる。「わからないわ。もう何週間も経っているのに、何も起こってない——何も言われないし。これってどういう意味？」まさか、そういうことか。わたしがいちばん油断しているときに襲うつもりなのだ。絶対にそうだ。報復のためにわたしを殺しに来る。「ここを出なくちゃ」

　シンクレアがわたしの手首をぎゅっと持ち、しっかりと視線を合わせた。「きみは出ていかなくていい」

なんてこと。シンクレアなのだ——わたしを殺すのは。

これ以上悲惨な死に方を思いつかない——愛している男に殺されるなんて。

「あいつはマルコムって名前だった。エイブラムが送りこんだんだ。マルコムはきみを殺すために来たわけじゃなかった——ただ、きみが誰の差し金なのか吐かせようとしたんだ」なぜと尋ねるまでもない。

「わたしがザ・フェローシップのメンバーを殺したって、言ってくれればよかったのに」シンクレアはこれを自分だけの胸にしまって、自らの手でわたしを死刑にすると決めていたのかもしれない。

「で、知ったらどうしたっていうんだ？」シンクレアが尋ねる。

「隙あらばここから出ていってたわ」

「それについては片づいた。おれの両親以外にきみがやったと知る者は誰もいない。だが、このことを今きみに話すのには理由がある。エイブラムがマルコムを送りこんだのは、きみを内通者だと思っているからだ。いまだにおじはその疑いを捨てていない。きみの身を心配している理由はそこなんだ」

わたしは格好の標的というわけだ。「出ていくべきだとほのめかしているの？」

「いや。伝えたいのは、ここに残っておれにきみを守らせてくれってことだ」シンクレアがわたしの手をぎゅっと握る。「おれがきみの身を守ると信じてくれるか？」

「ええ。だけど、わたしたちふたりがどうなるか怖いわ」シンクレアがどういうつもりなのかわからない。「あなたはわたしのために組織と戦おうとしている。そんなの、メンバーたちが黙っていないでしょ」

「今回のことで、やつらに自分たちの次期リーダーがどんな人間かを示す。おれにとってはいい機会だし、メンバーにとってはいい教訓だよ」

シンクレアの言葉に傷ついた。組織と対立するような真似をしたのは、わたしと一緒にいる決意をしたからではなく、組織のメンバーや規則には屈しないと証明するためだった。つまり、自分に都合のいいようにルールを変えたいだけなのだ。

わたしには現実に戻るきっかけがずっと必要だった。まさに今、打ってつけのきっかけが訪れた。自分の使命を終わらせて、とっとと出ていくタイミングだ。

「確かにいい機会ね。でも、わたしは永遠にそばにいるわけじゃないから、事を荒立てないほうがいいんじゃないかしら」

「どういう意味だ？」

「わたしはずっとここにいるわけじゃないって言ってるの。それに、きっと組織のメンバーはこういうことを簡単には忘れないわ。あなたは身内から、女のために自分たちを裏切ったと思われてしまうかもしれない。だから、ちゃんと賢い戦法を選ぶべきよ」

「きみには戦うだけの価値がある」

わたしは今、混乱している。彼の真意がわからない。「わたしとこれからも一緒にいる決意をしたということ？　それとも、その決意によって自分こそがルールだと組織に示すのが目的？」

「どっちもだ」シンクレアがわたしの顔の片側をそっと包みこみ、親指で頬をなぞった。「愚かな女だ。わかってないな？」

「わかってないって、何を？」

「おれは何がなんでもきみを手に入れる」これだ。わたしが心の底から聞きたい確かな言葉。ああ！　こんなにもこの男を愛しているなんてばかみたい。でも、悲しいかな、彼がそれを知ることは絶対にない。

この世でいちばん憎い人間が、この世でいちばん愛する人をわたしにもたらした。こんなことを誰が想像できただろう？

22

シンクレア・ブレッケンリッジ

ブルーと、おれの人生における彼女の存在意義について話しあってから、一週間が経った。愛していると言葉で伝えられないから、自分の知っている唯一の方法で示した。彼女を抱いたのだ――何度も。そのたったひとこと以外のあらゆる方法で、彼女を自分のものにしてきた。ともあれ、ブルーは満足しているようだ。ひとまずのところは。

ブルーは今キッチンでチョコチップクッキーを作っている。動揺したり不安になったりしたときのお約束だ。それで安心できるらしい。

おれはクッキーがのった天板から生地を少しくすねようと、ブルーの背後から忍び寄って首筋にキスをした。

彼女がおれの手を叩こうとするが、こちらの動きが速すぎて失敗する。「もう、とってもいけない子ね」

おれはクッキー生地を口のなかに放りこんだ。市販されているものではなく一から作ったので、バターがたっぷり入っている。「お仕置きが必要ってことか？」

「そうかもね」おれはブルーのウエストに両腕を巻きつけた。彼女がもたれかかってくる隙に、ふた口目をいただく。「こうなったら絶対にお仕置きよ」

「かわいいボニー」耳元でささやき、ブルーの首筋にキスする。「会合に行ってくるよ」

おれの腕のなかでブルーが体をひねって顔をこちらに向けた。「シン、ものすごく不安じゃない？ わたしは不安だから――ふたりがどうなるかって」

これに関しては嘘をつかないでおこう。あまりにも大事なことだ。「結果がどうなるか、ものすごく心配はしている」

ブルーは今にも泣きだしそうだ。「こんなこと、しなくていいのに」

「いや、やるよ」母の言うとおりだ。エイブラムに身のほどをわきまえさせなければならない。「そうしなければならない理由がほかにもあるんだ」

おれがブルーを引き寄せると、彼女はぎゅっと抱きしめ返してきた。「あなたがどうなってしまうか、不安だわ」

おれは自信を持てずにいる。「事のなりゆき次第では、しばらく戻ってこないかもしれない」おれはブルーの頭のてっぺんにキスをした。「朝までに帰ってこなくても、心配するな」

ブルーは身を離しておれを見つめた。「本気？　ひと晩じゅう出かけたままになるかもしれないの？」

「わからない。もしかしたら」おれは肩をすくめる。「一時間後にスターリングが迎えに来る。両親の家まできみを車で送っていく。今夜ひとりでいるのは危険かもしれないから、おふくろと一緒にいてくれ」たとえエイブラムが命じたとしても、おれの両親の家までブルーを追いかけてくるようなメンバーはひとりもいないだろう。皆、父の憤りを恐れている。だが、おれの家となると明らかに話は別だ。現にエイブラムはおれの家にメンバーを送りこんだ。

「本当にそこまでする必要があるの？」

そうは思いたくないが、今エイブラムの矛先がどこに向かっているかわからない。

「きみを避難させておけばよかったと、手遅れになってから気づくのはいやなんだ」

おれはブルーを守ると言った。その約束を果たすつもりでいる。そばにいてやれないときは常に、彼女の安全対策を講じておきたい。「ひと晩泊まることになるだろうから、準備をしていったほうがいいぞ」

「あなたが説明してくれるより、もっともっと深刻な事態なんじゃないかという気がするのはなぜかしら」実際そうだからだ。ブルーはおれのことをよくわかりすぎていて、まるで本を開く前から物語の予想ができるかのようだ。

おれたちは互いの額をつけ、エスキモーの挨拶のように鼻と鼻をすりあわせた。

「心配するな、おれのボニー・ブルー。明日の晩のこの時間には何もかもうまくいっているさ」

「シン。わたし……」

次に来る言葉、ブルーの口のなかにとどまっている言葉はわかる。彼女の目のなかに愛情のしずくがあふれ、頰にこぼれ落ちそうになっていた。おれは彼女の唇に指先を押し当て、かぶりを振る。「しーっ……だめだ。もっといいときのために、幸せな時間のために取っておいてくれ」

ブルーがくすっと笑い、その拍子にひと粒の涙が頰を伝った。「わかったわ」

「行かないと」

ブルーはおれの顔をしっかり押さえて激しいキスをした。「帰れることになったら、わたしのところへ戻ってきてね」

「心配いらない。帰れるようになったら、すぐに戻ってくる」

会議室では、父がテーブルの上座につき、弟のミッチとおれがエイブラムとジェイミーの向かい側に座った。たとえ指揮系統を知らない人間でも、この席順を見ればたやすく想像がつくだろう。

おれの見習い期間が終われば、エイブラムはリーダーへの足がかりを失うことになる。長年、おじは父のナンバー2として動いてきた。おれが充分に成長するまではそうするというのが、エイブラムと父のあいだの取り決めだった。おれは少し前にもう大人にはなっていたが、需要は別のところにあった。自ら進んで独立弁護士になると決めた。父がリーダーでいる時期がまだあと数年残っていたからだ。あの頃はそれでよかったが、今となっては自分の決断が正しかったかどうかわからない。エイブラムが身の丈以上の強大な権力を謳歌《おうか》している。

「皆わかっているとおり、今日ここにいるのは、おれとブルーの関係について話しあうためだ」

「彼女をファックしてるんだろ」エイブラムが嘲笑する。「それは関係のうちに入らん」

出だしからうまくいきそうにない。

ブルーとおれの実状について、エイブラムは――ほかのメンバーも――何もわかっていない。「おれたちの間柄について何も知らないんだから、それが関係と言えるかどうかなどと意見しないでもらいたい」

エイブラムはテーブルを勢いよく叩いた。「どんな関係もいっさいあってはならん。ザ・フェローシップは組織外の人間との恋愛を禁じている。このことをおまえはわかっていて、それでもあの女とつきあうことを選んだ。それをメンバーたちが知ったら、なんと言うだろう？」

「連中は知ってるよ」ジェイミーが口を挟み、おれを見た。「ここに来る途中でリースに電話をもらった。あいつが言うには、今夜のバーはその話題で持ちきりだってよ」

ずいぶんと好都合だな――おれたちが解決策を話しあおうと会合を開く直前に、メンバーがふたりの関係に気づくとは。この炎上騒ぎを起こした張本人は、間違いなくエイブラムだろう。

「言ってやれ、ジェイミー。自分たちの将来のリーダーがよそ者とつきあっていることに関して、連中はどう思っているんだ？」エイブラムはかなり自己満足に浸っているようだ。

「よくは思っていないね」

「やはりな」エイブラムが言った。

ジェイミーが自分の父親ではなくおれを見た。「ブルーは組織のほころびだと思われている。彼女を排除しようという話も出ている」

「ブルーは信頼できる。彼女はみんなの想像以上におれたちに近い存在なんだ。彼女を知れば、それがわかる」おれはブルーに驚かされっぱなしだ。まるで彼女はおれたちの一員として生まれてきたみたいだ。

「だが、われわれはブルーを知らないし、それには理由がある。あの女はわれわれの一員ではないのだよ」

「おれが会合を開いてくれと頼んだのは、一緒に解決策を導きだせるかもしれないと思ったからだ」

「おまえはわれわれのもっとも重要な規則を破っている。われわれにぽんぽんと頭を叩かれて、セインの息子だから問題ないとでも言ってもらいたいんだろ。自分があのアメリカ女を受け入れているのだから、われわれも抵抗せずに受け入れるだろうと思っているみたいだが、そういうつもりなら質問させてくれ。もしメンバーの誰かが規則を曲げてほしいと願いでて、われわれがそいつにノーと言ったらどうなる？」

どう言い返せばいいかわからない。絶対に認めたくはないが、エイブラムは正しい。メンバーに規則は破ってもいいものだと思わせてはならない。

「息子よ、ザ・フェローシップのリーダーになるというのは諸刃の剣だ。おまえは、リーダーとしてメンバーにはない選択肢を有している。だが、おまえには組織に対する責任がある。よきリーダーとは、よい手本を示して導かねばならんのだ」父が言った。

信じられない。父の物言いは、あたかも自分は同じ状況に陥ったことなどないかのようだ。「アメリカ人のブラックジャック・ディーラーと不倫していたときの親父は、よい手本だったってことか？」組織の一員ではない女を愛するとはどんなものだったか、父に思いださせる必要がある。

「アマンダは組織の中心でわたしと一緒に暮らしていたわけではなかった。メンバーの誰ともまったく接触することのないアメリカにいたんだ。わたしは彼女の存在を秘密にした。おまえもブルーのことをそうすべきだった。今となっては手遅れだが」

ミッチが両方の手のひらを上に向けて持ちあげる。「誰の話をしてるんだ？」

「親父のアメリカ人の恋人さ」おれは答えた。

「なんだって？　おふくろは知ってんのか？」

「何年も前のことだ、ミッチ」父がため息をつく。「われわれがここにいる理由に戻ろう。シンクレアがミス・マカリスターとの関係を続けようとしていることは、皆理解できているな。ここからは提案を聞くとしよう」

「シンクレアの見習い期間はもうすぐ終わる。今すぐあのアメリカ人との情事を終わらせて、ザ・フェローシップの人間と結婚するのが、組織の繁栄には不可欠ではないだろうか。そろそろ妻を選んでもいい頃合いだ」

母の話だと、エイブラムはおれをウェスリンと結婚させたがっているらしい。母の言っていたことが本当かどうか確認してみよう。「おれの結婚相手に提案でもあるのか？」

「ああ。ウェスリンなら立派な妻になれるだろう」

「親父！」ジェイミーがさえぎった。明らかに激怒している。「まさか本気じゃないだろうな。ふたりはいとこ同士だぞ」

「血はつながっていない。おまえの妹とシンクレアが結婚すれば、ザ・フェローシップはもっと揺るぎない組織になるだろう。ほかのメンバーの娘と結婚するよりはるかにな」

その計画が実現する可能性はないと、エイブラムは思い知るべきだ。「おれはウェスリンとは絶対に結婚しない」

「あのアメリカ女のせいだな！」

「おれの決心はブルーとまったく関係ない」

「ウェスリンと一緒に過ごしてみれば、心変わりするかもしれんぞ」エイブラムが言い張った。

おれはずっとウェスリンの近くで過ごしてきた。「ウェスリンのことは、年下のいとことしか見られない。結婚なんて無理だ」妻のことでプレッシャーをかけられるのはわかっていたが、さすがにそれも、まずは見習い期間を乗りきってからだろうと思っていた。「時期が来たら妻を選ぶ。だが、それまではブルーを手放したりしない」

「そういうことなら、ひとつ提案がある」エイブラムが言う。「ブルーはわれわれの一員にならねばならん」

ブルーと結婚しろという提案ではないだろう。それではおじの計画に合わない。

「つまり、どういうことだ？」

「彼女に儀式を受けてもらう」

「女が儀式をやったことはない」ミッチが反論する。「前例がないはずだ」

「今までやってこなかったが、歴史が変わるんだ」エイブラムが言う。「われわれは男女平等の世界に生きている。女だから儀式を受けられないなんて、誰が言ったんだ？」

エイブラムからこういう攻め方をされると予想しておくべきだった。

おじはブルーを叩きのめす気だ――組織の絆という名のもとに耐久試験を受けさせるつもりだ。エイブラムはブルーが耐えきれるはずはないと思っているのだろうが、この世におれのボニー・ブルーより強い女なんていないと断言できる。だが、彼女を傷つけさせるわけにはいかない。それこそエイブラムの思うつぼだ。「だめだ！　組織のメンバーの誰ひとりとしてブルーを殴るのは許さない」

「ミス・マカリスターは部外者である限り決して認められないんだぞ。彼女がわれわれの一員となる方法は儀式しかない」

ブルーを妻にして、メンバーに無理やり彼女を受け入れさせることも可能だ。だが、ブルーもおれも結婚を望んでいない。一時的な問題の解決に一生をかけることになる。

やはりエイブラムは正しい。ブルーがおれたちの一員として受け入れられる唯一の方法は儀式だけだ。だが、彼女自身に耐久試験を受けさせるなんておれが許さない。

「わかった。おれがブルーの身代わりとなって儀式を耐え抜き、彼女を組織の一員にする」

「ならん。ブルー本人でなければだめだ」

「メンバーの男たちが妻の身代わりに償いを受けることはよくある」おれは言い返した。ここではおれが優勢だ。

「息子の言うことも一理あるぞ、エイブラム」父が同意してくれた。「メンバーの男が選択すれば、妻の代わりを務めることは容認されている。それはシンであっても同じだ」

おれはエイブラムに反論する隙を与えなかった。「なら決まりだ。ブルーは正式な加入儀式に参加し、耐久試験の部分をおれが代理で行う。それがすんだら、彼女はおれたちの一員だ。もう二度と彼女の忠誠心を疑うような真似はしないでもらおう」

「シン、本当にそんなことをする気か？」ジェイミーが尋ねる。「最後まで耐えられない人間がどれほど多くいるかはわかってるだろ」

人生でこれほどまでにはっきりと確信していることはない。「自分のためだったらできないかもしれないが、ブルーのためならやってやる」

「こんなのまじでばかげてる」ミッチが片手をテーブルに叩きつけた。「親父！　兄貴にそんなことすんなって言ってやれよ」

「わたしは賛成だ。メンバーたちに受け入れられるにはそれしか方法はない。これで期待以上の模範を示せる。連中はこのような犠牲を払う息子に敬意を抱くだろうし、ブルーが信頼に足るメンバーになれるという息子の確固たる思いの証明にもなるだろう」父の目のなかに誇りが浮かぶ。「これこそ真のリーダーの決断だ」

エイブラムが見るからに苛立っていた。おじはこの戦いから——リーダーの座からも——敗退しかかっている。おれたちは互いにそのことに気づいていた。「誰かファーガソンを呼んで、ブラックサイトに集合するよう伝えろ。新たな加入者だ」

アレック・ファーガソンがおれのウエストに金属の鎖を二本巻きつけて固定した。

「こんなことはしたくないっすよ、ボス」

それはわかっている。正気の人間なら、誰だって将来のリーダーを死ぬ寸前まで打ち据えたくなんかないだろう。

メンバーであるということはつまり、あとからの加入者でもない限り、生まれてからずっと知りあいなのだ。昔一緒に鬼ごっこをして遊んだ相手を痛めつけるとなると、なおさら少しやりにくい。「平気だ、アレック。心配するな。このことでおまえを恨んだりしない」

滑車でおれの両腕が頭上まで持ちあげられると、鎖がきつく締まった。「こんなことはだめだ。よくない」

「ショーナは元気にしてるか？　しばらく会ってないな」

「大きな腹を抱えてるんです」アレックが答える。「三人目が三週間後に生まれる予定なんですが、今週末にはもう出てきそうだ。医者からは、今回は女の子って言われてて。ショーナのやつ、ちっちゃいピンクのドレスとか買ってすげえ興奮しちまってる」

「そりゃめでたいな」

アレックは数年前にショーナと結婚したが、ふたりが結ばれた経緯を思いだせない。

「決められた結婚だったか？　それとも自分で妻を選んだのか？」

「ふたりで決めました。とはいっても、向こうの親父さんはおれのことを気に入ってなかったが。自分の娘ならもっと好条件のやつ——ジェイミーとかリースなんかと結婚できると思ってたんですよ」

「ショーナを愛しているのか？」

「そりゃあ、ものすごく」

アレックがおれが足指——と義足の先——で爪先立ちになるまで鎖を引っ張った。

結果がどうなるか自分でもわからない。「ショーナと人生をともにするためにできないことなんてあるか？」

「彼女や子どものためなら、なんだってしてしまいますよ」

アレックが鎖を所定の位置で固定した。おれは肉屋にぶらさがっている半身の牛肉のようになる。「なら、わかるはずだろう。なぜおれが自らこんなことをするのか。おれは自分の女の身代わりになって、彼女に向けられるはずの痛みに耐えると決めたんだ。これで、彼女が予測もつかないこれからの人生のために苦しまなくてすむ」

「ようやくわかりましたよ、ボス」

「ほかのやつらもそうなってくれるといいがな」

「ボスがあのアメリカ女とこそこそやってることに、メンバーたちのはらわたはちっとばかし煮えくり返ってますよ。みんな裏切られたと感じてる。だが、ボスが今やってることを知れば、あいつらの考えはがらっと変わるでしょうね。今まで指導する立場にいる人間がこんなことをしたためしはない。ボスは今、敬意を払われる立場からおりてきて、力でねじ伏せたりせずにみんなから認めてもらおうとしている。自分の手下に、信じている女の承認を頼んでいる。メンバーもきっと納得しますよ」

「そんなふうには考えていなかったな」

「だとしても、すごくいい判断ですよ」アレックがにんまり笑った。「それに、あんな女が手に入るんじゃ悪くないですね。ミス・ブルーはきれいな人だ」

「そうだ。彼女はとても美しい。本当に」アレックが最初の一撃の構えに入ったのがわかる。「特別扱いはなしだ。証拠用に録画もされているしな。手加減されていたなどと、誰にもいちゃもんをつけられたくはない。ひとつだけ頼みがある。左脚の膝から下は打たないでくれ。いまだに治療が必要なんだ」

「もちろん。手順はよくご存じですね?」アレックが尋ねた。

「ああ」おれが前に耐久試験に参加してからもう何年も経っているが、どれだけ残忍だったかは覚えている。「始めよう。こんなことはとっとと終わらせようぜ」

最初の一撃が背中の下のほうに当たった。ちょうど左の腎臓あたりだ。「うう……」ものすごい痛みで、危うく漏らしそうになる。

「すみません、ボス」

「殴るたびに謝るな。さもないと夜通しになってしまうぞ。どんどん続けて、さっさと終わらせよう」

「了解、ボス」

次の一撃は反対側の腎臓に来た。最初よりも痛い気がする。「きっと、しばらく血尿が出るな。だろ?」

「おそらく」

左目にパンチを食らい、顔をそむけた。腎臓への突きほどひどくはない。ボクシングのおかげで、顔を殴られるのには免疫がついているのだろう。それから反対側を殴られた。生あたたかい液体が顔を滴り落ちる。

「こう考えるんです、ボス。これが完治したら、こんなことまでしてくれたボスに、きっと彼女はとんでもないご褒美をくれますよ」

おれはブルーを手に入れる。彼女はおれのものになる。今考えられるのはそれだけだ——だが次の瞬間、アレックの拳が胃にめりこんだ。そこからはただ、こんなのはまだ序章にすぎないという思いしか浮かばなくなる。

23

ブルー・マカリスター

「どうしてシンは帰ってこないのかしら。出ていってから三時間以上も経っているわ」わたしはふたたび正面の窓へ行って、なんでもいいから彼の気配がしないかと探した。何もない。「夜通しになるかもしれないとは言ってたけれど、そんなにも長く何を話しあうことがあります？」

イソベルはソファに座り、セレブのゴシップ雑誌の最新号を読んでいた。「エイブラムも一緒ならしかたないわね」

「エイブラムのこと、あまりお好きじゃないようですね」

「ええ、ちっとも」イソベルが雑誌を読むのをやめ、となりにあるクッションの上に置いた。「あの人、たぶん社会病質者《ソシオパス》だと思うのよね。誰にも何にもまったく興味がないの。自分のしたことに対して少しも良心の呵責《かしやく》を感じないみたいだし、乱暴なふるまいもしょっちゅうよ」ソシオパスの特性をいろいろ調べたのだろう。

わたしはFBIに入り、犯罪者心理、なかでもソシオパスと精神病質者《サイコパス》について学んだ。セインがそのどちらかだと信じて疑わなかったからだ。彼の世界に無事に入りこめたときのために、心の動きを学んでおく必要があると考えた。

ザ・フェローシップのメンバーのほとんどは、少なくともソシオパスとの境界ぎりぎりにいると思う。ひとつの集団に愛着を持つことはできる一方で、社会や法律は無視しているのだから。ただ、仕事をしたり、長いあいだ同じ場所に住むことはできるので、完全なソシオパスとは言えない。サイコパスはまた違った生き物だ。

「エイブラムをソシオパスじゃなくてサイコパスだと思ったことはありますか？」

「違いがよくわからないわ」

「サイコパスは他人に対して愛着を抱いたり、心から共感することができません。とても魅力的な性格で、他人を操るのがすごくうまく、信頼されやすい人である場合が多いんです。感情のあるふりはするけれど、実際には何も感じていない。なかにはあまりにも巧みすぎて、家族にもその本質を疑われていない人もいます」

「やだ！　今まで聞いたなかで、エイブラムについていちばん的確に説明しているんじゃないかしら。彼のことをぴったり言い当ててるわ。そんなこと、どうして知ってるの？」

「もともとは心理学を専攻していたんです」嘘だ。

携帯電話が振動し、メッセージの着信音が鳴った。「やっとよ！　今になってようやく連絡してくるなんてあり得ないわ」

〝これはきみのためにシンが望んだことだ。彼のためにも、きみにその価値があることを願う〟

どういう意味だろう？　「シンから動画とテキストメッセージが送られてきたんですけど」わたしはイソベルにメッセージを読んで聞かせた。

「誰か別の人が送ってきたのね」イソベルがそばに駆け寄ってくる。「再生して」

わたしが携帯電話の画面の中央にある三角形の再生ボタンを押すと、動画が始まった。自分が何を見ているのか理解できるまでに、一瞬間が空く。

シンクレアだ。天井から吊《つ》るされ、死んだようにぶらさがっている。見知らぬ男に何度も何度も殴られ、シンクレアはほとんど反応していなかった。「いったい彼は何をされているの？」イソベルが顔をそむける。「イソベル！　この男はどうしてシンクレアを殴っているんですか？　メッセージにはわたしのためと書いてある。どういうことかしら」

「耐久試験というものよ。ザ・フェローシップで生まれ育った者でない場合、メンバーと見なされるには、自分の強さを証明するための儀式を受けなければならないの」

意味がわからない。「でも、シンは組織で生まれ育っているじゃないですか」

「そうよ。でも、あなたは違う」

「何が起こっているのか、わけがわからないわ」

「ただの推測だけれど、息子はあなたをザ・フェローシップの一員にしてほしいと交渉したんじゃないかしら」

「なんですって?」

「組織外から加入したいと望む者は、認められるために耐久試験を必ず受けて合格しなければならないの。あの子は、あなたの代わりに受けることを志願したんでしょう」

「そんな! そんなことをしてほしいなんて思っていないのに」

「動画を見る限り、明らかにもう手遅れよ」

シンクレアの携帯電話から不在着信があったので、出るのはシンクレアではないとわかっていながら、すぐにかけ直した。「メッセージは届いたようだね」おそらく、サイコパス本人と話しているのだろう。

「こんなおかしなことはやめて、エイブラム。わたしのために、シンにこんなことはしてほしくないの」

「彼を苦しめたくないからか？　それともザ・フェローシップの一員になりたくないからか？」

両方だ。「耐久試験なら自分で受けるわ」

「もうそろそろ終わるところなんだがね、お嬢さん。シンクレアに反対する元気はほとんど残っていないが、ここで中断して、きみ相手に一からやり直すのをありがたいとは思わないんじゃないかな」こんなことが三時間も続いているのだろうか？

「ちょっと待ってくれ」エイブラムが言う。「甥《おい》が何か言おうとしている。なんて言ったんだ、シンクレア？　聞こえなかったよ……ああ、ノーって言ったのかな。ほとんど意識がないから、なんて言っているのか聞き取りづらい」どうしたらいいのかわからない。わたしのためにシンクレアが苦しむなんていやだ。

「セインにシンを実家まで連れて帰ってもらうか？　それとも彼の家に寄っておろすほうがいいかな？」

わたしはイソベルに視線を向けた。「セインもそこにいるわ」信じられない。息子がこんな目に遭っているのを、父親が黙って見ているなんて。

「ちょっと待ってくれ」エイブラムが言う。「また何か言おうとしている……ちゃんと聞こえたのは〝うち〟だな」

そうだ。自分のベッドのほうが落ち着けるに決まっている。「シンの家へ送って。そこで待ってるから」

「仰せのままに、お嬢さん」

電話を切ると、ショックで呆然とした。エイブラムはサイコパスだとはっきり確信する。シンクレアの身に起きていることを楽しんでいるみたいだった。「行かなきゃ。シンのためにいろいろと準備しておかないと。スターリングを呼んで、わたしをシンの家まで送ってもらえませんか？」

「一緒に行きましょう」イソベルが言う。「息子の手当てはひとりじゃ手に負えないかもしれないから」

「ジェイミーにも電話しなくちゃ」動画のシンクレアを見た感じでは、なるべく早く治療する必要がありそうだ。

シンクレアの親友が最初の呼び出し音で電話に出た。「今あいつと一緒にいるよ、ブルー」

　わたしの怒りのレベルが上昇した。この人たちはどうなっているの？　この事態を手を差し伸べることもなく傍観しているなんて、いったいどんな父親と親友だろう？

「シンが死ぬほど殴られているところに、あなたもいるですって？　彼を助けようともしないで？」

「あいつは特別な理由から、こうなることを選んだんだ。その理由は本人から聞いたほうがいい」

　わたしはとてつもない恐怖を感じた。「自分の代わりにシンが苦しんでると知って、わたしがどんな気持ちかあなたにわかる？」

「誇りに思うべきだね。あいつは高潔なことをしているんだ」

　この人たちは狂っている。シンクレアが苦しんでいるのを、どうして誇りやら高潔やらに感じられるだろう？「いいえ、無理よ。彼が耐えがたい痛みを味わっていて、しかもそれが自分のせいだなんて、つらすぎておかしくなりそうよ」

「これで、シンがどれほどきみを思っているか伝わっただろう」ジェイミーが言う。

「そもそもあいつは、きみを心から愛し、信じていることを証明するために殴られることを選んだんだ」

「そんなことしないで、わたしに直接そう言ってくれればよかったのに。そのほうがずっと簡単じゃない」

「あいつなら大丈夫だよ、ブルー」ジェイミーは笑ったが、ちっともおもしろくなかった。「終わったらすぐに痛みを和らげる薬を投与するから。だから家に着く頃には意識がないだろう」

前回シンクレアが意識を失ったとき、もう一緒にいられないのではないかと思うほどひどい状態だった。「シンをきちんと手当てするって約束して、ジェイミー」

「誓うよ」


わたしはシンクレアの家の正面の窓から外をのぞき、ヘッドライトの明かりが見えるのを今か今かと待っていた。そこへ、イソベルがふいに話しかけてくる。「息子に愛してると言われた？」

「いいえ」

「愛しているから、わざわざ言葉にする必要はないと思っているのよ」イソベルが少し間を置いた。「あなたがその言葉を聞くことはないのかもしれないわね」

「今晩、シンに愛してると言おうとしたんです。けれど、わたしが何を言おうとしているのか気づいたみたいで、止められました」わたしは微笑んだ。「彼はわたしの口元に指を当てて言ったんです。もっと幸せなときのために取っておけって」

「あなたが最初にそれを口にする瞬間を特別なものにしたいのね。とてもロマンティックじゃない」

「ええ」

「あなたはわたしたちの流儀をわかっていないから、こんなのはとんでもなく野蛮に見えるわよね。でも違うの。あの子があなたのためにしていることは真実の愛の行為なの。醜くて、そのなかの美しさに今すぐには気づかないでしょうけれど、これが本当に美しいことなのだと、あなたにもわかるときが来るわ」

　原形もなくなるほど殴られたシンクレアの体のどこが美しいのか、わたしにはわからなかった。

「シンクレアは愛というものを知らずに育ったの。ずっと殺伐とした世界にいるから。気長に待ってあげて」

「彼は驚くほどよくしてくれていると思います」通りにヘッドライトが見えたので、わたしは緊張した。だが、車は停まることなく通り過ぎていく。「シンはあなたと仲良くなりたいと思っています」

「わかってる。あなたのおかげよ」イソベルが言った。

「わたしは特に何もしていません」

「わたしと長男の仲をもとに戻してくれたのはあなたよ。お互いに離れて暮らして何年も経ってしまったあとに、こんなことがあり得るなんて思いもしなかった。セインはわたしが憎くて、息子にも同じようにわたしを憎ませたのだと思ってたの」

「おふたりはずっといがみあってきたんですか?」わたしは尋ねた。

「いいえ。結婚した頃のセインはわたしを愛してくれていたわ。ほかの人を愛してしまったのは、わたしのほうだった。その人と引き離されたことで、セインを責めたの。わたしの冷たい心が夫を別人に変えてしまった――誰からも愛されない人に」そんなことはない。わたしの母は確かにセインを愛していた。

母がモンスターを愛していたかもしれないと思うとおぞましい。けれどそこで、自分が誰を愛しているかをふと思いだす。わたしは母と同じ道を歩んでいるのだろうか? シンクレアは若いセインみたいなものでは?

「紅茶でもどう?」

もうしばらく待つことになりそうだ。「ええ」

わたしが振り向いて窓から離れようとすると、イソベルが立ちあがった。「いいのよ、ブルー。紅茶はわたしがやるわ。あなたはそのまま見ていて」

ほんの少しして、イソベルがトレイを持って居間に入ってきた。「お砂糖ふたつとミルクを少しよね？」

「はい」わたしがシンクレアの入院中に同じ屋根の下で一緒に過ごした数日間のことを、イソベルは覚えていてくれていた。

わたしは熱々の紅茶を早く冷まそうとかきまぜた。

「ブルー、どうしてこんな狂気の沙汰にかかわってしまったのかと考えたりはしないの？」

「しない、と言ったら嘘になるでしょうね。でも、シンのことを思うと、その理由がはっきりわかるんです」わたしは紅茶を口元に持っていき、ほんの少しだけ飲もうとしたが、まだ熱かった。「彼はきっとひどい状態ですよね？」

「ええ――しかも、回復するのにしばらくかかるでしょうね。あの子のそばにはあなたが必要よ」

「シンのそばを離れるなんてあり得ません」そうしたくても、きっとできないだろう。

「よかった」イソベルの顔一面に笑みが広がる。「あなたがそばにいてくれたら、あの子も元気になるわ」

冷めてきた紅茶を半分ほど飲み終えると、カフェインのせいで両手の震えがさらに激しくなった。「飲まないほうがよかったかもしれないわ。ただでさえ興奮状態なのに」

「長い一日になりそうだし、あなたは寝てないでしょう。燃料が必要よ」

遠くで車のドアが閉まる音がする。わたしはティーカップをローテーブルの隅に置き、窓に駆け寄った。「来たわ」

ドアへ向かい、玄関に立って彼らを待った。ジェイミーとミッチが建物内にシンクレアを運んでくると、恐ろしさのあまり叫びたくなった。

シンクレアは頭から爪先まで血まみれだった。顔はふくれあがり、歪んでいる。いつもの彼とはまるで別人なので、この人がわたしのシンクレアなのだと自分に言い聞かせなければならないほどだった。

シンクレアがリラックスした様子なのがせめてもの救いだ。少しも警戒していないようだ。「何か投与したの?」

「ああ。モルヒネをね」ああ、よかった。「どこへ連れていけばいい?」

「ベッドを用意してあるわ」シンクレアが血だらけで悲惨な状態なのはわかっていたので、新しい寝具を外して古いものに取り替えておいた。

彼が岩のようにベッドに転がり落ちる。疲弊しているせいなのか、鎮痛剤が効いているせいなのかはわからなかった。

「数時間は寝かせておくべきだが、薬の効き目が切れる前に追加しておく必要がある」ジェイミーが鞄から注射器を取りだし、ナイトテーブルの上に置いた。「八時頃になったら、痛みがぶり返す前にこれを注射するんだ。投与が遅れると、痛みを抑えるのが難しくなる」

いったいなんなの？　ジェイミーはわたしの看護の腕前を信頼しすぎている。「注射の打ち方なんて知らないわ」

「それほど難しくないさ」ジェイミーが親指と人さし指でシンクレアの腰の皮膚をつまんだ。「持ちあげた皮膚の真ん中に針を刺す。血液の逆流がないことを確認したら、押し子《プランジャー》を押して薬剤を投入する。楽勝だろ」

こんなのは訓練を受けた人がやることだ。「楽勝って、冗談じゃないわよ！」

「シンが痛みに苦しんでもいいのか？」

そんなわけはないとわかっているくせに。「もちろん、いやよ」

「こいつはきみのために殴られたんだ。なら、きみはその気持ちを汲《く》んで、モルヒネを打ってやれ」なるほど。そうやって、わたしをさらに最悪の気分にさせるわけか。

「心配しないで。ブルーはちゃんとやってくれるわよ」イソベルがジェイミーに言う。

「そのときは、わたしも手伝うわ」イソベルにとって、負傷したメンバーの世話をするのはこれが初めてではないのだろう。

「長い夜だったんでね、おれはゲストルームでひと眠りしてくる。もし何かあったら、遠慮なく起こしてくれ」

シンクレアは汚れている。汚い血だらけの服のまま寝かせるわけにはいかない。

「彼の体をきれいにしなきゃ。服を脱がせるのを手伝ってくれますか?」

「切ってしまったほうが早そうね」イソベルが言った。

「確かに」シンクレアが着ていたものを洗おうなんて絶対に思わない。なんなら、家の裏で焚《た》き火でもして燃やしてもいいくらいだ。

イソベルがキッチンバサミを手に戻ってきて手渡した。わたしはズボンの裾から上へと切り進めていく。シンクレアの義足が露わになると、イソベルがはっと息をのむのが聞こえた。「なんてこと。足がないわ」

わたしは動きを止め、イソベルを見た。彼女は手で口元を覆っている。

「知らなかったんですか?」これで驚かれるとは思いもしなかった。イソベルはシンクレアの母親なのに。こんな大事なことを、どうして気づかずにいられたのだろう?

「誰も教えてくれなかったわ」イソベルがベッドの脇へ行き、シンクレアの頭のてっぺんを撫でた。「自分の息子がこんな目に遭っていたなんて、知りもしなかった」

「六年前に撃たれたときに失ったそうです」

「長期の理学療法を受けに行っているとは聞いていたの」

「それは本当です。ただその理由は、彼が片脚を失ったからだったんです」イソベルが泣いている——シンクレアは母親に泣いてなどほしくないはずだ。わたしにはわかる。「大丈夫。彼はうまく適応しています。まわりが心配するほどのことではないですよ。どこからどう見ても健常そのものです」

「うまく隠し通してきた秘密なのに、シンはあなたには打ち明けることにしたのね。どれだけあなたを信頼しているかわかるわ」

「わたしが秘密を漏らしたりしないと、わかってくれているんです」

ズボンを最後まで切り終わった。シーツでシンクレアの股間を覆ってから、下着を取り去る。残りの服もすべて切ってしまうと、すぐに体を隅々まできれいにした。

ひどい状態だ——無数の切り傷、あざ、擦り傷。脇あたりを拭いているときにシンクレアが顔を歪めたので、肋骨も折れているのだろう。肩の形もおかしいから、おそらく脱臼もしている。「肩が外れていることに、ジェイミーは気づかなかったんじゃないかしら。彼にもとの位置に戻してもらわないと」

「ジェイミーを起こす？」イソベルが尋ねた。

「いいえ。新たな痛みを与えるなら、八時にモルヒネを投与して効き目が出るのを待ってからにしましょう」事故で正面衝突したほうが、はるかにましな状態だっただろう。

八時。シンクレアに鎮痛剤を注射する時間だ。わたしはアルコールで彼の腰を消毒し、ジェイミーに教わったとおりに親指と人さし指で皮膚をつまんで狙いを定めた。シンクレアの肉にこの針が入っていくかと思うと、吐き気がする。「どうしたのかしら。多少のことでは気分が悪くなったりしないのに」

「筋肉に何かを突き刺すと考えるからよ。やってしまえば気分もおさまるわ」イソベルが励ますようにわたしの肩に手を置いた。「この子が起きたら、あなたの献身を誇らしく思うでしょうね」

わかっている。これがシンクレアのためにわたしができることだ。こうして、彼がわたしのためにしてくれたことに対してどれだけ感謝しているかを示すつもりだ。彼の行動は愛を表すひとつの方法で、わたしのこれもそう。

「ブレック。ブルーよ。腰にモルヒネを打つわ」シンクレアに聞こえているかどうかはわからなかった。間違いなく聞こえていないとは思うが、断りもなくいきなり刺すのはよくない気がする。

わたしは針をシンクレアの皮膚に刺し、筋肉まで入れこんだ。それでもシンクレアはびくりとすることもなく、ジェイミーが投与した前回のモルヒネのおかげで相変わらず落ち着いている。よかった。「ぐっすり眠ってね、わたしのブレック」

24

シンクレア・ブレッケンリッジ

ベッドで体を動かすと同時に、頭のてっぺんから爪先まで全身に痛みが走った。目を——といっても、左目は腫れあがって開かないので片目だけ——開けて顔を持ちあげると、頭がずきずきする。鎮痛剤の反跳頭痛《リバウンド》だ。これに襲われるのは毎度のことだった。

あたりを見回し、自分が家のベッドに寝かせられていたことに気づいた。よかった。今はここ以外の場所にはいたくない。

窓の外が真っ暗なので、もう夜も遅いだろう。つまり、ずいぶん長く寝ていたわけだが、特に驚きはなかった。ジェイミーが鎮痛剤を大量に打ってくれたに違いない。

となりで、ブルーが胎児のように丸まって眠っていた。おれは触れずにはいられず、手の甲で彼女の顔を撫でる。「愛してる、ブルー・マカリスター。きみを守るためなら、おれはいつだってなんだってする。たとえ命をかけたって」

ブルーが眠ったままかすかに動いたので、おれはまた彼女の顔を撫でた。こうして起こす自分が身勝手なのはわかっているが、我慢できない。「ボニー」

ブルーは体を伸ばし、こちらを向いて横向きになった。目が大きく開かれる。彼女に顔に触れられ、おれは妙な感覚に襲われた。腫れているのはわかるものの、麻痺《まひ》しているみたいで何も感じない。「ブレック。起きたのね」

「たった今な」ブルーが近づきすぎないように慎重に身を寄せた。彼女に触れられるのはたまらなく好きだが、耐えられそうにない。どこもかしこも痛かった。「目を開けると、となりできみが寝ている……目覚めてすぐ見る光景でこれ以上に美しいものはない」ふたりの朝が毎回こうであってほしい。

「昨夜あなたはここを出て、ザ・フェローシップの会合に向かったんでしょ。それがいったいなぜこんなことになったの？」

おれはブルーのためにした昨夜の出来事を語って聞かせた。「というわけで、誰も予想していない展開だったんだ」

「確かにね」ブルーが言った。

「エイブラムはかなりご機嫌ななめさ」実際はそんなものではなく、怒り狂っていた。

「どうして？　あなたがこてんぱんに殴られるのを見られたんでしょ。そのショーを見ながら、できたてのポップコーンでも食べてたんじゃないかしら」まったく、辛辣だ。

「確かに楽しんでいたかもしれないが、そもそもそうなったのも、おれがエイブラムの娘のウェスリンとは絶対に結婚しないと言って、おじの夢をぶっ壊したからなんだ」

ブルーが眉間にしわを寄せ、両目を細めて困惑の表情を浮かべた。「でも、彼女はあなたのいとこじゃない」

「血はつながっていない。覚えてるだろ。エイブラムは養子だ。組織としては、おれとウェスリンの結婚に喜んで賛成するだろう。おれたちが結ばれれば、組織の力が強まるからな。そうすれば誰もが利益を得られる。おれ以外は」

「エイブラムはあなたを義理の息子にしたいのね。その結果、直接あなたの耳に意見をささやけるようになるから」

ブルーの理解は完璧だ。「そのとおり」

「エイブラムが義理の父親だなんて、とんでもない悪夢ね」

「まったくだ」おれは相槌《あいづち》を打った。「そうはならないと、おじもやっと理解しただろう」

「よかったわ」ブルーの手がおれの手を探り当てる。「すごく痛む?」

ああ。まるで列車に轢《ひ》かれたみたいだが、決してそうは認めたくない。おれがやると決めたことに、ブルーが責任を感じてほしくなかった。「大したことない」

「嘘つき」

「そのくらいの悪口ならかわいいもんだ」笑った拍子に、とんでもない激痛で顔が歪む。「うう……」おれはうめいた。

「はいはい。〝大したことない〟とおっしゃるそこの人、どう手伝ったらいいか教えて」

「起きあがるのが怖くてしょうがないんだが、トイレに行きたいから、どうやらきみに手伝ってもらう必要がありそうだ」ブルーがベッドのおれの側に回りこんだ。

「ゆっくりな」

「心配しないで。時間ならたっぷりある。わたしは囲われ女なんだから、どこにも行かないわ」

「おれがこんな状態だと、きみはいつまで囲われていてくれるかな」

「わたしたちはパートナーよ、ブレック」ブルーが前へかがみこみ、おれの頭のてっぺんにキスをした。「あなたはわたしの面倒を見てくれている。今度はわたしがあなたのお世話をする番よ」

おれがベッドの端に座ると、ブルーはしゃがみこんで自宅用の義足ブレードを装着してくれた。おれは彼女の助けを借りながら歩く。「ここからは大丈夫だ」

「その脚じゃ信用できないわ」

叩きのめされて初めての小便だから、ブルーにはあまり一緒にいてほしくない。おそらく血が出るだろう――しかも、腎臓や膀胱《ぼうこう》に食らった殴打を考えると、相当な量になるかもしれない。ブルーが恐怖で縮みあがってしまう。「おいおい、ボニー・ブルー。きみだってドアを閉めずに用は足さないだろ」

「わたしがドアを閉めるのは、レディとして、あなたに体の機能を知られたくないからよ。だけどあなたは、いつもわたしの目の前で用を足しているじゃない。恥ずかしがり屋でもないのに、今さらなんなの」

「そう噛みつくなって」

ブルーはため息をついて出ていき、ドアを閉めた。

おれはトイレを使い終え、彼女がいなくてよかったと安堵した。すごい量の血だった――おそらく、ジェイミーに報告したほうがいいだろう。確かにあれだけの目に遭ったが、それにしてもこれが普通なのかどうかわからない。「すんだぞ」

ブルーとベッドに戻り、義足を外してもらった。「何か食べる？」

腹を殴られすぎて、あまり食欲がわかない。「飲み物がいいかな。ジョニー・ウォーカーを」

「鎮痛剤とウィスキーを混ぜすぎよ。代わりに紅茶を持ってくるわ」

遠ざかっていくブルーの姿に向かって、おれは微笑んだ。療養しているあいだ、彼女はかなり口うるさいだろう。だが、それがたまらない。


耐久試験から一週間が経った。ブルーの見事な看護のおかげで、おれはだいぶ回復した。となれば、彼女のザ・フェローシップへの加入の儀式をするときだ。それはエジンバラ郊外にある両親の屋敷で行われる。母は格調高い式にしようと躍起になっていた。わずかな証人と会議室で行い、そのあとリースのところでウィスキーをあおりまくる普段の集まりとは正反対だ。

母が考えるブルーの加入式の計画は慣習とは違うことばかりだが、そのほうが合っている。ブルーもおれたちの関係も、普通とは違うから。彼女が組織に受け入れられたのも、今までにない初めてのことだ。だったら、彼女の式もないもの尽くしであるべきだ。

おれはバスルームのドアの外に立ち、時計を確認した。「ボニー、もう準備できそうか？　今出発したとしても、五分の遅刻だぞ」

「あと数分だけ」そうか。実際に出なければならなかった十分前にもそう言った。

それから十五分して、ブルーが服の前のほうを撫でつけながらバスルームから出てきた。「このドレスでいいかしら。どう思う？」

なんてセクシーなんだ――黒、タイト、ショート丈。この組みあわせが美しいおれの女に似合わないはずがない。顔の両側の髪をピンでとめ、後ろ髪を背中に垂らしている。突如として、ブルーが準備に費やしたすべての時間が、それで遅刻することすらも含めて、価値あるものに変わった。彼女は息をのむほど美しい。

「今まででいちばんきれいだ」ブルーを見れば、おれがわざわざ地獄まで行って戻ってきた理由を誰もが理解するだろう。

「よかった。これで準備できたわ」

「まだだ」おれはジャケットのポケットに隠しておいた箱を取りだした。「きみにつけてもらいたいものがある」

蓋を開け、ブルーのために作ったケルトの組紐模様のペンダントを見せた。「ああ、ブレック。すてきだわ」ブルーがしばらく見惚れる。彼女がその模様に気づくのを、おれは待った。「これって、あれじゃないの？」おれが笑みを浮かべたので、ブルーは答えを悟った。「あなたのタトゥーとおそろいね」

「もっと女性らしいものとか、ロマンティックなものを選んでもよかったんだが、このケルトの組紐模様をかなり気に入っているようだったからね。それに、おそろいのものを身につけるのもいいかと思って。まあ、おれのはタトゥーで、きみのはプラチナだが」

「すごく気に入ったわ」ブルーが後ろを向き、うなじの髪をどかした。「お願いしてもいい？」

「ああ」

おれは金具をとめた。

ブルーは髪をもとに戻し、鏡を見に行った。喉のくぼみにかかったペンダントに触れて言う。「最高よ。ありがとう」

到着して数分もしないうちに、母がブルーをおれの横からさらっていった。おれの母親にとって、これはザ・フェローシップの儀式というよりはるかに大きな意味があるのだ。嬉々《きき》としてブルーをおれの女として紹介している。母もまた、ずいぶんとブルーに骨抜きにされたものだ。それを見て、おれは幸せな気持ちになる。

皆で飲みながらオードブルを食べ終えた頃、庭園にいる父が全員に呼びかけた。炎の揺れるキャンドルと巨大なフラワーアレンジメントで飾られ、白いクロスがかけられたいくつものテーブルが、大きなテントの下に用意されている。加入の儀式というより、結婚披露宴みたいだ。

「今夜ここにわれわれが集まったのは、ブルーをザ・フェローシップの一員に迎え入れるためだ。シンクレアとブルー、前へ」おれたちは木製の仮設ダンスフロアへあがり、その中央の背の高いテーブルの横にいる父と合流した。そのテーブルも、ほかの大きめのテーブルと同じ飾りつけがされているが、一点だけ違いがある——短剣が置かれているのだ。

この部分について、おれはわざとブルーに説明しておかなかった。「リアム・シンクレア・ブレッケンリッジ、おまえはブルー・マカリスターに対する責任を果たすことを誓うか？」

「誓う」

「短剣を取れ」おれは言われたとおりに短剣を持ちあげた。なんの忠告もせずにブルーの手をつかみ、その手のひらに刃を横断させる。痛みからか驚きからか、彼女がはっと息をのんだ。どちらかはわからない。おれは自分の手を突き刺してから、ふたりの指を絡ませて手を握りあった。血が前腕を伝い、肘の関節のくぼみにたまる。

「彼女をおまえの新人として預かり、組織のやり方で指導することを誓うか？」

「ああ」おれはブルーの手を強く握りしめ、しっかりと視線を合わせた。「彼女を預かると誓う」

「わたしに続いて復唱しろ、ブルー」

父がザ・フェローシップの規約を述べた。人生で何度となく聞いてきたものだが、今の新たな状況に合うように少し修正されている。

父に続いて復唱するブルーの声に、おれはひたすら耳を傾けた。「忠誠心を持ち、ザ・フェローシップの秘密を決して他言いたしません。ほかのメンバーの家族に決して危害を加えません。自分の役割について同胞の女性たちの指導を仰ぎます。わたしの血はシンクレアの血となり、同様に彼の血はわたしの血となります。今日この日より、わたしたちはザ・フェローシップというひとつの家族となります。以上のことを、ここに厳粛に誓います」

終わった。ブルーはおれのもので、おれたちの一員となった。ついに、あれこれ心配せずに自分の愛情を表に出せる。次は、おれがブルーを宣言した事実を公表することになるだろう。だが、それより今は、とにかく彼女を抱きたい。

誰もがこの機にブルーと懇意になっておきたいと思うだろうが、みんなには待っていてもらおう。ブルーの宣誓でおれの興奮は最高潮に達したので、彼女とセックスしないとおさまらない状態だ――五分前から。

おれはブルーの手を取り、ぐいっと引っ張った。「おいで」

「どこに連れていくの？」

「きみとホーム用品を買いに行ったあと、おふくろがゲストハウスの模様替えをしたんだ。かなりいい感じだよ。きみの影響のおかげなんだから、見ておいたほうがいいだろ」

「あらまあ。今夜はずいぶんとインテリアに熱心なのね」ブルーがくすくす笑った。

「確かに熱心だよ。だが、新しい寝具とは別のことにだが」

「加入の儀式って、いつもこんなに……盛りあがるの？」

まさにそのとおり、本当に興奮ものだった。「いいや。いつもは会議室でふたりの男が数名の証人とやるんだ。年上のメンバーが新人の指導責任を引き受けるだけだ」

どこからともなく母が現れ、おれたちを阻んだ。「ブルーをどこに連れていくつもり？」

「それは……」

「ほら、思ったとおりの反応ね。けれど、引き返してちょうだい。食事も出てきているのに、主賓がゲストハウスでいちゃついて行方不明になるわけにはいかないでしょう」自分の母親にセックスの邪魔をされるとは。

おれたちは未練がましい思いのままテーブルに戻り、両親のとなりの席についてケイタリングの料理を食べた。二品目に入ると、おれはテーブルの下でブルーの太腿に手を置く。そこから上に向かって、ゆっくりと滑らせていった。「ラム肉の脚はそんなにほしくない。こっちの特別なサイドメニュー付きの脚をいただきたいね」

「ほんと、いけない人ね」ブルーがくすくす笑いながら、おれの手を払いのけた。「なんでもあげるわよ——あとでね」

ふと、ブルーが皿の上で食べ物をこねくり回しているだけで、まったく口にしていないのに気づいた。「また嫌いなスコットランド料理でもあったか？」

「いいえ。そうじゃないの」ブルーが鼻にしわを寄せる。「卵巣用の薬がね。いまだに副作用が出るの。胃腸の症状よ」

「こっちの医者に診てもらったほうがいいんじゃないか」

「かかりつけのお医者さんにそういう症状が出る場合もあると言われてるから、驚くことじゃないわ」ブルーが軽く受け流した。「もしよくならないようだったら、診てもらおうかしら」

食事がすみ、バンドが最初の曲の演奏を始める。皆、母が丹念に手入れした庭の真ん中に設置された仮設のダンスフロアに移動した。もちろん、おれは真っ先に主賓と踊る。「新メンバーは毎回こんなふうに歓迎されるの?」

「きみだけだよ」

ブルーが笑顔になった。「自分がすごく特別な存在に感じるわ」

「当然さ——だって、きみは特別だから」おれはブルーの額にキスした。愛していると伝えたくなるが、やっぱり今はよくない。組織全員の前で言うべきことではない。

「すごい数の人ね。みんなザ・フェローシップの人なの?」ブルーが尋ねた。

「だいたいはな。組織に属していないとしても、仲間と認められたやつらだ。きみを知っておく必要があるから招待された」

「全員を覚えるのは無理ね」

「そのうち覚えられるさ」ブルーが永遠にそばにいるかのように答えた。だが、そうではないことはふたりともわかっている。その事実がいずれ新たな問題として立ちはだかるときが来るだろう。だが今は考えたくない。この瞬間があまりにも幸せだから。

　曲が終わった。ブルーが組織のメンバーとも交流できるように、おれはしかたなく自分の女を手放し、フリーになる。ウェスリンが席を立って近づいてきたので、おれはいちばん近くにいた女をつかんだ。

「これがあなた流のダンスの誘い方なの？」ローナが言う。

「これがおれの命じ方だ」

「つまり、踊るってことね」ローナとおれは音楽に合わせて体を揺らした。そのあいだも、目では人混みのなかのブルーを追う。自分の視界からブルーがいなくなったら、不安にならずにいられる自信がない。「あなたには驚かされたわ——組織のほかのメンバーもひとり残らずね」

「どうしてだ？」

「ブルーのために、とんでもなく思いきったことをしたじゃない」ローナが言った。

「まあな」

「あなたに心があるとわかってよかったわ」

　ローナはリースのことをほのめかしているのだろうか？「ブルーから、きみのリースに対する思いを聞いたよ」

「なんの話かわからないわ」

「きみがあいつを愛してるって話さ」

今度は否定してこない。「彼は店のシフトを考えるときしか、わたしの存在を思いださないの」

かつてのリースはローナの存在を常に意識していた。というのも、しょっちゅう彼女と寝ていたからだ。おれたち三人ともだ。だが、彼女ともうセックスしなくなったのが、おれだけではなかったとは思いもしなかった。「もうリースと寝ていないのか？」

ローナが床に視線を落とし、かぶりを振った。「二年近く前に、わたしとあなたがやってるところをリースが見ちゃって以来ね。あのあと、わたしたちの仲はすごく変な感じになってしまったの」

見られたのには気づいていたが、それについてリースから何か言われたことはない。だから、おれもこの件についてそれ以上気にしなかったのだ。三人がそれぞれ楽しんでいたから。

「わたしたちは仕事上の関係。それだけよ――ただ、リースがウィスキーを飲んでいるときだけは、わたしにちょっとだけ気を許すの」

なんておかしな話だ。「おれからリースに話そうか?」

「いいえ。彼は明らかにわたしをいやがってる。だから、わたしの気持ちは知られたくないの」

「だが、あいつの気持ちも同じかもしれない」

「それはないわ。信じて。リースが望めばいつだってわたしを抱けるのに、そうしないんだもの」

ブルーのせいで、おれは少しばかりロマンティックになっていて、ローナにアドバイスをしてやりたくなる。「男についての一般論を教えてやろう。男ってのは自分の女のこととなると、身勝手で独占欲のかたまりみたいな人間になりさがる。ほかの男に抱かれるような女はごめんなんだ。リースがほしいなら、いろんな男と寝るのはやめろ」

「あの日以来、寝てないわよ」

「もう二年近くも誰ともセックスしてないっていうのか?」

ローナがかぶりを振った。「わたしたちを目撃したときのリースの顔が、頭から離れないの。わたし、また別の誰かとつきあったりできるのかしら?」

一緒にリングに立ったとき、リースが話していたのはローナのことなのか? 自分のほしいものをいつもおれに奪われると言っていた。あのときは、リースがなんの話をしているのかさっぱりわからなかったが、今ならわかる気がする。

曲が終わった。「すまない」何に対して謝っているのか自分でもわからない。「おれにリースと話をつけてほしくなったら、言ってくれ」

ローナは泣きだしそうだ。「それはあり得ないけれど、そう言ってくれてありがとう」

おれはザ・フェローシップの数えきれないほどの女たちとダンスを踊った。なかには、喪に服しているのかと思うような女もいる。おそらく、組織の将来のリーダーと結婚する夢を打ち砕かれたとでも感じているのだろう。だが、彼女たちが愛しているのはおれの役職であって、おれ自身ではない。

ウェスリンとまともに向かいあってしまい、一緒に踊らざるを得なくなった。ここで彼女を避けたら、もっと気まずい状況に陥るだろう。これまで何百回もやったように、ウェスリンを自分の両腕のなかに招き入れるが、今回のダンスは今までとは違う。ウェスリンはおれの妻になりたがっていたのに、それを拒絶してしまったのだ。

「パーティーを楽しんでいるか？」実際にはパーティーではないが、そう言ってごまかす。いとこであるウェスリンの気を悪くさせたくなかった。一緒に育ってきたから、彼女を愛している。決して傷つけたくはない。

「何もかもすてき。イソベルおばさんったら、凝りに凝ったわね」

「ああ。やりすぎじゃないかな」

「やって当然よ。ザ・フェローシップの将来のリーダーともあろう人が、愛する女性を自分の世界に引き入れるために、彼女の代わりに殴られるのを自ら買ってでるなんて、めったにあることじゃないもの」

「こんなことになってすまない」またもおれは謝る理由を理解できないまま言った。

「きみの気持ちをまったく知らなかったんだ」

ウェスリンがきょとんとした顔をする。「わたしの気持ちって？」

「おれの妻になるつもりだったんだろ」

「ちょっと、やだ、シン。あなたと結婚するなんて無理よ。わたしをあなたの妻にしようとしていたのは、うちのお父さん。わたしじゃないわ」ウェスリンがおれの顔をよく見ようと後ろにのけぞった。「それで、今夜ずっとわたしを避けていたの？」

「まさしくそれが理由だ」

「やだ。お父さんの思いつきだったのよ。わたしは序列の上に行くことなんかにまったく興味ないのに。すべてはお父さんがやったことよ。むしろできることなら、わたしはザ・フェローシップから出ていきたいのに」

「なんだ、最高にほっとしたよ」おれはウェスリンが大好きだ。おれやジェイミーやリースの後ろにくっついて回って育った子だから、こうした誤解があるのはひどくいやだった。

「はっきりさせられてよかったわ」

「おれもだ」

「わたし、ブルーと友だちになるのをものすごく楽しみにしてるの。組織の出身じゃない人とは絶対に仲良くしちゃいけなかったから」

「ブルーもすごく喜ぶよ。ここに来て数カ月になるのに、友だちがいないんだ——おふくろは別として。同世代の友だちがほしいはずだ」

「あとで紹介してほしいわ」

「もちろんさ」

「告白することがあるの」ウェスリンが言った。

「えっ?」

「わたし、ザ・フェローシップの人とは結婚しないつもりよ」

おいおい、本気かよ。「組織外の男を夫にするなんて、おまえの親父が許すはずないのはわかっているだろ」

「お父さんがなんて言うかは、あんまり気にしてないわ」

ウェスリンがそう決めたのは、おれの行動に影響されたせいか？　「いつ決めたんだ？」

「何年も前よ。あなたやブルーとはまったく関係ないの」

エイブラムはそんなふうには絶対に考えないだろう。自分の娘を妻として拒んだだけではなく、今度はこんな考えを娘に吹きこんだとおれを非難するはずだ。「おれとブルーからのお願いなんだが、その爆弾を落とすのはしばらく待ってもらいたい」

「心配しないで。今のところ具体的に将来を考えられる相手がいるわけじゃないから。まだトラブルを起こしたりはしないわ」

よかった。今でも充分すぎるほど問題を抱えている。

エイブラムがこのままおれとブルーを放っておいてくれるわけがない。絶対に。おれにできるのは、おじの次の策略に備えて待つことだけだ。そのときは近づいているから。

25

ブルー・マカリスター

正式に決まってしまった。わたしはザ・フェローシップのメンバーで、そうなってもう二週間になる。その将来のリーダーを、わたしは心の底からどうしようもなく愛している。永遠にずっと、彼と一緒にいたい。当たり前だが、これは最善の選択ではない。愚かで軽率だけれど、わたしはそうすることを選んでしまった。シンクレアなしでは生きられないから。

ハリーには絶対に教えられない。癌に命を奪われるより前に、ショックで死んでしまうかもしれない。

わたしはセインに対する計画をどうするかを決めかねている。ただひとつわかっているのは、殺すつもりはまだあるということだけだ。だが、すぐにとはいかない。シンクレアをリーダーの役目に押しやる覚悟なんて、今のわたしにはない。

当初の計画が破綻しているのは、火を見るより明らかだ。でも……もうどうしようもない。

六千キロ以上離れたところに死を目前にした父親がいるので、すぐにでも彼のもとへ戻らなければならない。エリソンと話して、ハリーの容態が悪化していると聞いた。予想はしていたものの、しばらくアメリカに帰れるような口実を作りださないとまずい。自分がどうしたらいいかは、はっきりわかっている。

シンクレアはホームオフィスで働いている。わたしはドアのそばに立ち、入っていく前に彼のあまりにもハンサムな顔立ちにしばらく見惚れた。彼はジャケットを脱いでネクタイを外し、あとは仕事から帰ってきたままの格好でいる。シャツの袖を肘までまくりあげ、読書用の眼鏡をかけていた。ああ……やっぱり。彼はこのうえなくセクシーだ。

シンクレアがデスクの上に開いてある本からパソコンに目を移そうとしたとき、わたしの姿に気づいた。片側だけでにやりとするあの大好きな笑顔を、わたしのためだけに見せる。特に、えくぼがひとつ現れたときには、もうたまらない。「やあ」

「邪魔してごめんなさい。ちょっと時間ある?」

「きみのための時間なら、いつだってあるよ」シンクレアがデスクから離れ、自分の太腿の上をぽんと叩いた。「おいで」

わたしはシンクレアの膝に座り、彼の肩に腕を回してバランスを取った。わたしの目がはっきり見えるように、シンクレアは顔から髪の毛を払ってくれた。「問題ないか？」

「ええ。ただ、考えていることがあって、あなたとちょっと話したかったの」

「なんだか深刻そうだな」シンクレアが円を描くようにわたしの背中をさすった。

「自分はあまり出来のいい愛人じゃないなと思って。わたしって、働くのに慣れてるでしょ。毎日ヨガをして献立を考えてるのは、性に合わないの」

「なるほど。きみが退屈なのはわかった。で、察するに解決案があってここに来たんだな？」

「わたしの写真ビジネスをこっちに移すのはどう思う？」どんな反応が返ってくるかまったくわからないまま尋ねた。

「そうだな……悪くないと思うが、その事業ならもっとザ・フェローシップに役立てられるんじゃないか。一般市民向けにやっても、組織にはなんの利益にもならないからな」

シンクレアの言いたいことがなんとなくわかった。「どうやったら、ザ・フェローシップの役に立てるかしら?」

「きみはカメラマンだ。おれたちはプロの腕をちょくちょく利用させてもらうってわけだ」

わたしはこの案に乗り気になってくる。「わたしに隠し撮り写真を撮らせるってこと?」

「そうだ。これは日頃から必要な仕事だから、考えてみる価値はあると思う」

頬を赤らめた花嫁とか泣きじゃくる他人の赤ちゃんより、犯罪者のほうがはるかに興味をそそられる。偵察の訓練を受けてきたわたしにとって、そちらのほうがずっとうまくやれそう。「いいわね」

ここでようやく、ハリーと一緒に過ごせるようにアメリカへ帰る話を持ちだす。

「全部の機材を自分のスタジオに保管してあるの。それを梱包《こんぽう》してこっちに送るためには、一旦帰国する必要があるわね。おばの遺産があるから、アメリカにいるあいだにスタジオを閉めてきても問題ないわ」

「親父に動いてもらわなきゃならないが、この考えは気に入ってもらえると思う」

「わたしなら、いつも監視をさせている典型的なザ・フェローシップのメンバーには見えないから、疑われることもないでしょうし。できれば、あなたのお父さんに有用だと思ってもらえるといいけど」

「そうだな。それに、帰国したら、きみのお父さんやお姉さんに会う機会もできる。彼らが恋しいだろう」

「ええ、ものすごく」どんなに恋しいか、シンクレアには想像もつかないだろう。

「なら、帰国で決まりだ」シンクレアが眼鏡を外してデスクに置いた。「今週はきみを充分にかまってやれていないな。すまない。だから、この仕事はまたあとで片づけることにするよ」

「ありがとう」

「今夜は出かけるか。何人か誘って、カジノに行くなんてどうだ？　どう思う？」

楽しそうだ。しばらくギャンブルはやっていなかった。「ぜひ行きたいわ」


全部で六人になった。シンクレアが誘ったのはジェイミーとリース。わたしはとりあえず知りあいだと思える唯一のふたり――ローナとウェスリンを誘った。ウェスリンは妹だから、ジェイミーにとってはつまらないだろうが、リースを愛しているローナにとってはいいきっかけになるかもしれない。

「何からプレーしたい？」シンクレアが尋ねた。

わたしが得意なのはブラックジャックだ。場に出たカードをすべて記憶する戦術《カードカウンティング》ができるけれど、誰にも言っていない。おそらく母もできたはずだ。だから、ブラックジャックのプロになったのだろう。わたしには勝負師の血が流れていると言ってもいい。

自分の本性は隠しておきたい。「アメリカンルーレットからやろうかしら」

ウェスリン、ローナ、わたしがテーブルにつき、その後ろに男性陣が立った。シンクレアがテーブルに札束を放り投げ、それをディーラーがチップに交換する。「一回目はおれのおごりだ」

まったく。シンクレアは全員分を支払おうとしている。

シンクレアと具体的な話はしたことがないけれど、彼がどれほど金持ちかは知っている。財産や資金の出どころを知るのも調査のうちだった。ザ・フェローシップとは無関係に、シンクレアは合法的な投資をしている。お金のことになると恐ろしく頭が切れ、そのおかげで若くして裕福なのだ。それもまた、シンクレアがわたしのような女と親しくするのを見て、ザ・フェローシップの独身女性がひとり残らず嘆き悲しんだ理由だろう。あまり考えたくはないが、いったいどれだけの女性がシンクレアを手に入れたがっているのか見当もつかない。

シンクレアがわたしの代わりに耐久試験を受けてくれてよかったと思えることも、ひとつはある。これでもう組織の女性のなかに、彼のわたしに対する思いを疑う人はいないはずだ。彼はいまだに愛を告白してはくれていない。そんな日が来るかどうかもわからない。けれど、彼が取った行動のおかげで、わたしの心に疑念はなくなった。シンクレアはわたしを愛している。

みんなは複数の数字に賭けているが、わたしは0と00で真っ向勝負をする。そのほうが払戻金が大きくなるからだ。「それしか賭けないのか?」

「いい賭け方でしょ。どっちかが出れば、チップをたくさんもらえるわ」自分のお金ではないので、無駄にいろいろなところに賭けるのはやめておく。

ローナはどうすればいいかわかっていないようだ。無効になってしまうような賭け方をいくつもしているので、わたしは後ろにいるリースを見た。「ローナを手伝ってあげたほうがいいんじゃない。彼女、ちんぷんかんぷんみたいだから」

「ローナなら自分で判断するさ」リースはウィスキーを口に運び、一気に飲み干した。

「ローナはゲームのルールがわかってないのよ。今の賭け方じゃ意味がないし、ディーラーもきちんと説明してくれそうにないわ」

「そもそも、理解できないゲームなんかするべきじゃない」リースはしばしばローナに冷たく当たる。バーでほかの女性にそんな態度を取ることはなかったように思う。リースには何か問題があるのかどうか、あとでシンクレアに確かめてみよう。

アメリカンルーレットでは運に恵まれなかったので、そろそろブラックジャックに挑戦することにする。「負けすぎちゃったわ。今度はカードで運を試してみようかしら。一緒に来る？」

「ああ」シンクレアとわたしは並んで座った。「やり方は知っているか？」

答えを濁す。「二十二を超える《バースト》ことをしないで、ディーラーよりも二十一に近い数にすればいいのよね？」

シンクレアはわたしの理解度に満足したようだ。

「幸運を祈ります」ディーラーが言った。

最初に配られたカードの数字は小さかった。わたしはそれらの値を特殊な方法で記憶していく。小さい数字はディーラーのほうに有利だが、これから大きい数字を引く可能性が高くなるという意味ではわたしにも利点がある。小さい数字が出るたびに、カードの束から大きい数字を引く確率はあがっていくのだ。

わたしはカードを追加しない《ステイ》ことにし、一方のシンクレアは賭け金を増やした。

「やめたほうがよかったんじゃない。バーストするわよ」

「どうかな」シンクレアは自信満々だ。

カードが配られ、まさにわたしが予想したとおりになる。「ディーラーの勝ち」

「言ったでしょう」

「きみだって負けたじゃないか」

確かに。でも、場に出たカードをあと何枚か記憶すれば、もう負けることはない。

「あなたと違って、最小限しか損をしてないわ」

「金を稼ぐには、金を使わないと」

「もしくは、きちんと見定めて賢く賭けるかね」わたしは反論した。

「いいだろう、ブルー。お手並み拝見だ」そして、十回以上勝負するあいだ、わたしはそのとおりにした。わたしのチップの束は増え、シンクレアの束は減っている。

「きみには才能があるな」

ええ、そうよ。けれど、その理由がシンクレアにはわからない。

わたしはさらに四回勝ち、エリア責任者《ピットボス》がこちらに注目しているのに気づいた。引きあげないと。

わたしは身を倒してシンクレアの頬にキスし、小声で言った。「もう帰りましょう、ブレック」

「だが、すごく順調じゃないか」今は彼と言い争っている場合じゃない。

「あなたをあまり長く引き止めたくないの。朝から仕事でしょ」わたしは自分のチップを押して、桁の大きなチップと交換する。「清算して家に帰りましょう」

「シン、今夜はすばらしいブラックジャック・プレーヤーと一緒のようだな」ああ、しまった。ピットボスはシンクレアと知りあいなのだ。これはまずい。

「こちらはブルー・マカリスター」シンクレアが紹介する。これで、わたしのことも知ってしまった。「ブルー、トッド・コックバーンだ」

「どうも、ブルー。お会いできて光栄です」

わたしたちがいるのはカジノのなかだ。握手の手を差しだしても拒まれるだろうから、代わりに微笑んで会釈する。「こちらこそ」

「きみがブルーの加入儀式にいなくて残念だったよ」シンクレアが言った。

え？

トッドは肩をすくめ、まわりを指さした。「誰かがこの場所を営業しなきゃならなかったもんでね」

反対側からディーラーが近づいてくる。「ミスター・コックバーン、ミスター・ブレッケンリッジとお話しのところすみませんが、問題が起きてしまって」

「お呼びだ」トッドが言った。

シンクレアはいたずらっぽい笑みを浮かべている。

「このカジノ、ザ・フェローシップのものなの？」

「ああ」彼が笑った。

「ばれたと思って、ここから逃げだすつもりだったのよ」

「何が？」

「カードカウンティングよ――気づいてなかったわけじゃないでしょ」

わたしがディーラーに視線を向けると、彼女は微笑んだ。「わかるまでにしばらく時間がかかってしまいました」シンクレアを見て肩をすくめる。「お連れの方はかなりの腕前ですね」

「ああ。彼女は何をやってもうまいんだ、悪いな」

26

シンクレア・ブレッケンリッジ

ブルーが帰国する。彼女に二週間会えない。そんなにも長いあいだブルーなしでどうしたらいいのかわからない。この三カ月、一日たりとも離れずに過ごしてきたから。

昨夜は――夜通しずっと――互いに別れを言いあった。何度も、心に浮かぶあの言葉をブルーに言おうかと考えた。愛していると。些細なひとことなのに、思いきって口に出す気になれなかった。

ブルーと過ごしたかったが、仕事のせいで時間が奪われる。だから、夕方は休みを取って自分の女と一緒にいるつもりだ。ブルーが乗る飛行機は今日の真夜中近くに出発するので、夕方から……もう一度別れを惜しむ時間を取れる。

おれがシャワーを浴びていると、ブルーがバスルームに入ってくる音がした。それなのになかなか姿を見せないので、おれは手すりを握ってタイルの壁に張りつき、こっそり様子をうかがった。

　ブルーはネグリジェを脱いで裸で鏡の前に立ち、自分の体を眺めていた。「自分に見惚れているのか？」

「違うわよ」彼女が笑いながら体をひねり、腰に片手を持っていく。「あなたみたいなケルトの組紐模様がここにあったらどうかなと考えていたの」

　おそろいのタトゥーを入れたいのか？「やばいくらいにいいと思う」

「賛成してくれるの？」

「もちろんさ」

　ブルーはおれと一緒にシャワーを浴び、後ろからおれの体に両腕を回した。「昨夜も何百回も言ったけど、寂しくて狂いそうだわ」

「おれも寂しいよ、ボニー・ブルー。本当に」寂しいとは言えるのに、どうしてこんなにも伝えたくてたまらない思いを男らしく口にすることができないのだろう？

　まだ今夜がある。ブルーに対する思いの最高の切りだし方を考える時間が多少は残っている。

「アメリカにいるあいだに、医者には診てもらうのか？」ブルーは予約を取ろうかと言っていた。できればそうしてほしい。糖尿病の薬の影響がかなり心配だ。

「こんなに急だと診てもらえないと思うわ。普通なら、数カ月前には予約しないとだめなの」

「もし無理なら、戻ってきてからこっちで最高の医者に診察してもらえるようにしてやる」ブルーは数カ月も体調不良を放置している。もっと早く誰かに診てもらうべきだった。

おれは振り返り、ブルーに両腕を回した。彼女の濡れた体が密着する感触が、このうえなく気持ちいい。「シャワーを浴びながら抱く時間があればいいんだが。今日は朝から裁判が入っているんだ」

「気にしないで。空港に行くまでの時間を有効に使いましょう」

五時になり、事務所のオフィスのドアから出ていこうとしているときに秘書のヘザーに呼び止められた。「ミスター・ブレッケンリッジ。間に合ってよかったですわ。おじさまからの伝言です。彼のオフィスに寄るようにとのことです」

「今すぐにか?」

「はい。緊急事態だとおっしゃっていました」

ふざけるな！　急いで帰れば、ブルーが出発するまでに四時間はあるだろう。こんな大事な時間を、ベッドで彼女と過ごす代わりにエイブラムに費やして無駄になどしたくない。

エイブラムに電話をかけた。「伝言をもらったが、ブルーが夜の便で発つから、彼女を空港まで送っていくのに急がなきゃならない」すべてが本当というわけではない。

「明日の朝に変更してもらえないか？」

「断じてできん。あの女が発つ前に、わたしに会っておくべきだ」そうとは思えないが。「信用しろ、シンクレア。わたしが伝えるべき内容を、おまえは聞いておきたいはずだ」

「十分だけだからな」それ以上はブルーとの時間を奪わせない。

金融街にあるエイブラムの事務所までは歩いても十五分ほどしかかからないが、急いでいるのでタクシーをつかまえた。到着すると、エイブラムの秘書が待ち構えていた。「おじさまがお待ちです」

「ありがとう」

エイブラムのオフィスの入り口に立った。おじは無我夢中――取りつかれたように、デスクいっぱいに散乱した資料をかき集めている。おれはドアを叩いて注意を引いた。

「来たぞ」

「おお……シンクレア。入って座りなさい、かわいい甥よ」

　もう何年も、かわいい甥などとは呼ばれていない。エイブラムが完全に舞いあがっているのを見て、おれはいやな予感がした。「長居はできない。急いでいるんだ」

「そうだな。おまえの愛しのブルーがこの国を出ていくことは聞いている」

「たった二週間だ。写真機材を取りに行って、家族の様子を見てくるだけだ。数カ月会っていなかったからな」おじに説明などする必要はないのに。

　エイブラムがなかに入れと身ぶりで指示した。「そんなふうに突っ立っていられると落ち着かない。入って座ってくれ」

　おれは言われたとおりにした。「十分と言っただろ。あと八分しかないぞ」

「ならば急ごう」エイブラムが言う。「最近になって気づいたんだが、何者かがわたしのビジネスに干渉しているようでね。利益を守るために、弱みと思われる部分について調べてみたんだ」

　すでに話の行き先はわかっている――ブルーだ。「またか？　本気かよ？　どうして放っておけないんだ？」

　エイブラムがデスク越しにこちらへ写真の山を押しだした。「自分で見てみろ。そうすれば理由がわかる」

おれは写真の山を手に取った——すべて、見覚えのある象徴的な制服に身を包んだブルーの写真だ。そのうちの一枚で、彼女は〝バージニア州、クワンティコ、FBIアカデミー〟という標識のとなりに立っている。別の写真には、卒業証書を受け取り、親指をあげてポーズを取っている姿がはっきりと写っている。「どこでこれを手に入れた？」

「ブルーの父親のハロルド・マカリスターの自宅だ」エイブラムが写真を広げ、何かを探し始める。「これがおもしろい話でね。深く掘りさげるほどに、どんどん興味深い真実が判明する」ある男と一緒に写っているブルーの写真を手に取った。ふたりしてFBIの制服を着ている。「ほらな、ブルーは父親の志を継いだんだ。代々FBIになる家系らしい」

おれは呆然とした。ブルーにずっと嘘をつかれていたなんて、とんでもないショックだ。だが、頭のなかで話がつながらない。アメリカ政府は、おれたちのしていることになんの興味もないはずだ。「FBIはおれたちに手を出せないはずだろ」

エイブラムが立ちあがり、酒の入ったキャビネットに向かった。二杯分のウィスキーを注ぐ。「FBIなど、どうでもいい。だが、ブルーはテネシー州メンフィスでカメラマンをしていると主張しているが、証拠はそうではないと物語っている。これは見逃すわけにはいかない」

　必ずなんらかの理由があるはずだ。エイブラムは間違っていると、おれは愛する女に裏切られているわけではないと、ちゃんと説明できる理由が。「わからないが、調べてみる」

「調べるのはおまえの仕事ではない。もともとはリースがブルーを雇ったことで、あの女の侵入を許してしまった。その過ちの対価は、あいつが払わなければならないだろう。だが、ブルーをベッドに連れこみ、組織の一員にしたのはおまえだ。彼女を排除するのは、おまえの義務だ」

　エイブラムは彼女を無事に国へ送り返せと言っているのではない。「おれにブルーを殺させたいんだな」

「わたしはおまえに約束を遂行させてやりたいんだよ」おじがなんのことを言っているかははっきりわかった。もしブルーが素性を偽っているとわかったときには、おれが殺すと誓ったのだ。

「覚えているが……」おれはブルーを愛している。

「一度裏切られたら、次はない」そのモットーならよく知っている。多くのメンバーがはるかに些細なことで死んでいった。「ほかに道はないのはわかっているだろう

——一緒にいるどの女も、おまえとザ・フェローシップへの絶対かつ揺るぎのない忠誠心を持っていなければならないんだ」

確かに証拠はあるが、おれは認めない。「何か理由があるはずだ」

「あの女は、おまえとザ・フェローシップを裏切っているんだ。もはや信頼などできない。死んでもらわねばならん」

おれにはできない。「ブルーを愛してる。彼女はおれのものだ。おれはブルーを宣言したんだ」

「代わりに自分が死ねるほど、あの女を愛しているというのか？」ああ。だが、おれが殺されたところでブルーは救えないし、そんなことでエイブラムは決して満足しないだろう。おじは血に飢えている。

「よく聞け、シンクレア。ブルーはおまえにとって最高の女という役を演じたんだ。それがあの女の任務だったから。そして、おまえはまんまとあの女を愛してしまった。だが、そのすべては虚構なんだよ」エイブラムが言った。

ブルーの写真を次々に見ていくと、おれの知らない女が目に入ってきた。「おれの目の前にあったものは何もかも嘘っぱちの作り事だったのに、それに気づかなかったんだな」なんて情けないことを言っているんだ？

エイブラムが椅子の背にもたれかかり、両手の指を組みあわせて固く握りしめた。

「おまえの心は深く傷ついたかもしれない。だがブルーにとっては、これは単なるビジネスにすぎなかったんだ。あの女はあくまで依頼された仕事を恐ろしく巧妙にこなしただけだ。自分を責めすぎるな。いい教訓になったと思え」

「愛する女をどう殺せばいいのかわからない」

「さっさとやるんだ――それしかない。心や下半身に邪魔される前にな」

「おれは自分の女を失うんだ。生涯で唯一愛した女を」

「ブルーを失えば、おまえは心の痛みを覚えるだろう。だが実際には、おまえの女はまったくの偽物だった。そんな女は存在していなかったんだよ」そのとおりだと、自分の心に言い聞かせようとする。

「あの女がおまえから愛されるように仕組んだというのは、わたしも理解している。だから、おまえが痛みを与えずにただちにブルーを殺すことを大目に見てやろうと言っているんだ」

エイブラムの言うとおりだ。またしても。だがどうしても、こんなにも心から愛している女をどう殺せばいいのかわからない。これ以上に邪悪な罪など想像できなかった。

ブルーがドアから入ってきたとき、おれは真っ暗闇のなかでソファに座っていた。

「シン？」

「ここだ」大声で応える。

「嵐で停電したのかと思ったわよ」ブルーは歩いていって、照明のスイッチを入れた。

「いったいどうして明かりもつけずにここに座っているの？」

「雨の音を聴いているんだ」

ブルーはおれの手のなかにある酒に気づいた。「で、ウィスキーを飲みながら暗闇にいるほうが、よく聞こえるわけ？」

「ああ。気持ちの整理がつくんだ」ブルーが帰ってきてほっとした。ドアのそばに荷物が置いたままになっていたが、おれにばれたと気づいて逃げたのかと思った。「おれが帰ってきたとき、きみはここにいなかった」

「スーツケースのファスナーが壊れたって、メモを残しておいたでしょ」ブルーはローテーブルのほうへ行ってメモを取りあげ、おれに見せた。「お店が閉まるまでに、走って新しいのを買ってこなきゃいけなかったの」

ブルーが近づいてきて、おれの膝の上に座った。片手でおれの頬を包みこむ。「いつもと様子が違うわ。どうしたの？」

おれを裏切ったきみを殺さなくてはならない――そのせいで胸が張り裂けそうだ。

「どうしようもなく寂しいよ、ボニー・ブルー」

おれの後ろ髪に、ブルーが指を絡ませた。「あと二時間はあるわ。そんな思いは忘れさせてあげる」

ブルーはおれの口元に自分の唇を近づけ、ゆっくりと激しくキスをする。「ああ……ウィスキーの味がするあなた、大好きよ」おれの下唇を吸う。「ベッドに連れてって、わたしを抱いて」

さっさと殺せ――心や下半身が邪魔してくる前に。そうしなければならないが、今すぐそんなことは無理だ。ブルーを絞め殺す気にはなれない。「きみが連れていってくれ」

27

ブルー・マカリスター

シンクレアに口元にキスされながらふたりで移動し、やがてわたしのふくらはぎがベッドに当たった。彼がひざまずき、わたしの腹部に顔をうずめる。「どうすればいいかわからない――きみをどう手放したらいいのか」

わたしはシンクレアの髪を撫でた。「まるで永遠の別れみたいじゃない。二週間……十四日もすれば戻ってくるわ。そう考えれば我慢できるでしょう」

シンクレアがわたしのワンピースの下に手を入れ、太腿の裏側を撫であげた。その手がパンティを探り当て、脚に沿って引きおろす。わたしはパンティと靴を同時に脱ぎ去り、両方を一緒に蹴って脇へどかした。それからワンピースを頭から脱ぎ、床へ放り投げる。最後にブラジャーを外して、一糸まとわぬ無防備な姿でこの男の前に立った。胸を――彼に捧げるわたしのハートを――両手に抱えて。

シンクレアは唇をわたしの下腹部に押し当て、そこにキスしてから下へと移動していった。鼻を上下に動かしながら、わたしの濡れたあそこまでなぞるようにしておりてくる。「きみはいつもいいにおいがする」

シンクレアの手のひらに腹部を押され、ベッドへとうながされた。わたしが腰をおろすと、両足を高く持ちあげられ、太腿の裏を押されて脚を大きく開かされる。これまで何度も経験しているので、次に起こることはわかっている。とはいえ、彼の口がわたしに触れると、どうしてもびくっと反応してしまった。いまだに初めて味わうかのように。「あ……シン」

シンクレアの舌がじれったいほど遅いリズムでわたしのなかを行ったり来たりするあいだ、彼の髪をかき回した。彼の口の動きに合わせて体を揺らしているうちに、舌の動きが速く円を描くように変わる。下腹部を襲う喜びの波が一瞬だけおさまった。けれど彼の指が加わり、わたしの内へ外へとなめらかに動くと、猛烈な勢いでまた快感の波が押し寄せてきた。「ああ……」膣《ちつ》のなかのすべてが喜びで弾ける。次の瞬間、甘い苦悶《くもん》がやってきて、脈打ちながら収縮した。頭のてっぺんから丸まった爪先まで、体じゅうに、あたたかな高揚感が押し寄せてくる。最高の気分だ。

このうえない恍惚感――それは、ふたりがひとつになったときに必ずシンクレアが与えてくれるものだった。

シンクレアが立ちあがって服を脱いでいるあいだ、わたしは家の特等席でその光景を眺めた。同じように裸になった彼は、互いの顔が向きあう位置まで、わたしの体の上を這うようにあがってくる。それから指先でわたしの下唇をなぞった。わたしの目をまじまじとのぞきこむ――まるで目のなかできらめく青やゴールドの光の斑点ひとつひとつを記憶するかのように。

シンクレアはわたしの脚のあいだに身を寄せ、優しくなかへ入ってきた。わたしの目から視線をそらすことなく、ゆっくりと動き始める。わたしは彼の顔に手を伸ばし、髭の生えた無骨な頬を手のひらで包みこんだ。シンクレアがわたしの手に自分の手を重ね、そこに体重をかけて互いをさらに密着させる。彼が目を閉じた。わたしの手の感触を噛みしめているかのようだ。そして体に力を入れてうめき、わたしの奥深くを突く。彼の体がわたしの体内でかすかに震えるのを感じた。次の瞬間、彼の緊張が一気に緩み、わたしの上に覆いかぶさってきた。

シンクレアはなかに入ったまま、わたしの脚のあいだで身じろぎもせず横たわっていた。わたしが彼の背中に爪を当てて上下に動かしていると、鳥肌が立ってくる。こうするのが大好きだ。

「イントゥ・ミー……ユー・シー」シンクレアは目を開き、またわたしを見つめた。するど、自分のなかに今まで知らなかった感情が押し寄せてくる。わたしの心は幸せではちきれてしまいそうで、もうこれ以上閉じこめておきたくない。「愛してる、シンクレア」

ひんやりとした銃口が顎の下にぴたりと押しつけられたのを感じ、わたしは動けなくなった。痛いほどに顔を押しあげられる。

「何をするの?」

「一度裏切られたら次はない」

彼が何を言っているのかまったくわからない。「なんの話? あなたを裏切ってなんかいないわ」

「おまえは、いったい、何者だ?」シンクレアが怒鳴る。

ああ、しまった! 彼は何を知ってしまったの?

「両手を頭の後ろに回せ。今すぐだ!」わたしはゆっくりと彼の命令に従った。

「ブレック、何を知ったにしても、大した問題じゃないわ。あなたは本当のわたしを知ってるじゃない」シンクレアがわたしの顎に銃口をぐっと押しこんだ。あまりにも力が強すぎて、痛いほどだ。

「自分でもそう思っていたよ」シンクレアが唇を嚙みしめ、かぶりを振った。「教えてくれ、ブルー。役になりきりすぎると、現実になるものなのか？」最後のほうは声がかすれていた。彼は傷ついている。とはいえ、わたしの頭に銃を向けているのが誰か、うっかり忘れたりはしない。それはシンクレア・ブレッケンリッジ。わたしに自分や組織を貶《おとし》められたと確信したとき、彼はわたしを殺す。それは絶対に間違いない。信頼を取り戻すために必要なことを言わなければ。「もう一度、わたしは誰かと訊いて」

シンクレアは言われたとおりにする。「おまえは誰だ？」

「わたしはボニー・ブルー。あなたを愛してしまったブルーよ」

「所詮は頭に銃を向けられた女の言うことだ」シンクレアが冷笑した。「今すぐ脳を吹っ飛ばされないようにするためなら、なんだって口にするだろう」

「くそっ！　なぜおれはできないんだ？」シンクレアが目をぎゅっと閉じたので、わたしは銃のほうへ手を近づけた。銃の握られている手を、ゆっくり自分の顔から押しのける。

「あなたはモンスターではないからよ」

シンクレアが上体を起こして座り、太腿に銃を置いた。空いているほうの手で自分の髪をつかむ。「きみはFBIなんだろ」

「だった。過去形よ。もうやめているわ」あの銃を彼の手から奪わないと。「あなたが銃を手にしている限り、すべてをきちんと説明できる自信がないわ。たった一分前にそれを持ってわたしを殺すと脅していたことを考えると、気が散るどころではないもの」わたしはナイトテーブルを指さした。「話をするあいだは、そこに置いてくれないかしら？」

「急に動くなよ、ブルー。本気だからな。おれがやれるってことはわかっているはずだ」シンクレアは一瞬だけためらい、それから銃をナイトテーブルに置いた。「誰のもとで働いている？」

「誰でもないわ」

「嘘だ」

「いいえ。わたしがここにいるのは自分のためよ」ついに言ってしまった。「わたしは復讐のために来たの。わたしの母を撃ち殺した、あなたの父親を殺すために」

「またも、エイブラムは正しかったんだな。きみはアマンダ・ローレンスの娘か」

「わたしはあの夜に死んだと世間には思われている。でもご覧のとおり、そうじゃないわ」

「親父はきみのお母さんを殺していない。彼女を愛していた」

「あなたは間違ってる。わたしはそこにいたの。犯人を見たのよ。事をすませたあいつは、わたしの顔に枕を押しつけた。抵抗されなくなるまでずっと。だから、わたしが死んだと思ったのね」

「冷静になってよく考えてみれば、自分の頭が混乱しているとわかるはずだ」

シンクレアが気を抜いている隙を突いて、わたしは銃を奪った。彼が止めようとしないことに驚く。「両手を頭の上に。ゆっくりベッドの反対側に移動して、背中をつけるのよ」

命令に従っているあいだ、シンクレアは微笑んでいた。

わたしはマットレスの下に手を伸ばし、こんなときのために隠しておいた手錠を取りだした。それを、彼の胸元に放り投げる。「自分でヘッドボードにつないで」

シンクレアが言われたとおりにしながら、かぶりを振った。「わざわざ自らきみの手に銃を渡したも同然だな」

わかっている。シンクレア・ブレッケンリッジは、こんな油断をするような人ではない。

「親父を殺すのが目的なら、なぜそうしない？　チャンスならいくらでもあっただろうに、まだ殺していないじゃないか」

わたしは返事をせず、床の上に散らばった服を漁《あさ》った。自分の服を見つけて着始める。

「おれを愛してしまったからだろ」シンクレアが言った。

わたしはパンティとブラジャーを身につけ、ワンピースを持った。「ええ。それですべてを台無しにしてしまった」彼から銃をそらさないように注意しつつ、頭からワンピースをかぶり、靴を履く。

「おれもきみを愛してしまった」

「所詮は手錠でベッドにつながれた人が言うことだわ」

「きみはおれを殺さない。だとしたら、おれが嘘をつく理由はない」

銃口をシンクレアに向けたまま、わたしはベッドの端に腰をおろした。「そのとおりよ。わたしはあなたを殺さない。でも、あなたの手錠は外さないわ。組織のメンバーが追ってくるまでの時間を稼いで逃げるの」

「きみに言いたいことがある」

わたしは聞くべきか迷った。頭上で両手を固定されているとはいえ、シンクレアの力があれば、わたしに攻撃する方法なんていくらでもある。「時間がないの。組織の連中が追ってくるわ。ここから出なきゃ」

「頼む、まだ行くな。誰もまだ追ってきていない。ほんの数分くれればいい。おれの頼みはそれだけだ」

危険だけれど、彼が伝えたがっていることを知りたくてたまらない。「早く終わらせて」

「きみを愛している。頭がどうかなりそうなほど。そのドアから出ていくきみを見るのは耐えられない。だが、そうしなければならない理由はわかる。きみがここにいるのは安全じゃない。おれが組織との折りあいのつけ方を見つけるまで、きみはどこかに逃げるんだ。やつらのことはおれがなんとかする。そうしたら、おれはきみのもとへ行く」

シンクレアは誰を相手にしているのかまったくわかっていない。わたし自身が望めば、誰にも見つからないでいられる。「わたしのことがわかってないのね。わたしは訓練を積んだカメレオンよ。あのドアを出たら、見つからないように変身できる」

「FBIの捜査官だからか？」

ええ、そうよ。「もう二度とあなたに会うことはない。痕跡ひとつ残さず、わたしは消えるの」

「それは挑戦状か？」シンクレアが尋ねた。

「ええ。そう呼びたければそれでいいわ」

わたしは椅子に置いてあったバッグをつかんで手錠の鍵を取りだし、化粧台の上に置いた。

「わたしの乗る飛行機が搭乗ゲートから離れたら、ジェイミーにここへ来てあなたを解放するようにメッセージを送るわ」シンクレアが下半身を露出したままにならないように、わたしはシーツを引っ張りあげた。

「悪いな」シンクレアが笑った。

こんなことはするべきではないけれど、わたしはベッドに座り、シンクレアに最後のキスをしようとかがみこんだ。わたしもばかではないので、シンクレアの胸に銃を当て、心臓にまっすぐ狙いを定める。「これからキスするけれど、少しでも怪しい動きをしてごらんなさい。みんなが思っているとおりの、文字どおり心のない人間になるわよ」

わたしはシンクレアの口元へ自分の唇を持っていき、羽根のように軽いキスをした。

「愛してる、シンクレア・ブレッケンリッジ。二度とあなたに会えないなんて死ぬほど苦しい」

最後のキスをして戸口へ向かった。ドアを開け、シンクレアのもとから永遠に去ってしまう前に、もう一度だけ振り返って自分の愛する人を見る。自分の唇に触れ、その手を彼のほうへ伸ばした。

「もうふたりともわかってる。わたしがここにとどまるか、生き残るか、どちらかしかなくて、両方はあり得ないの」

最初から、この日が来ることはわかっていた。でも、こんな思いをするなんて夢にも思っていなかった。シンクレアとわたしは風のなかの炎のようだ。ゆらゆら揺らめき、赤々と燃えあがった。けれど、猛烈な突風に吹き消される。

「おれはすべてを解決してみせる、ボニー。一緒にいられるはずだ。ただ、ちょっと時間をくれるだけでいいんだ」

わたしはかぶりを振った。「わたしたちの物語の続きを知りたいって言ってたわね。そう、これが結末よ」

訳者あとがき

アメリカ合衆国テネシー州メンフィス。七歳の幼いブルーが、自宅で大好きなママとチョコチップクッキー作りを楽しんでいるシーンから物語が始まります。ある男の訪問で、母娘のほのぼのとした時間は一変、無残にも母親と飼い犬が銃殺されてしまいます。ブルーも危うく窒息死させられそうになりますが、すんでのところでのちに養父となる元FBI特別捜査官のハリーに助けられ、なんとか一命を取りとめました。

それからの十八年、ブルーはこの忌まわしい記憶を片時も忘れず、憎き仇《あだ》でスコットランド有数の犯罪組織ザ・フェローシップのリーダーであるセイン・ブレッケンリッジへの復讐に全人生を捧げます。養父ハリーの手を借りながら丹念に計画を練るブルーでしたが、ハリーが病で余命わずかとなったことで、生きているうちに成功した姿を見たいと望む養父のために、彼女は計画を急ぐ必要に迫られます。とにかく早くセインに近づくためにブルーが目をつけたのが、セインの息子、シンクレア・ブレッケンリッジでした。

ブルーはザ・フェローシップの拠点があるスコットランドのエジンバラへ赴き、組織のメンバーが頻繁に集うバーの店員として潜りこむことに成功します。そこでついに、仇の息子シンクレアと対面。彼を虜《とりこ》にしてブレッケンリッジ家に入りこむチャンスを得ようと、恋の駆け引きに挑みます。ハンサムで用心深く頭の切れるシンクレア。最愛の母を殺した憎き犯人の息子をおぞましいほどに嫌悪する半面、ブルーはその魅力に引きこまれていきます。一方のシンクレアも、組織外の女は御法度との規則があるにもかかわらず、芯の強さを持った美しいブルーをどうしても手に入れたいと躍起になります。やがてふたりの駆け引きは本物の愛に変わり、ブルーの復讐計画は狂い始め……。

濃厚なエロティック・ロマンス作家として、すでにアメリカでは大人気のジョージア・ケイツ初の邦訳作品をお届けいたします。本作品『愛という名の罪』は、シリーズ三部作の記念すべき第一作目です。

心に鉄壁のガードを持つ者同士の駆け引き、濃密な筆致で描かれるふたりの愛欲、彼らの関係を阻む犯罪組織ザ・フェローシップとの対峙《たいじ》、一見ストレートながら何かが見え隠れする復讐劇、そして愛の行方へと、最後の最後まで緻密なストーリーにどきどきが止まりません。

ほかにも、息子シンクレアと確執を持つ母親イソベルや、彼の義理のおじで組織の権力の座を不気味に狙うエイブラムなど、個性豊かなキャラクターが次々と登場します。彼らとのあいだで起こる展開も、どうぞお見逃しなく。

前作のBeautyシリーズが『ニューヨーク・タイムズ』『USAトゥデイ』等でベストセラー入りしたジョージア・ケイツ渾身《こんしん》の作品を、ぜひ最後まで楽しんでお読みいただければ幸いです。

二〇一九年十二月

ザ・ミステリ・コレクション

愛という名の罪

著者　ジョージア・ケイツ
訳者　風早柊佐《かざはやひさ》

発行所　株式会社 二見書房
東京都千代田区神田三崎町2-18-11
電話 03(3515)2311［営業］
03(3515)2313［編集］
振替 00170-4-2639

印刷　株式会社 堀内印刷所
製本　株式会社 村上製本所

ISBN978-4-576-20005-7
https://www.futami.co.jp/

二見文庫 ロマンス・コレクション

かつて愛した人
ロビン・ペリーニ
水野涼子［訳］

故郷へ戻ったセインの姉が何者かに誘拐された。彼はかつての恋人でFBIのプロファイラー、ライリーに捜査を依頼する。捜査を進めるなか、二人の恋は再燃し……

秘めた情事が終わるとき
コリーン・フーヴァー
相山夏奏［訳］

無名作家ローウエンのもとに、ベストセラー作家ヴェリティの共著者として執筆してほしいとの依頼が舞い込むが…。愛と憎しみが交錯するジェットコースター・ロマンス！

過去からの口づけ
トリシャ・ウルフ
林亜弥［訳］

殺人未遂事件の被害者で作家のレイキンは、事件前後の記憶も失っていた。しかし新たな事件をFBI捜査官のリースと調べるうち、自分の事件との類似に気づき…

気絶するほどキスをして
リンゼイ・サンズ
水野涼子［訳］

国際秘密機関で変わった武器ばかり製作するジェーン。そんな彼女がスパイに変身して人捜しをすることに。素人スパイのジェーンが恋と仕事に奮闘するラブコメ！

闇のなかで口づけを
レベッカ・ザネッティ
高橋佳奈子［訳］

元捜査官マルコムは、国土安全保障省からあるカルト教団への潜入捜査を依頼される。元信者ピッパに近づいた彼は身分を明かせぬまま惹かれ合い…。官能ロマンス！

許されざる情事
ロレス・アン・ホワイト
向宝丸緒［訳］

連続性犯罪を追う刑事のアンジー。男性との情事中、呼ばれて現場に駆けつけると、新任担当刑事はその情事の相手だったが……。ベストセラー作家の官能サスペンス！

禁断のキスを重ねて
ジル・ソレンソン
幡美紀子［訳］

警官のノアは偶然知り合ったアプリルと恋に落ちる。だが、彼女はギャングの一員の元妻だった。様々な運命に翻弄される恋人たちの姿をホットに描く話題作！

二見文庫 ロマンス・コレクション

愛は闇のかなたに
L・J・シエン
水野涼子［訳］

父の恩人の遺言で政略結婚をしたスパロウ。十も年上で裏社会にさえ顔がきくという男との結婚など青天の霹靂だったが、いつしか夫を愛してしまい…。全米ベストセラー！

夜の果ての恋人
アリー・マルティネス
氷川由子［訳］

テレビ電話で会話中、電話の向こうで妻を殺害されたペン。コーラと出会い、心も癒えていくが、再び事件に巻き込まれ…。真実の愛を問う、全米騒然の衝撃作！

袋小路
キャサリン・コールター
林 啓恵［訳］

全米震撼の連続誘拐殺人を解決した直後、サビッチのもとに妹の自殺未遂の報せが入る…。『迷路』の名コンビが夫婦となって大活躍！ 絶賛FBIシリーズ第二弾!!

死角
キャサリン・コールター
林 啓恵［訳］

あどけない少年に執拗に忍び寄る魔手！ 事件の裏に隠された驚くべき真相とは？ 謎めく誘拐事件に夫婦FBI捜査官S&Sコンビも真相究明に乗りだすが……

追憶
キャサリン・コールター
林 啓恵［訳］

首都ワシントンを震撼させた最高裁判所判事の殺害事件。殺人者の魔手はサビッチたちの身辺にも！ 夫婦FBI捜査官サビッチ&シャーロックが難事件に挑む！

失踪
キャサリン・コールター
林 啓恵［訳］

FBI女性捜査官ルースは休暇中に洞窟で突然倒れ記憶を失ってしまう。一方、サビッチ行きつけの店の芸人が何者かに誘拐され、サビッチを名指しした脅迫電話が…！

幻影
キャサリン・コールター
林 啓恵［訳］

有名霊媒師の夫を殺されたジュリア。何者かに命を狙われFBI捜査官チェイニーに救われる。犯人捜しに協力する同僚のサビッチは驚愕の情報を入手していた…！

*の作品は電子書籍もあります。

二見文庫 ロマンス・コレクション

眩暈
キャサリン・コールター
林 啓恵［訳］

操縦していた航空機が爆発、山中で不時着したFBI捜査官ジャック。レイチェルという女性に介抱され命を取り留めるが、彼女はある秘密を抱え、何者かに命を狙われる身で…

残響
キャサリン・コールター
林 啓恵［訳］

ジョアンナはカルト教団を運営する亡夫の親族と距離を置き、娘と静かに暮らしていた。が、娘の〝能力〟に気づいた教団は娘の誘拐を目論む。母娘は逃げ出すが……

幻惑
キャサリン・コールター
林 啓恵［訳］

大手製薬会社の陰謀をつかんだ女性探偵エリンはFBI捜査官のボウイと出会い、サビッチ夫妻とも協力して真相に迫る。次第にボウイと惹かれあうエリンだが……

閃光
キャサリン・コールター
林 啓恵［訳］

若い女性を狙った連続絞殺事件が発生し、ルーシーとクープの若手捜査官が事件解決に奔走する。DNA鑑定の結果犯人は連続殺人鬼テッド・バンディの子供だと判明し⁉

代償
キャサリン・コールター
林 啓恵［訳］

サビッチに謎のメッセージが届き、友人の連邦判事ラムジーが狙撃された。連邦保安官助手イブはFBI捜査官ハリーと組んで捜査にあたり、互いに好意を抱いていくが…

錯綜
キャサリン・コールター
林 啓恵［訳］

捜査官の妹が何者かに襲われ、バスルームには大量の血が⁉ 一方、リンカーン記念堂で全裸の凍死体が発見された。早速サビッチとシャーロックが捜査に乗り出すが…

謀略
キャサリン・コールター
林 啓恵［訳］

婚約者の死で一時帰国を余儀なくされた駐英大使のナタリーは何者かに命を狙われ、若きFBI捜査官デイビスに助けを求める。一方あのサイコパスが施設から脱走し…

二見文庫 ロマンス・コレクション

誘発
キャサリン・コールター
林 啓恵［訳］
空港で自爆テロをしようとした男をシャーロックが取り押さえたころ、サビッチはある殺人事件の捜査に取りかかるが、なぜか犯人には犯行時の記憶がなく…。シリーズ最新刊

略奪
キャサリン・コールター&J・T・エリソン
水川 玲［訳］〔新FBIシリーズ〕
元スパイのロンドン警視庁警部とFBIの女性捜査官。謎の殺人事件と〝呪われた宝石〟がふたりの運命を結びつけて——夫婦捜査官S&Sも活躍する新シリーズ第一弾！

激情
キャサリン・コールター&J・T・エリソン
水川 玲［訳］〔新FBIシリーズ〕
平凡な古書店店主が殺害され、彼がある秘密結社のメンバーだと発覚する。その陰にうごめく世にも恐ろしい企みに英国貴族の捜査官が挑む新FBIシリーズ第二弾！

迷走
キャサリン・コールター&J・T・エリソン
水川 玲［訳］〔新FBIシリーズ〕
テロ組織による爆破事件が起こり、大統領も命を狙われる。人を殺さないのがモットーの組織に何が？ 英国貴族のFBI捜査官が伝説の暗殺者に挑む！ 第三弾！

鼓動
キャサリン・コールター&J・T・エリソン
水川 玲［訳］〔新FBIシリーズ〕
「聖櫃」に執着する一族の双子と、強力な破壊装置を操るその祖父——邪悪な一族の陰謀に対抗するため、FBIと天才的泥棒がタッグを組んで立ち向かう！

いつわりは華やかに *
J・T・エリソン
水川 玲［訳］
失踪した夫そっくりの男性と出会ったオーブリー。いったい彼は何者なのか？ RITA賞ノミネート作家が描くハラハラドキドキのジェットコースター・サスペンス！

灼熱の瞬間《とき》
J・R・ウォード
久賀美緒［訳］
仕事中の事故で片腕を失った女性消防士アン。その判断をした同僚ダニーとは事故の前に一度だけ関係を持っていて…。数奇な運命に翻弄されるこの恋の行方は？

＊の作品は電子書籍もあります。

二見文庫 ロマンス・コレクション

危険な愛に煽られて
テッサ・ベイリー
高里ひろ［訳］

兄の仇をとるためマフィアの首領のクラブに潜入したNY市警のセラ。彼女を守る役目を押しつけられたのは最凶のアルファ・メール＝マフィアの二代目だった！

なにかが起こる夜に
テッサ・ベイリー
高里ひろ［訳］

『危険な愛に煽られて』に登場した市警警部補デレクと一見奔放で実は奥手のジンジャーの熱いロマンス！ダーティトーカー・ヒーローの女王の新シリーズ第一弾！

危険な夜と煌めく朝 ＊
テス・ダイヤモンド
出雲さち［訳］

元FBIの交渉人マギーは、元上司の要請である事件を担当する。ジェイクという男性と知り合い、緊迫した状況のなか惹かれあうが、トラウマのある彼女は……

ダイヤモンドは復讐の涙
テス・ダイヤモンド
向宝丸緒［訳］

FBIプロファイラー、グレイスの新たな担当事件は彼女自身への挑戦と思われた。かつて夜をともにしたギャビンとともに捜査を始めるがやがて恐ろしい事実が……

そのドアの向こうで
シャノン・マッケナ
中西和美［訳］
〔マクラウド兄弟 シリーズ〕

亡き父のために十七年前の謎の真相究明を誓う女と、最愛の弟を殺されすべてを捨て去った男。復讐という名の赤い糸が結ぶ、激しくも狂おしい愛。衝撃の話題作！

影のなかの恋人
シャノン・マッケナ
中西和美［訳］
〔マクラウド兄弟 シリーズ〕

サディスティックな殺人者が演じる、狂った恋のキューピッド。愛する者を守るため、元FBI捜査官コナーは人生最大の危険な賭けに出る！官能ラブサスペンス！

運命に導かれて
シャノン・マッケナ
中西和美［訳］
〔マクラウド兄弟 シリーズ〕

殺人の濡れ衣をきせられ過去を捨てたマーゴットは、そんな彼女に惚れ、力になろうとする私立探偵のデイビーと激しい愛に溺れる。しかしそれをじっと見つめる狂気の眼が…

二見文庫 ロマンス・コレクション

真夜中を過ぎても
シャノン・マッケナ
松井里弥〔訳〕
〔マクラウド兄弟 シリーズ〕
十五年ぶりに帰郷したリヴの書店が何者かに放火され、そのうえ車に時限爆弾が。執拗に命を狙う犯人の目的は？彼女を守るため、ショーンは謎の男との戦いを誓う…！

過ちの夜の果てに
シャノン・マッケナ
松井里弥〔訳〕
〔マクラウド兄弟 シリーズ〕
傷心のベッカが恋したのは孤独な元FBI捜査官ニック。狂おしいほど求めあうふたりに卑劣な罠が……この愛は本物か、偽物か──息をつく間もないラブ&サスペンス

危険な涙がかわく朝
シャノン・マッケナ
松井里弥〔訳〕
〔マクラウド兄弟 シリーズ〕
あらゆる手段で闇の世界を生き抜いてきたタマラ。幼女を引き取ることになったのを機に生き方を変えた彼女の前に謎の男が現われる。追っ手だと悟るも互いに心奪われ…

このキスを忘れない
シャノン・マッケナ
幡 美紀子〔訳〕
〔マクラウド兄弟 シリーズ〕
エディは有名財団の令嬢ながら、特殊な能力のせいで家族にすら疎まれてきた。暗い過去の出来事で記憶をなくしたケヴと出会い…。大好評の官能サスペンス第7弾！

朝まではこのままで
シャノン・マッケナ
幡 美紀子〔訳〕
〔マクラウド兄弟 シリーズ〕
父の不審死の鍵を握るブルーノに近づいたリリー。情報を引き出すため、彼と熱い夜を過ごすが、翌朝何者かに襲われ…。愛と危険と官能の大人気サスペンス第8弾！

その愛に守られたい
シャノン・マッケナ
幡 美紀子〔訳〕
〔マクラウド兄弟 シリーズ〕
見知らぬ老婆に突然注射を打たれたニーナ。元FBIのアーロと事情を探り、陰謀に巻き込まれたことを知る。そして三日以内に解毒剤を打たないと命が尽きると知り…

夢の中で愛して
シャノン・マッケナ
幡 美紀子〔訳〕
〔マクラウド兄弟 シリーズ〕
ララという娘がさらわれ、マイルズは夢のなかで何度も彼女と愛を交わす。ついに居所をつきとめ、再会した二人は一緒に逃亡するが…。大人気シリーズ第10弾！

二見文庫 ロマンス・コレクション

＊の作品は電子書籍もあります。

この長い夜のために
シャノン・マッケナ
水野涼子［訳］
〔マクラウド兄弟 シリーズ〕
壮絶な過去を乗り越え人身売買反対の活動家となったスヴェティ。母が自殺し、彼女も命を狙われる。元刑事サムと真相を探ると、恐ろしい陰謀が…シリーズ最終話！

ときめきは永遠の謎 ＊
ジェイン・アン・クレンツ
安藤由紀子［訳］
五人の女性によって作られた投資クラブ。一人が殺害され他のメンバーも姿を消す。このクラブにはもう一つの顔があり、答えを探す男と女に「過去」が立ちはだかる――

あの日のときめきは今も ＊
ジェイン・アン・クレンツ
安藤由紀子［訳］
一枚の絵を送りつけて、死んでしまった女性アーティスト。彼女の死を巡って、画廊のオーナーのヴァージニアは私立探偵とともに事件に巻き込まれていく……

ときめきは心の奥に
ジェイン・アン・クレンツ
安藤由紀子［訳］
犯罪心理学者のジャックは一目で惹かれた隣人のウィンターをストーカーから救う。だがそれは〝あの男〟の復活を示していた……。三部作、謎も恋もついに完結！

始まりはあの夜 ＊
リサ・レネー・ジョーンズ
石原まどか［訳］
2015年ロマンティックサスペンス大賞受賞作。過去の事件から身を隠し、正体不明の味方が書いたらしきメモの指図通り行動するエイミーを待ち受けるのは――

危険な夜をかさねて ＊
リサ・レネー・ジョーンズ
石原まどか［訳］
何者かに命を狙われ続けるエイミーに近づいてきたリアム。互いに惹かれ、結ばれたものの、ある会話をきっかけに疑惑が深まり…。ノンストップ・サスペンス第二弾！

長い夜が終わるとき ＊
リサ・レネー・ジョーンズ
米山裕子［訳］
理由も不明のまま逃亡中のエイミーの兄・チャドは何者かに捕まっていた。謎また謎、愛そして官能…すべての謎が明かされるノンストップノベル怒涛の最終巻！

二見文庫 ロマンス・コレクション

恋の予感に身を焦がして ＊
クリスティン・アシュリー
高里ひろ［訳］〔ドリームマン シリーズ〕

グエンが出会った〝運命の男〟は謎に満ちていて…。読み出したら止まらないジェットコースターロマンス！超人気作家による〈ドリームマン〉シリーズ第1弾

愛の夜明けを二人で ＊
クリスティン・アシュリー
高里ひろ［訳］〔ドリームマン シリーズ〕

マーラは隣人のローソン刑事に片思いしている。でもマーラの自己評価が2.5なのに対して、彼は10点満点で…。〝アルファメールの女王〟によるシリーズ第2弾

ふたりの愛をたしかめて
クリスティン・アシュリー
高里ひろ［訳］〔ドリームマン シリーズ〕

心に傷を持つテスを優しく包む「元・麻取り官」のブロック。ストーカー、銃撃事件……二人の周りにはあまりにも問題が山積みで…。超人気〈ドリームマン〉第3弾

夜の彼方でこの愛を ＊
ヘレンケイ・ダイモン
相野みちる［訳］

行方不明のいとこを捜しつづけるエメリーは、レンという男が関係しているらしいと知る…。ホットでセクシーな男性とのとろけるような恋を描く新シリーズ第一弾！

許されない恋に落ちて
ヘレンケイ・ダイモン
相野みちる［訳］

弟を殺害されたマティアスはケイラという女性を疑い、追うが、ひと目で互いに惹かれあう。そして新たな事件が…。禁断の恋に揺れる男女を描くシリーズ第2弾！

あなたを守れるなら
K・A・タッカー
寺尾まち子［訳］

警察署長だったノアの母親が自殺し、かつての同僚の娘グレースに大金が遺された。これはいったい何の金なのか？ 調べはじめたふたりの前に、恐ろしい事実が……

ミッシング・ガール
ミーガン・ミランダ
出雲さち［訳］

10年前、親友の失踪をきっかけに故郷を離れたニック。久々に家に戻るとまた失踪事件が起き……。〝時間が巻き戻る〟斬新なミステリー、全米ベストセラー！

二見文庫 ロマンス・コレクション

＊の作品は電子書籍もあります。

危険な夜の果てに
リサ・マリー・ライス〔ゴースト・オプス・シリーズ〕
鈴木美朋［訳］
医師のキャサリンは、治療の鍵を握るのがマックという国からも追われる危険な男だと知る。ついに彼を見つけ、会ったとたん……。新シリーズ一作目！

夢見る夜の危険な香り
リサ・マリー・ライス〔ゴースト・オプス・シリーズ〕
鈴木美朋［訳］
久々に再会したニックとエル。エルの参加しているプロジェクトのメンバーが次々と誘拐され、ニックは〈ゴースト・オプス〉のメンバーとともに救おうとするが──

明けない夜の危険な抱擁
リサ・マリー・ライス〔ゴースト・オプス・シリーズ〕
鈴木美朋［訳］
ソフィは研究所からあるウィルスのサンプルとワクチンを持ち出し、親友のエルに助けを求めた。〈ゴースト・オプス〉からジョンが助けに駆けつけるが…シリーズ完結！

夜の果てにこの愛を ＊
レスリー・テントラー
石原未奈子［訳］
同棲していたクラブのオーナーを刺してしまったトリーナ。6年後、名を変え海辺の町でカフェをオープンした彼女はリゾートホテルの経営者マークと恋に落ちるが…

背徳の愛は甘美すぎて ＊
レクシー・ブレイク
小林さゆり［訳］
両親を放火で殺害されたライリーは、4人の兄妹と復讐計画を進めていた。弁護士となり、復讐相手の娘エリーを破滅させるべく近づくが、一目惚れしてしまい……

甘い口づけの代償を ＊
ジェニファー・ライアン
桐谷知未［訳］
双子の姉が叔父に殺され、その証拠を追う途中、吹雪の中でゲイブに助けられたエラ。叔父が許可なくゲイブに一家の牧場を売ったと知り、驚愕した彼女は……

危うい愛に囚われて
ジェイ・クラウンオーヴァー
相野みちる［訳］
危険と孤独と恐怖と闘ってきたナセルとストリッパーのキーリン。出会った瞬間に惹かれ合い、孤独を埋め合わせるように体を重ねるが……ダークでホットな官能サスペンス